シェイクスピアの宇宙

英知は時空を超えて

Appreciating and Communing with SHAKESPEARE

田中 實
TANAKA Minoru

慶應義塾大学出版会

はじめに

　一昨年、オックスフォード大学の劇団が来日して、シェイクスピアの喜劇『夏の夜の夢』（*A Midsummer Night's Dream*）の公演が東京芸術劇場にて行なわれました。小田島雄志館長らと皇太子が観客席に姿を現すと拍手が起こりました。むかしのアテネ大公の婚礼やその周辺の若い紳士淑女たちの恋愛、ロバ頭にされた職人のボトムと妖精の女王とのラブシーンなど、浮世の憂さを忘れて夢の世界にひたりました。また、成蹊学園でのケンブリッジ大学の劇団による『ロミオとジュリエット』（*Romeo and Juliet*）の公演も観ました。そしてクライマックスのロミオとジュリエットの死んだ姿を、立ったまま眼をつむった形で、静止画像のように表現しているのにはいささか驚かされました。劇中、男性俳優による乳母のおどけた、かわいらしい演技が光っていました。BBCのDVDでも、シェイクスピア劇は映像を通してけっこう楽しめますし、その良さもありますが、生の舞台ではその演技に迫力があり、真剣そのもので熱気が伝わってきます。
　最近、ダグラス・ブラスター（Douglas Bruster）の著書『生きるか、死ぬか、そこが問題なんだよ』（*To Be Or Not To Be*）に出会って、その緻密さに感心させられ衝撃を受け、同時に啓発されました。
　ローレンス・オリヴィエ監督・主演の映画『ハムレット』では、オリヴィエ自身が演じるハムレットはオーソドックスで、とてもノーブルなデンマーク王子といった感じですね。どこか孤独感を漂わせ、あまり笑みを見せず、取っ付きにくい面が多少ありますが。オリヴィエ見たさにこの映画を見る人

i

たちがいたりします。松岡和子氏が若い俳優藤原竜也氏に教えられたというのです。それは彼が『ロミオとジュリエット』や『ハムレット』の主人公を演じて、主人公が殺人を犯した後の立ち居振舞いや態度の点で、性格や人間が変わったように主人公に感情移入してうまく演じていたからです。芝居は先ず原作の戯曲（脚本）があって、演出家がいて、「俳優が演じると、全部が完結する」と蜷川幸雄氏は言います。芝居は俳優によりけりですね。

ブラドリー（A. C. Bradley）の名著『シェイクスピアの悲劇』(*Shakespearean Tragedy,* 1904) は今から100年以上前に書かれていますが（教え子に向けて書かれた本なのですね）、中身は四大悲劇『ハムレット』や『オセロ』、『リア王』、『マクベス』についての講述（lectures）であります。この本に関して、ブラウン（J. R. Brown）氏が一昨年、『シェイクスピアの悲劇におけるブラドリー』(*A. C. Bradley on Shakespear's Tragedies*) という本を出版しました。ブラウン氏のこの本により、四大悲劇を再考する上で私はシェイクスピアが一層身近に感じられてきました。

シェイクスピアは聖書と並んで英米をはじめ世界中の人々に英知を授けてきた、人生の知恵の宝庫といえましょう。イギリス・ルネサンス期という時代を超え、人種や思想・宗教を超えて、人々に芸術的感動を与えてきました。シェイクスピアは良い意味で換骨奪胎的な芸術です。バートランド・ラッセルは、優れた文学作品の名文・名句を暗記・暗唱するくらいに親しみ、味わうことを勧めております。

シェイクスピアは今からおよそ400年前のエリザベス朝時代の詩人・劇作家ですが、今日なお世界中で読まれ、上演され、鑑賞されています。時代的には、主に王侯貴族を中心に諸人物をたくさん描きました。劇詩人シェイクスピアはいわば無数の眼を持ち、想像力の翼を自由に羽ばたかせ、人間性に対する深い洞察力により、数限りない人物を造型して、舞台上で演じさせています。シェイクスピアには大空のような包容力があり、愛すべき親しみのある隣人といえましょう。

こうして、シェイクスピアは古今東西を通じて世界中の人々に愛読され、その人々の心のなかに人生の糧となって生きています。チャールズ・ラムはシェイクスピア作品の心読派の一人です。精神医学者ジークムント・フロイ

はじめに

トもシェイクスピアの愛読者でした。不肖私も好んでシェイクスピアを読み、時に音読して心から味わってきました。劇作家バーナード・ショーはなぜかシェイクスピアをあまり好まなかったようですけれども。

　言語学の研究においては、先ず個別言語の研究に徹することが肝要だと思われます。本書のⅢはシェイクスピアの文体論的研究、とくに言語学的文体論（linguistic stylistics）の立場から、語用論（pragmatics）や談話文法（discourse grammar）の考え方を援用して、シェイクスピアの諸作品の英語の構造や表現を考究したものです。

　英語という言語は記号です。この記号は意味するもの（le signifiant）と意味されるもの（le signifié）の両面を持っています。前者は記号表現であり聴覚映像としての音声です。後者は記号内容であり概念であり、例えば「本」なら本の概念です。本書が、文体論的に「文は人なり」という立場から、シェイクスピアの英語の表現形式とそこから創出される意味との相関関係を探求し表現効果というものを少しでも解き明かし、シェイクスピアの文体研究に裨益するところがあれば幸いです。

　Searching his identity everybody is a Hamlet to some extent enigmatically even in the 21st century. You might say that actors and actresses are the creators of the live characters in the plays. It seems to me Shakespeare belongs to everybody, anyhow.

著　者

シェイクスピアの宇宙──英知は時空を超えて

目　次

はじめに　i

I　シェイクスピアに親しむ……………………………………… 1

　1　身近な演劇人シェイクスピア……………………………… 3
　2　恋に妖精の魔法や惚れ薬…………………………………… 23
　3　怨み骨髄シャイロック……………………………………… 53
　4　ロミオとジュリエットの愛は永遠に……………………… 69
　5　遺恨を晴らせ、ハムレット………………………………… 85
　6　オセロに嫉妬の仕掛け人が………………………………… 105
　7　娘たちに騙(かた)られたか　リア王……………………… 123
　8　野心家マクベスは唆(そそのか)されて…………………… 137

II　シェイクスピアの知恵袋……………………………………… 153
　　　──心の琴線に触れる名せりふ

生きるか、死ぬか、そこが問題なんだよ…………………… 155
　　──『ハムレット』
彼は欠点と長所が釣り合っている…………………………… 158
　　──『アントニーとクレオパトラ』
愚か者は自分が賢いと思い、賢い者は自分が愚かだと思う…… 160
　　──『お気に召すまま』
人間てなんてすばらしい傑作なんだろう…………………… 162
　　──『ハムレット』

v

この世界はすべて舞台だよ……………………………… 164
　——『お気に召すまま』
人生はただうろちょろする影法師……………………… 167
　——『マクベス』
楽しみながらやらないとものになりません…………… 170
　——『じゃじゃ馬馴らし』
自分自身に忠実になれ…………………………………… 172
　——『ハムレット』
逆境ほど快いものはない………………………………… 175
　——『お気に召すまま』
哲学でジュリエットは作れないでしょ………………… 178
　——『ロミオとジュリエット』
弱いものなんだなあ、女というのは…………………… 180
　——『ハムレット』
天使みたいな悪魔………………………………………… 182
　——『ロミオとジュリエット』
別れはとても甘くて切ない……………………………… 184
　——『ロミオとジュリエット』
ユダヤ人には目がないかよ……………………………… 186
　——『ベニスの商人』
金を借りるな、貸すなよ………………………………… 188
　——『ハムレット』
懐の備えが豊かなら、
着るものが貧相でもけっこう…………………………… 190
　——『じゃじゃ馬馴らし』
患者自身が病気を治す気にならないと………………… 192
　——『マクベス』
すんだことはすんだことですよ………………………… 195
　——『マクベス』

目次

世に最もむごく無慈悲を極めた一撃……………………… 197
　——『ジュリアス・シーザー』
簡潔こそ機知の心髄………………………………………… 199
　——『ハムレット』

Ⅲ　シェイクスピアの文体もしくは筆癖……………… 201

1　シェイクスピアの言語………………………………… 203
2　省略法…………………………………………………… 220
3　反復法…………………………………………………… 228
4　並列法…………………………………………………… 244
5　対照法…………………………………………………… 260
6　比喩表現………………………………………………… 284

おわりに　301

I
シェイクスピアに親しむ

1　身近な演劇人シェイクスピア

戯曲が生まれた土壌

　ウィリアム・シェイクスピア（1564-1616）はおよそ400年前のイギリスの詩人・劇作家で、ストラトフォード・アポン・エイヴォン生まれである。ちなみに没年は日本の江戸時代の徳川家康と同じである。ウィリアムの父親は富裕な中産階級の革手袋製造業者であり、ウィルが4歳のころは町長になったりしていた。三つ子の魂百までというが、小さいころは恵まれた環境にウィルははぐくまれて成長していった。彼は子供のころ鹿泥棒をやったとかいう話はあるが、とても本好きであったようだ。ウィルはカトリック教徒の父親のもとで幼少のころからグラマースクール時代まで過ごしており、ウィル自身多かれ少なかれキリスト教の影響を受けて育ち、聖書のなかでもとくに「詩編」から大いに知識を得ているようだ。また彼は古代ロマンスや中世騎士物語などに親しんでいた。ところがウィルが16歳のころ、父親が事業に失敗して家運が傾いていき破産の憂き目を見た。フロイトは人の生い立ちにおけるトラウマ（trauma）を重視しているが、これまで、ウィルは幼児期から10代前半までを恵まれた環境で過ごしてきて、家業がにっちもさっちもいかなくなったのだ。多感な年頃のウィル少年は家が破綻したことで実業界で商売をやっていくことの厳しさ難しさを自ずと思い知らされたであろう。ウィルは8人兄弟の第3子で長男でもあったのだ。彼はグラマースクールを出ただけで社会人として歩み始めた。彼の夢は詩人になることであっ

3

た。彼は18歳のとき、6歳年上のアン・ハサウェイといわゆる〈できちゃった結婚〉をした。シェイクスピア時代の平均寿命（average life expectancy）が32歳であったといわれるから、18歳で結婚というのもあまり驚くことでもなさそうだ。彼が10代の後半数年間、どのような生活をしていたかは不明である。こうしてウィルは23歳のときに親の労苦に心しつつも自分の夢を実現すべく単身でロンドンに出て行った。当時、毎年のようにストラトフォードに旅の一座がやってきていたので、それに誘われるようにして首都ロンドンに向かったようである。ストラトフォードからロンドンへと彼は青少年時代における大人の社会へのイニシエーション（initiation 入門）を果たしていった。イニシエーションは一般に若い独身時代が中心であるが、彼は18歳で結婚しているからイニシエーションが早かったともいえる。ロンドンに出て演劇界に身を投じて劇団に加わり、身分の低い役者として辛酸をなめつつまずは劇団俳優として名を知られるようになり、やがて戯曲を自ら書くようになり、1592年、28歳の時に劇作家として登場している。当時、大学出の劇作家が幅を利かせるなかで、刻苦勉励して才能を発揮し彼らに伍して活躍し、頭角を現し人気を博するようになっていった。

　シェイクスピアは努力家であったと思われるが、人が努力することの重要さ貴さは十分に認められていたとはいえ、現代に比べて当時はもっと宗教意識が高く、運命とか宿命とかいったものが人間の心理を動かすきらいがあったろう。例えば、シェイクスピアの代表作の一つ『ハムレット』（Hamlet, 1598）を彼は34歳のときに書いているが、これはイニシエーションの戯曲作品である。ハムレットが大人の社会に入門を果たす精神遍歴の作品といえよう。ちょうどゲーテの『若きウェルテルの悩み』がイニシエーションの文学作品であるように。ピーター・ミルワード『シェイクスピアの人生観』のなかにはキリスト教や聖書に触れた記述が多く見られ、シェイクスピアをキリスト教的立場で捉えているように思われる。日本のシェイクスピア学者のなかには、シェイクスピアがキリスト教的な宗教意識を持った人だとは到底思えないといっている人もあるくらいで、シェイクスピアの思想や宗教観は捉えにくい。ともあれ、シェイクスピアの研究者や読者は自分の生まれた風土や人種などの背景がその人のシェイクスピア観に影響していて、シェイク

スピアが非キリスト教的と思えたりするのであろう。要するに、シェイクスピアはキリスト教的基盤に立ちながらも懐疑主義的にキリスト教を追求し、克服しようとして、内面的に喘ぎ呻吟しながら人生を送ったのであろう。一方、彼はその時どきの都合で適当な行動に走るところがあるとか、定見を持たない人だとか、悪口を言われたり批判されたりする場合がなきにしもあらずである。こうして、シェイクスピアは同じ人間として親しみのある、愛すべき存在なのである。

役者兼劇作家兼劇団株主

　シェイクスピアは1592年、青雲の志を抱いてロンドンに出て、役者修業をした。役者はシニフィアン（意味するもの）で、その役柄がシニフィエ（意味されるもの）であるが、役者シェイクスピアはそのシニフィエと一体化するために努力を重ねた。だが彼は役者になるだけでは満足しなかった。彼は役者でありながら劇作に筆を染め、劇団所属の劇作家・座付き作家として実力を発揮していき、同時にその劇団の株主にもなった。彼は当時のエリザベス女王にも評判が良かった。ちなみに『ハムレット』のなかの亡霊役はシェイクスピアであった。彼は役者兼劇作家兼劇団株主として活躍した。
　ところで当時、芝居の舞台は簡素で役者が独白する場面も多く、芝居を観る側（観客）は芝居を〈観る〉というよりもドラマを〈聴く〉というのが普通であった。つまり、登場人物の髪型や衣装、部屋、情景などの外面描写をシェイクスピアはほとんどしていないのである。そこで芝居というものをリアルに具体化するのは演出家や美術担当、衣装係の自由であった。
　シェイクスピア時代は今日のような人間平等の社会ではなく、四つの階級（class）があった。(1) 貴族（nobles）と (2) 紳士階級（gentlemen）、(3) 市民（citizens）と (4) 英国自治都市の住民（burgesses）である。当時はエリザベス女王（1533-1603）が統治していた時代であり、この女性統治者と時代の風に乗った人文主義者（humanists）とがイギリス女性の価値を高めていったことは否めないであろう。女性の王は男性の王に比し、剣（武器）よりも

むしろ人間精神の尊い知恵によって国を支配したといえよう。シェイクスピアの戯曲はエリザベス女王らに好評であったといわれているが、彼は女王や当時の時代的影響を背中に感じながら劇作に当たったこともあって、男性と女性をできるかぎり平等に公平に見ようとしていたのである。もちろん当時はキリスト教的な父権制社会であり、いろいろの面で男性優位の社会が窺われはしたけれども。男女の性差による体力の違いはあるかもしれないが、知的・精神的な面で女性が決して劣るものではないことを、シェイクスピアはよく認識していたものと思われる。

喜劇　笑う門には福来る

　喜劇はプロット（plot　筋立て）や登場人物（characters）が、滑稽な言動により観客（audience）を楽しませたり、笑いに誘ったりする、面白おかしい劇である。喜劇では一般に観客は登場人物の言動を突き放して客観的に見ていることが多かろう。しかし、観客のなかには自分も愚者として、登場人物と感情を共有することもあろう。とにかく、そこで観客は思わず笑いに引き込まれるのだ。そう、人間は笑う動物なのである。おかしいから笑う、笑うからおかしいのである。

　さらに喜劇は、日常的に身近に感じられたり、奇想天外であったり、また超自然的、空想的であったりする題材を扱い、ときに風刺（satire）を効かせて、おおむね人生を肯定的に描き、円満なハッピーエンディングとなる劇である。

　イギリスのエリザベス朝の喜劇には、シェイクスピアの友人ベン・ジョンソンの〈気質喜劇〉（comedy of humors）という趣を異にする戯曲がある。これは登場人物の気質をおおっぴらに誇張して見せ、戯画化（caricature）した登場人物の考え方のぶつかり合いがあり、滑稽で愚かな人間を鋭く風刺している。だが、シェイクスピアは独自の立場をとり、彼の喜劇はロマンティック・コメディ（romantic comedy）と呼ばれ、気質悲劇や風俗悲劇（comedy of manners）とも異なる。ロマンティック・コメディには、近代社会の人間性

を賛美し信頼する人間愛がその根底にある。だが一方、喜劇では人間の愚かさが笑いと快感の対象となっている。これは人間性を否定的に捉えるのではなく、人間の愚かさを容認する、どこまでも健全な笑いである。

シェイクスピアはエリザベス朝の社会の祝祭を深層において、民衆のお祭り気分のような雰囲気や心情を喜劇に取り入れたものと見られる。シェイクスピアの喜劇の根底には、自己（self）のアイデンティティ（identity）の混乱が見られる。ある人物が心に抱いている自己というものの認識がズレていたり誤っていたりして、おかしくなり笑いを誘ったりして、喜劇的な効果が生じてくるのだ。シェイクスピアの喜劇は、幻想的な面と現実的な面とがあって、それが見事に融合しているのである。こうして、〈笑う門には福来る〉というわけである。

喜劇の特色と道化

シェイクスピア喜劇の特色をよく表しているものとしては、『夏の夜の夢』（*A midsummer Night's Dream*, 1595）や『ヴェニスの商人』（*The Merchant of Venice*, 1596）、『お気に召すまま』（*As You Like It*, 1599）『十二夜』（*The Twelfth Night*, 1600）の4作が挙げられる。

シェイクスピアは初期の劇には道化（fools）を使わなかった。それが円熟期になると、本当の意味での道化師を登場させている。この道化というのは、その人物自体が面白おかしいのである。『お気に召すまま』に出てくるタッチストーン（Touchstone）や『十二夜』に出てくるフェステ（Feste）は、典型的な（quintessential）道化（fool）である。道化なので、おどけて馬鹿げたことを言って人を笑わせるのである。また、『お気に召すまま』の〈賢い道化〉（wise fool）のタッチストーンに見られるように、この道化の評言は穢れた世の中を浄化するほど強力なものである。というのも、もともと中世のイギリスでは道化師は現実に王侯・貴族が雇っていた、抱え人物なのであるから。

初期の喜劇『間違いの喜劇』（*The Comedy of Errors*, 1592）では二組の双子の

兄弟が互いに自分たちの関係に気づかずに、同じ一つの町にいたために、想定外の混乱に陥ってしまう。また、双子の登場では『十二夜』も同様である。こちらは男と女の双子である。双子の女はわけありで男装に変身したために周りの人たちはてっきり彼女を男と思い込んでしまうのだ。『じゃじゃ馬馴らし』(*The Taming of the Shrew*, 1593) では淑やかなビアンカに対し、カタリーナが有名なじゃじゃ馬女なのであるが、ドラマの最後では女って男に従えばこそ幸せなのだと語って、因習的な生き方を受け入れる形で、じゃじゃ馬カタリーナが馴らされた従順な女に変身する。カタリーナ自身に内在する性格が変貌していく様が面白いのだ。

　そうして、『ウィンザーの陽気な女房たち』(*The Merry Wives of Winsor*, 1597) では、イギリスの田舎の陽気だが愚かなフォルスタフは、シェイクスピア喜劇を代表する男である。彼は旧社会の因習を引きずった男であり、新興の市民階級にからかわれ放題なのだ。呑兵衛で好色漢、破廉恥で、だらしない男である。だがフォルスタフは当意即妙でその場の機転を利かせたユーモアの持ち主であり、そこには言葉遊びなど、言葉遣いのおかしさ・リズム感やウィットの面白さがあるのだ。彼は身体的には洗濯用の籠に入れられたり、人につねられたりして、さんざんな目に遭う。作者シェイクスピアはフォルスタフのような道化にはある程度の距離を置いて、人間というものの普遍的な、どこにも見られる自堕落な面を暴いているといえよう。

　『ヴェニスの商人』や『から騒ぎ』(*Much Ado About Nothing*, 1598) は、喜劇的な笑いを誘う面ばかりでなく、悲劇的な面もあって、多少悲喜劇的な趣があり、ダブル・プロット (double plot) を持った戯曲である。シェイクスピアは後期になると、いわゆる〈暗い喜劇〉とか〈問題(喜)劇〉というものを書いている。これは物語が悲劇的に流れながら、喜劇と思しき結末になるのだ。物語の展開がすっきりとした解決には至らず、少々曖昧な形で終わるのである。具体的には、『トロイラスとクレシダ』(*Troilus and Cressida*, 1602) や『尺には尺を』(*Measure for Measure*, 1604)、『終わりよければすべてよし』(*All's Well That Ends Well*, 1605) の3編である。

　シェイクスピアは最後期になると、〈ロマンス劇〉と呼ばれる四つの喜劇作品『ペリクリーズ』(*Pericles*, 1608) や『シンベリン』(*Cymbeline*, 1609)、

『冬物語』（*The Winter's Tale*, 1610）、『あらし』（*The Tempest*, 1611）を書いている。これらは〈暗い喜劇〉とは多少異なり、不幸せの状態にあるドラマの開始から、幸せな結末にいたるまでのあいだに、かなり長い時間が経過する物語なのである。例えば『ペリクリーズ』や『冬物語』では、ドラマが始まって十数年という時間の経過があり、人間が変わっていく滑稽さや哀愁が感じられる。『シンベリン』や『冬物語』では、歓喜に浸ったり、殺戮が行なわれたりはするものの、シェイクスピアの悲劇の特徴である〈死〉というものがない劇である。

悲劇が書かれた背景

　世界的な文豪・劇作家シェイクスピアは、時代の寵児として活躍していた。シェイクスピアの劇団はやがて国王をパトロンとして「国王一座」と称するようになっていた。シェイクスピアは、この劇団の座付き作者となって健筆を揮った。当時のイギリスは、エリザベスⅠ世（1533-1603）の治世であり、エリザベス女王（在位：1558-1603）はテューダー朝最後の王であり、16世紀後半、絶対王政は全盛期を迎え頂点に達した。エリザベス女王はイングランドとアイルランドを統治し、教会や諸侯を迎えて専制政治を行い、ローマ教皇から独立してイギリス国教会の体制を確立した。エリザベス女王は産業や貿易を奨励したり、海軍を充実したりして国家の富強を図り、彼女の治世45年間はエリザベス朝時代として輝かしいものであった。そうして、軍隊を整備し、16世紀世界最強のスペイン無敵艦隊を撃破（1588）したり、アジア貿易と植民地支配のための特権的な会社である東インド会社（1600）を設立したりした。

　ルネサンス（Renaissance：文芸復興）は14世紀にイタリアに始まり、15世紀および16世紀に西ヨーロッパ各地に広まった。ヨーロッパの歴史を振り返ると、ビザンチン帝国（東ローマ帝国：395-1453）が千年以上続いて、文化面でルネサンスに多大な影響を与えた。神や教会中心という中世的世界観から脱皮し、宗教を重んじる中世の考え方を反省し、現世を肯定する考え方に

改めていこうとした。そこへ古代ギリシャ・ローマの文化を手本として、人間本来の自然な感情の発露を重視しようとして起こった文化運動がルネサンスである。ルネサンスは全ヨーロッパに広がり、学問上だけでなく、芸術上のいわば革命運動であった。ギリシャ・ローマの古典文化を復興し、人間性を謳歌し、人間の個性の尊重を標榜して、ヨーロッパ近代文化の礎を築いた。こうして、エリザベス女王の時代にルネサンスがイギリスに及び、文学や戯曲が盛んになった。当時の文人としては、シェイクスピアのほかに、マーロウ（Marlowe, 1564-93）やリリー（Lyli, 1554-1606）、ベン・ジョンソン（Ben Jonson, 1572-1637）などが活躍した。なかでもシェイクスピアは一番人気があった。

　現実の人生は見方によっては喜劇にも悲劇にも見えてくるが、芸術活動に携わる表現者としては、〈喜劇〉と〈悲劇〉の両面から戯曲を考察・創作していくことで、劇作家シェイクスピアは精神的なバランスを保っている。さらに彼は時間的に遡る歴史劇を書いたことによって、宇宙と人類の歴史への洞察を深めている。作者シェイクスピアおよび観客は喜劇を通して人間の愚かさや稚拙さ、くだらなさを客観的に認識する。一方、悲劇を通して、人間には究極において死があることから、劇に感情移入（empathy）して人生は本質的に悲劇であると認識する。こうして、実人生は泣き笑いの人生だという平凡な真実を悟るのである。

　人間は苦しみや悲しみにばかりに埋没してはいられない。人生の理不尽さや不条理を寛容な精神をもって認識した上で、心に余裕を持って笑いや悦びの人生をも気楽に味わうことになるのである。シェイクスピアは『リア王』のなかで、リアに「人間て、泣きながらこの世に生まれて来た」と言わしめて、赤ん坊が泣くのは、母の胎内からこの世に無理やり引っ張り出されたことに、本能的に反応をしいるのだというわけである。私はむかし自分の子どもが生まれたころは、赤ん坊は泣くのが商売だくらいに思っていたが、後に自分が高齢になり孫が生まれたころには、赤ちゃんがにこっと微笑むのに改めて気がつき、生まれながらに〈笑み〉を湛えているその表情にいたく感動し、認識を新たにした愚か者であった。

　シェイクスピアは悲劇や喜劇、歴史劇、ロマンス劇、詩にいたるまでさま

ざまの作品を書いて才能を発揮した。とりわけ悲劇（tragedy）には優れた作品が数多く見られる。この悲劇のうち、とくに四大悲劇（four major tragedies）といわれる『ハムレット』（*Hamlet*, 1600-01）や『オセロ』（*Othello*, 1604)、『リア王』（*King Lear*, 1605-06）、『マクベス』（*Macbeth*, 1605-06）は有名である。悲劇の多くは、作者シェイクスピアが 36 歳から 46 歳のころに書かれている。彼の円熟期である。シェイクスピアの四大悲劇は言語芸術である戯曲として歴史に残り、今日でも世界中でよく上演され、また文学として愛読されている。本書ではこれから四大悲劇を俎上に載せてゆくことになるが、そもそも悲劇とはどんな構造と内容の物語なのであろうか。

　悲劇はこの人生行路における不幸せや悲惨な出来事を題材とし、登場人物が苦悩や敗北、破滅、死などに遭遇し、悲嘆に暮れる物語である。悲劇作品はそのストーリーの展開の過程で、主人公たちは人間関係の対立や人生の矛盾に突き当たったり、生きてゆく上での葛藤を経験したり、人生の辛酸をなめたりする。究極的に破局にいたり、そこには悲惨な目に遭いながらも生きて滅びいく姿があり、悲壮ななかにも人間としての美しさが見られるものである。また、終局にいたり、シェイクスピアの悲劇では、主人公が死にいたる不幸な結末（unhappy ending）になるのである。そこには人間社会の倫理が仄かに示唆されている。

　悲劇の主人公（protagonist; hero; heroine）は広い意味では作者の分身であったり、作者とどこか似通った人物であったりなかったり、実在のモデルがあったりなかったりする。シェイクスピアの場合は本人の尻尾を出さないところが巧みな業師でもある。数多の眼を光らせ、無数の心を持ったシェイクスピアは超人なのである。主人公はいわゆる運命（fate; destiny; doom）に翻弄されたり、社会の圧力に屈しそうになったりして、人間関係において悪戦苦闘する。苦難に打ち克つために懸命に努力するが敗北し破滅する。

悲劇の魅力とカタルシス

　紀元前 5 世紀のギリシャ悲劇は、その特性として宗教的な面や文芸的な

面、社会的な面がある。ギリシャ悲劇では仮面が使われるが、これは一人の俳優が多くの人物を演じたからである。演出は主に作者自身が担当した。古代ギリシャ時代、プラトンの弟子アリストテレス（前384-前322）のころは、悲劇といえば酒神（Dionysos：ディオニュソス）を誉め称えて演じたり舞ったり踊ったりした芝居であった。

　ギリシャ悲劇はパトス（pathos　苦しみ・受難の感情）を浄化（katharsis）するものである。悲劇を観て涙を流したり、恐怖を味わったりして、心のなかのしこりやわだかまりを浄化するのである。悲劇は悲しみと恐れを通じて、人間感情を浄化するのだとアリストテレスは考えたのである。悲劇は最悪の場合は死をもたらして人々のショックを与え、この上なく悲惨な情況に終わる。戯曲やそのほかの文学作品において、これを鑑賞する際に、劇中に展開される状況に感情移入（empathy）をして共感しながら、普段の暮らしのなかでこれまで抑圧されていた感情・情緒が解放されて、すっきりした快感がもたらされるのである。とくにこの悲劇がもたらす結果がカタルシスということになる。悲劇を鑑賞することで日々の生活のストレスを解きほぐし、自らを無意識に戒めてすがすがしい気分を味わうである。こうしてカタルシスは人間の心のなかに抑圧されて、無意識の深層心理としての精神的外傷（trauma）に基づく心のしこりをほぐして、心身を爽快にすることである。人々は悲劇を鑑賞しながら、その深刻な演技を見て、その舞台芸術から現実にある悲惨な事件の擬似体験、仮想体験をしていることになろう。喜劇（comedy）がその滑稽な演技で観客を笑わせながら楽しませるのとは対照的である。悲劇の場合はその悲惨さに感情移入をする点で、喜劇の場合に登場人物を突き放して遊び心や悪戯根性で登場人物に共感したりして、人間の愚かさを笑って楽しむのとは正反対の方向である。

四大悲劇

　四大悲劇のうち、『ハムレット』は一種の復讐劇であり、いわば内輪の揉めごとである。主人公ハムレットは愛し尊敬する父王が殺され、父の弟クロ

ーディアス（ハムレットの叔父）が王位に就き、ハムレットの実母と結婚していることに悩み苦しむ。兄を殺したクローディアスは悪党であるが潜在的な意味で陰の主人公とも言えよう。ハムレットは王子としての高貴さがあったとはいえ、常軌を逸脱して気も狂わんばかりになり、思わぬ悪事に走ることになる。誤ってオフィーリアの父ポローニアスを殺害してしまい、オフィーリアには恋をしていながら冷淡な態度をとり、彼女を死にいたらしめてしまうのである。ハムレットは亡霊（ghost）の復讐せよとの命令どおり、叔父の現王クローディアスに復讐するか否か逡巡し懊悩するのである。ぐずぐずして、なかなかその決断がつかないのだ。ハムレットは決断力の鈍さ（procrastination）、優柔不断さゆえになかなか実行に移せず、悶々として時間ばかり過ぎてしまう。その亡霊が父の亡霊なのか、あるいは亡霊は悪魔なのか、ハムレットは懐疑的であったが、劇中劇によって父の亡霊だと確信し、その亡霊の言葉はまぎれもなく真実だと固く信じるにいたるのである。当時、エリザベス朝の観客たちのなかには先王の魂が亡霊となって現れたことに関して、霊そのものの存在を信じていた人も少なからずいたようだ。

　ハムレットの深い悲しみ（grief）の物語は倫理・道徳的な問題を提起する近代的なドラマである。ハムレットに関しては優柔不断な青年のイメージがあるが、近年、意外に意志強固な若者のイメージが深層にあると見られたりもするように、彼は芯の強さを持った男気に富む人物なのだ。

　20世紀の初めごろ、ブラドリー（A. C. Bradley）はオセロ将軍をなかなか高潔な人物であると評した。オセロは一生を戦場で送ってきて、軍人として優れており、出世し成功を収めた。ムーア人であるということで肌の色が黒かったため、社会からよそ者扱いされる嫌いがあった。それが多かれ少なかれ彼の意識に影響を及ぼし、結局自滅してしまうのだ。オセロはデズデモーナを熱愛し、その愛に取り憑かれていたために、彼女に関する不倫のうわさを耳にすれば、彼女に対する嫉妬心がつのり恨みが深まるのであった。こうしたオセロの愛の純粋さはまた愛の尊さを物語るものであろう。だがそのオセロの人間性のなかの加虐的な獣性がのさばりだし、妻デズデモーナ殺害の罪を犯してしまうのである。

　オセロは一見内省的でないおよそ単純な軍人であったといえばそれまでで

あるが、イアーゴの巧みな罠にはまってしまう。イアーゴは当時よく見られた悪弊のマキャベリズム的な悪漢であり、この男の謀略に彼は乗ってしまうのだ。何の罪もない新妻デスデモーナが夫オセロにきつく責められたときの苦しみには計り知れないものがある。彼女は最愛の夫にあえなく殺されてしまうのであるから。『オセロ』は劇中の描写力やオセロ将軍の情熱の激しさの点で、その悲惨さは『ハムレット』に比べてより深いものがある。シェイクスピアの悲劇のなかでかなり完成度が高い作品といえる。四大悲劇のうちで『オセロ』は今日においてさえも決して古さを感じさせない作品ではないだろうか。

　リア王は国政を離れて老後を過ごすため、後進に実権を譲る決心をした。リア王には娘が3人いて、遺産相続などのことで父王と娘たちとの骨肉の情が問題にされている。リア王はシェイクスピアの創造した人物のなかで、傑出した存在である。リアは王というストレスの多い高い地位にあったので、娘たちに対してすら不遜で高慢ちきなところがあった。そこで父と子の葛藤の激しさが見られ、娘たちの忘恩の醜さがさらけ出されている。恩知らずの態度は長女ゴネリルと次女リーガンに見られるが、三女のコーディリアは口下手というか真っ正直というか、癇癪持ちの父王の逆鱗に触れて、誤解が解けるまでに時間がかかってしまう。末娘コーディリアは巧言令色を嫌い、偽善（hypocrisy）を憎んだ。高貴な父王リアは見せかけやお世辞に弱かった。娘たちの言葉の奥を洞察する力が残念ながら不足していた。主人公リア王は最高権力の座にあっただけに暴君とは言わないまでも威圧的なところが娘たちの前でも陰に陽に表れたのだろう。そこで性格的に父親としても無意識に高圧的な態度が顕著に表れて、上の娘2人に領土を分割して与えたことが災いして裸の王様同然となり、破滅への道をたどり、その娘たちの犠牲者（victim）となってしまったのである。

　悲劇『マクベス』は『ロミオとジュリエット』の場合と同じように、どこか運命とか超自然的なものに操られている感がある。マクベスは野心家であるが、これは持って生まれた性格的なものが大いに支配しているようだ。性格は運命の落とし子といえよう。マクベス夫人は当時、イギリス・ルネサンス期の女性を髣髴させるところがあり、夫マクベスの自己コントロール能力

のなさを補って余りある女性である。夫の出世のために尻を叩くしたたかさがある。そんなところから、マクベスはスコットランド王ダンカン殺害という大罪を犯すほどの人非人に成り果てたのだ。殺害後、マクベス夫妻はその残虐な悪行による罪の意識に苛まれ苦悩する。マクベスの凶行直後の、

> **マクベス** 大海神ネプチューンが支配しているすべての大海の水ならば、この私の手の血をすっかりきれいに洗い流してくれるだろうか？いやダメだ、反対にこの手によって、大海原は紅に染まり、青い海が真っ赤な海になってしまうだろう。
> **Macbeth** Will all great Neptune's ocean wash this blood / Clean from my hand? No, this my hand will rather / The multitudinous seas Incarnadine, Making the green one red.
> —*Macbeth*, 2. 2. 59-62.

というせりふに見られるように、己の重大な犯行を悔やんでも悔やみきれないのだ。あの酷い王殺害は絶対にあってはならぬことであり、最低の人間の、よからぬ野心のなせる凶悪犯罪である。その罪の深さはあの大海の深さをはるかに上回るものだ。

　帰するところ、人々は悲劇を鑑賞することによって心のなかにカタルシス（katharsis　浄化）の作用が働き、シェイクスピアの観客や読者はそれぞれの人の心に鬱積している恐怖感や不安感、邪心、苦悩などが払拭され心が洗われて、快適な心境にいたるのである。芸術作品などを鑑賞する際には、その作品の世界に没入し、感情移入が行なわれ、無意識のうちに自分が劇中の人物と化したり、登場人物に同化したりして、日常生活のなかで感じるストレスやプレッシャーから解き放たれ、さっぱりした気分に浸り、自己が経験する苦悩や恐怖などをたとえ一時でも解消するような共感を覚えて、ある種の快感を味わうのである。こうして、悲劇はカタルシスの効果により、抑圧されている心のしこりのようなものを除去し、コンプレックスを忘れさせ解消するにいたるのである。

世界中で親しまれるシェイクスピア

　21世紀の今日から振り返って、世界的な文豪といえばドイツにはゲーテがいる。イギリスにはシェイクスピアがいる。フランスにはこの二人に匹敵するほどの文豪がいないらしい。そこで『レ・ミゼラブル』で有名な文豪ビクトル・ユゴーを盛り立てて、世界における彼の知名度を高めようとしたがうまくいかなかったようだ。だがフランスには古典喜劇の完成者としてのモリエール（1622-73）がいる。モリエールはシェイクスピアと同様に自ら舞台に立ち、役者の顔を兼ねて一生を過ごした。彼は人間を観察する眼が鋭く、また痛烈に人間を風刺して、さまざまな性格の人物を造型した。彼の作品としては例えば、『人間嫌い』や『守銭奴』、『女学者』などが有名である。ドイツのゲーテやロシアのトルストイはシェイクピアに関心を示したが、フランスではなぜかシェイクスピアに対する関心度は高くなく、いまいちのようである。もしかするとフランス人は芸術的にもっと品格のある作品が好みなのかもしれない。

　シェイクスピア時代はイギリス・ルネサンス期であり、ギリシャ・ローマの古典の復興を掲げて、禁欲主義（stoicism）から人文主義（humanism）へと向かった。神中心の中世文化から人間中心の近代文化へ向かう華やかな時代であった。当時の詩や劇作品においても華麗な英語の文体で表現する傾向が見られた。シェイクスピア時代の英語は初期近代英語（Early Modern English）と呼ばれ、現代英語（Present-Day English）は後期近代英語（Later Modern English）のなかに入る。したがって、シェイクスピアの英語は欽定訳聖書（The Authorized Version Of the Bible, 1611）と並んで近代英語の文体（style）の形成に大いに貢献した。シェイクスピアの英語の語彙（vocabulary）は約22000、欽定訳聖書の語彙は約6500といわれている。1607年にはイギリスは最初の北アメリカ植民地〈ジェームズタウン〉の建設に成功した。アメリカ新大陸において最初に入植・定住したのはヴァージニア州の東部であった。ヴァージニア州という名前は当時のイギリス女王がヴァージン（virgin 処女）であったことに由来する。時代は流れ2007年はイギリス人入植からちょうど400年にあたる。アメリカ英語は今日、イギリス英語と異なる面

があるといわれるが、シェイクスピア時代の英語がアメリカに渡って現代まで生き残っている（survival）要素があり、シェイクスピア時代の英語がアメリカ英語の基になっているといえる。

　シェイクスピアはおよそ 25 年間ロンドンで活躍したが、引退後約 5 年間の余生はストラトフォードで暮らしている。晩年はジェントリー（gentry 紳士階級、貴族のすぐ下の階級）として悠々自適の生活を送った。1616 年没、享年 52。シェイクスピアの故郷、ストラトフォードの当時の人口はわずか 5000 人くらいであり、ロンドンは人口が 12 万人程度であったから今日の日本のちょっとした地方都市くらいの規模で、首都として栄えていた。

　シェイクスピアが残した数々の戯曲のなかでは四大悲劇が有名である。それは『ハムレット』、『オセロ』、『リア王』、『マクベス』である。古代ギリシャ悲劇では〈運命〉が悲劇をもたらすが、シェイクスピアの悲劇ではむしろ人間の性格が悲劇をもたらす主な要因となっている。シェイクスピアには悲劇だけでなく喜劇にも優れた作品が少なくない。喜劇では『夏の夜の夢』（*A Midsummer Night's Dream*, 1596）や『ヴェニスの商人』（*The Merchant of Venice*, 1597）、『お気に召すまま』（*As You Like It*, 1599）などが知られている。また、歴史劇では『リチャード三世』（*Richard III*, 1593）や『ジョン王』（*King John*, 1596）、『ヘンリー八世』（*Henry VIII*, 1613）など多くの作品を書いている。さらに、ロマンス劇としては『冬物語』（*The Winter's Tale*, 1611）や『あらし』（*The Tempest*, 1611）などがある。そのほか物語詩『ヴィーナスとアドーニス』（*Venus and Adonis*, 1593）や抒情詩『ソネット集』（*The Sonnets*, 1609）が知られている。

　シェイクスピアは貴族や民衆、知識人など、彼の戯曲作品中にさまざまの視点から登場人物を造型し、巧みに描いている。シェイクスピアは自分の作品を通していわば無数の人生を生きた、万人の心を持った劇作家である。彼が造型した登場人物の数はおよそ 700 人に上り、その人物のなかにシェイクスピア自身が身を隠している。彼はたえず登場人物の普遍的性質というものを根底にすえて、人物 1 人ひとりを造形している。登場人物はすべてシェイクスピアの息がかかっていながら、シェイクスピアの分身とまではなかなか言いにくいのだ。シェイクスピアはドラマトゥルギー（Dramaturgie）の

点では技法や文体の面で努めて客観的に表現することに成功している。彼はいうなればこの人間界の外側に立って宇宙的視野から世界や人間社会を眺めている。彼は人間の優れた面と劣悪な面とを容認し、崇高な人間の裏には人間の不完全さ愚かさが宿っていることを自覚しているのだ。シェイクスピアは、人間には合理性を追求する優れた能力がありながらも矛盾をはらむ非合理性が内在していることを、戯曲を通して示唆しているのである。

〈付記〉
　2007年中に日本で上演された主なシェイクスピア劇関係のもので、実際に私自身が観たものを挙げておく。

2007年3月　『恋の骨折り損』（彩の国さいたま芸術劇場・蜷川幸雄演出、男性俳優のみによるもの）
同年4月　『ロミオとジュリエット』（森下洋子主演バレエ・府中の森芸術劇場）
同年5月　『真夏の夜の夢』（楽塾歌劇・本多劇場・流山児祥演出、女性俳優のみによるもの）
同年5月　『ロミオとジュリエット』（Studio Life・紀伊国屋ホール・倉田淳演出、男性俳優のみによるもの）
同年6月　『夏の夜の夢』（新国立劇場・ジョン・ケアード演出、村井国夫・麻実れいほか出演）
同年6月　『オセロ』（アカデミック・シェイクスピア・カンパニー・銀座みゆき館劇場・彩乃木崇之演出、4人の俳優のみによるもの）
同年6月　『恋でいっぱいの森』（『夏の夜の夢』『から騒ぎ』『お気に召すまま』をシャッフル・劇団東演・東演パラータ・福田善之演出）
同年7月　『十二夜』（翻案・東京歌舞伎座・蜷川幸雄演出、尾上菊之助三役演じ分け）
同年7月　『夏の夜の夢』（子供ためのシェイクスピア・東京グローブ座・山崎清介演出）
同年7月　『オセロ』（演劇集団円・紀伊国屋ホール・平光琢也演出・金田明ほか出演）
同年8月　『夏の夜の夢』（オックスフォード演劇協会・東京芸術劇場・セイラ・ブランスウエイト演出）

同年9月『ヴェニスの商人』(ホリプロ制作・天王洲銀座劇場・グレゴリー・ドーラン演出、市村正規・寺島しのぶほか出演)
同年9月『ロミオとジュリエット』(ケンブリッジ大学ペンブルック・プレイヤーズ・成蹊大学公園・エミリー・ルーイス演出)
同年10月『オセロ』(彩の国さいたま芸術劇場・蜷川幸雄演出・吉田鋼太郎ほか出演)
同年10月『真夏の夜の夢』(東京バレエ団・ゆうぽうとホール・アリーナ・コジョルカ出演)
同年12月『冬物語』(シェイクスピア・シアター・俳優座劇場)
同年12月『ハムレット』(企画・制作:りゅーとぴあ能楽堂、構成・演出　栗田芳弘)

夏の夜の夢

2　恋に妖精の魔法や惚れ薬

夏の夜の夢ってどんな夢？

　シェイクスピアの喜劇では、『夏の夜の夢』や『ヴェニスの商人』『お気に召すまま』、『十二夜』などロマンティック・コメディに人気がある。これらの喜劇では究極において人間を信頼し、その麗しい心に基づき人間を賛美している。また人間性本来の愚かな言動を心のどこかで笑っている。哲学や倫理学では主に論理的・抽象的に人生の諸問題を論じるが、文学や芸術となると同じテーマを扱っても具体的な人物造型や自然・社会環境をリアルに描き、また娯楽性を加味することによって、作品が読者や観客に感動を与え、人生観が変わるようなインパクトを与えることすらある。『夏の夜の夢』は、恋に妖精の魔法や惚れ薬が作用する超自然の夢幻劇である。

　『夏の夜の夢』（*A Midsummer Night's Dream*）という題名は、midsummer が mid（middle）＋ summer の複合語（compound word）であるから、「夏の真ん中、盛り」、「真夏」、「中夏」の意味であり、坪内逍遙訳『真夏の夜の夢』が昔から継承されてきた。だが半世紀前ごろ、福田恆存訳『夏の夜の夢』が出てこれが一般化して今日にいたっている。最近のシェイクスピア関係の著作を見ると、ほとんどすべて『夏の夜の夢』と訳されている。『真夏の夜の夢』という訳は、三神勲訳（角川文庫）や大場建治対訳（研究社）に見られる程度である。日本の舞台ではどうかといえば、2007 年には劇団楽塾の歌劇「真夏の夜の夢」や東京バレエ団「真夏の夜の夢」が公演された程度である。

日本語訳は『夏の夜の夢』と『真夏の夜の夢』とではどちらが良いのか。どちらにもそれなりの理由はある。英語のミドサマー（midsummer）は12世紀以前から使われているが、狭義では6月22日の夏至のことであり、聖ヨハネ祭が6月24日であり、イギリスの夏至とこの祭の行事とがほぼ同時期である。夏至と聖ヨハネ祭とが重なったイメージを喚起するようになっている。イギリスの6月は日本の梅雨の時期とは違って快い季節であり、そのころは日本の初夏のような気候なのである。イギリスでは、5月・6月・7月が夏という見方もあるようだし、むかし「春」（spring）という呼び名がなかったとの異説がある。ちなみに英語の spring が名詞として春の意味に用いられ始めたのは16世紀ごろである。また、『夏の夜の夢』のなかでティターニアが「夏の始め」（'the middle summer's spring' = the beginning of midsummer —2. 1. 82）というとき、英語の原典では spring という語を「始め」（beginning）の意味で用いている。なお『ヴェニスの商人』のなかで、召使いがポーシャに「輝かしい夏が間近なのを知らせる麗しい4月の日も、ご主人（バサーニオ：ポーシャの求婚者）より先に来られたこの使者には及びません」（A day in April never came so sweet / To show how costly summer was at hand / As this fore-spurrer comes before his lord.）と言っている。この召使いの言葉のなかに summer（夏）が間近なのを予感させる4月の日射し（光）の麗しさを表現している。4月にこのような陽気が見られるわけであり、まして5月となればなおのこと、初夏の空模様が見られても不思議ではない。つまり4月に「夏が間近」といっている点に注目したい。日本では「夏も近づく八十八夜」と唄われているが、これは立春から88日目であり、陽暦5月1日〜2日ごろにあたる。種播きに適した時期であり、茶どころでは茶摘みの盛んな時期でもある。5月6日ごろ立夏を迎える（太陽暦の3月・4月・5月が春であるが）。地球温暖化の影響もあって、近頃は5月に摂氏25度になる日が時折あり、これを「夏日」と呼ぶようになっている。翻訳文学は日本文学であるともいえるので、『夏の夜の夢』を日本人が日本語で読んだり演じたりするのであるから、「真夏」と直訳せずに、作品自体およびイギリスの気候や祭・行事などを勘案して、『夏の夜の夢』とした方が良いであろう。

　喜劇『夏の夜の夢』のなかでは、時の設定は五月祭（May Day）であり、5

2 恋に妖精の魔法や惚れ薬

月1日の前夜から翌朝までを中心に、この日に先立つ4日間に設定されている（五月祭には結婚式もよく行なわれる）。この劇では、若い男女4人がアテネに近い森に入り、道に迷ったり、疲れ果てて眠ったり、夢を見たりして、登場人物や観客の意識はそれこそ夢うつつとなり、夏への無意識の期待感からか、とろとろとタイプスリップして夏至祭・聖ヨハネ祭をイメージして両者が夢のなかで溶け合ってしまう（劇の最後には3組の男女がめでたく結婚式を迎えることになるのであるが）。この劇のすべてが一夜の夢の物語だというわけで、シェイクスピアは『夏の夜の夢』と題したのかもしれない。翻訳家・演劇評論家の松岡和子氏は、この劇の季節感はどこか狂ってしまっていると語っている。役者たちがこの劇を演じながら、また、その芝居に呑み込まれた観客たちがこの劇の世界に溶け込んで、夢のような幻想を抱いてしまうことは、作者シェイクスピアの想定内のことであったかもしれない。

舞台はギリシャのアテネの森という設定であるが、シェイクスピアの描いたアテネはシェイクスピアの住むイングランドそのままであって、森もイングランドの森をイメージしてこの作品を描いている。『夏の夜の夢』の森は、夜には妖精（fairy）が跋扈する神秘の森である。とくに五月祭などの祭りの日には妖精が地上によく現れる。妖精は非常に小さな想像上（imaginative）の生きもの（creature）であり、魔法の力を持ち、翼を持った小さな人のような姿をしていて、人間の眼には見えないのである。そして妖精は年をとらず死ぬこともなさそうである。目に見えない（invisible）点とか不死である（immortal）点などは神にも似た属性を持っている。『夏の夜の夢』に出てくる妖精のパックはいたずら好きな点では人間に近い親しみを感じさせる。ともかく妖精は人間の心のなかに住んでいるのだ。『夏の夜の夢』は人間どもが妖精に踊らされる物語であり、この喜劇の陰の主役はまさしく妖精である。作品中にこの超自然的（supernatural）は生きものである妖精を登場させることによって、妖精が人間を客観視する一つの手段になっている。妖精は人間の分身として相対化されているのである。広くは鬼や天狗、河童、妖怪なども人間の想像力から生まれ、人間の分身として相対化された生きものといえそうである。人間の根源悪や善（神に近いもの）を擬人化（personification）・具象化したものといえよう。見方を変えれば、goblin（悪

25

鬼・小妖精）も spirit（悪魔・小妖精）も魑魅魍魎も想像上の隠喩としての人間の分身であろう。

　夜の森、妖精の森に入って、ここで恋を語り合うことが許されるのである。この物語のなかの若者たちも例にもれず夢多き年頃であり、とくに夏は生命が躍動する恋の季節ともいえる。その夢が夜開花するのである。そもそも夢(dream)は第一義的には、眠っているあいだに脳裡に浮かぶものである。いろいろな思いや感じやイメージが頭のなかに浮かぶ。夢は転じて比喩的に心に描く願いや空想、考えごとなどである。さらに夢ははかないことの喩えに用いられる。例えば、「人生は夢である」（Life is a dream.）とか「青春は束の間に過ぎ行く夢のごとくである」（Youth is like a swiftly passing dream.）などという。

　こうして、『夏の夜の夢』では、妖精と人間、若い男と女、宮廷と庶民、町と森、日常と非日常、理性（意識）と本能（無意識）のコントラストが見事に描かれている。とくに恋をしている若者たちは夢を見ている心地なのだ。原始時代には、夜眠っているあいだに見る夢は、なんと、神様のお告げのように信じていたようだ。ところが、20世紀の初めごろになると、フロイト（1856-1939）が夢というものを科学的に研究して、夢は、意識と無意識との仲介役をするものだと考えた。シェイクスピアにあっては、夢というものは幻のようなもので、実体を持たない非現実的なものなのだ。まして『夏の夜の夢』は夜の物語である。夏の夜は恋の時間であり、夢見心地で恋をする。妖精（fairy, elf, spirit）は森の暗闇にだけ現れるのである。現れるといってもその姿は人間の目には見えず、主にその声を聴くだけなのだ。喜劇『夏の夜の夢』には、妖精がよく登場し人間たちと親しくなる。一般に翼を付けた小人のような妖精だが、天使のような宗教性はあまり感じられない超自然的な存在である。人間には死がある（mortal）が、妖精には死がない（immortal）。妖精は不老不死なのであろう。妖精は一種の精霊（spirit）である。妖精は空想上の生きもので翼が付いていて、どこか少し天使に似ている。妖精は超自然的（supernatural）な魔力（magic power）を持っている。舞台においては、人間の形をして人間族の前に姿を現す。伝統的・一般的には妖精はおおむね女性の姿をとるが、シェイクスピア劇では男女の妖精が登場

し、概して人間には好意的に接する。シェイクスピアは劇中に妖精を登場させて、夜、目に見えないもの（invisible）に光を当てる。精霊である妖精は本来、人の目に見えない生きもの（invisible creature）として、人間の影法師的な役柄として夢のような世界で活躍する。なにしろ人生のキーワードの一つは〈夢〉だといってよいのだから。こうして、温故知新の好例といっても過言ではないほどに、400年前のシェイクスピアの戯曲が翻案ものを含めて、盛んに日本人によって演じられたり、愛読されたりしているのである。人間性の本質は、知情意や喜怒哀楽の点で2000年来ほとんど変わっていない。21世紀のグローバル（global）な世界において、シェイクスピアは万人のものである（Shakespeare belongs to everybody.）。万人の生きる知恵の宝庫である。

恋人たちの三角関係

さて、いよいよ具体的にシェイクスピア劇『夏の夜の夢』へお誘いしたい。この劇は5幕9場から成り立ち、主な登場人物は次のとおりである。

シーシアス（アテネの公爵）
ヒポリタ（タアマゾンの女王、公爵シーシアスの婚約者）
イージアス（ハーミアの父）
ハーミア（イージアスの娘、ライサンダーを恋している）
ヘレナ（ディミートリアスを恋している娘）
ライサンダー（ハーミアを恋する青年）
ディミートリアス（同じくハーミアを恋する青年）
ボトム（機屋＝ロバ頭）・ほか職人たち
オーベロン（妖精の王）
ティターニア（妖精の女王）
パック（妖精）・そのほかの妖精

まず、芝居の幕が上がると、そこはアテネの支配者シーシアス大公（Duke

of Athens）の宮殿である。シーシアス大公とその婚約者ヒポリタ（アマゾン族の女王）ほかが登場する。シーシアスはヒポリタとの結婚式を四日後に控えている。

　　ヒポリタ　今夜から四度の夜もさっと夢見たいに過ぎていくでしょうね。
　　Hippolyta　Four nights will quickly dream away the time;　（1.1.7-8）

ヒポリタはアマゾン族の女王として君臨し、男性を軽蔑し、これまで結婚というものを拒否してきたのだった。

　　シーシアス　ヒポリタ、わたしは剣でもって、あなたを口説いて、危害を加え、愛をものにしたんだ。
　　Theseus　Hippolyta, I wooed thee with my sword,
　　　　And won thy love doing thee injuries.　（1.1.16-7）

ここで動詞 'woo'（口説く = try to persuade a woman to love you and marry you: make love to a woman; seek to win the love of a woman.）を使っている。今日ではいくぶん文語的な古風な言葉である。

　　ヒポリタ　新月が私たちを見守ってくれますよ。
　　Hippolyta　... the moon, ..., shall behold the night.　（1.1.9-10）

動詞 behold（見守る = observe, gaze）はやや古風である。ローマ神話では月の女神ダイアナ（ディアナ　Diana）は、恋や狂気を支配する。〈真夏の狂気〉(midsummer madness) とか〈真夏の月〉(midsummer moon) という言葉があって、この季節には月が若い人々の気持ちを狂わせる光を発するといわれている。シーシアスの宮殿に大公を訪ねて町に住む家臣イージアスがひょっこり現れる。イージアスは娘ハーミアが彼の意に反するライサンダー青年と結婚したがっていることに悩んでいて、なんとか彼の意に適ったディミートリアス青年（ハーミアを恋する男）と結婚させたがっているのだ。イージアスは大

公に訴え出て相談し裁きを求める。しかし、肝心のハーミア本人は若者ライサンダーの方が好きなので、父親の薦めるディミートリアス青年との結婚を嫌い、拒んでいるというわけである。ところが、別の女性ヘレナがディミートリアス青年を恋していて、ディミートリアス自身とライサンダーの二人の男性がハーミアを恋している。いわゆる恋する男女の三角関係（triangle）がそこにあるのだ。大公はイージアスの娘ハーミアに、父の薦めるディミートリアスと結婚するようにと説得する。処女の茨のまま生きて独り身を祝福するよりは、薔薇の花というのは摘まれて香料を残して地上の幸せになるのだ、慎重によく考えて父親の意向に従うようにと大公は話す。このような大公の意見は父権主義、男社会、男性優位の世のなかを象徴している。ハーミアは好きでもない夫に処女としての特権を引き渡したくないと反論する。

> **ライサンダー** ディミートリアス、きみはお父さんに愛されてる。ハーミアの愛はぼくがもらうよ、きみはお父さんと結婚すれば。
> **Lysander** You have her father's love, Demetrius; Let me have Hermia's. Do you marry him? （1.1.93-4）

このようにライサンダーは皮肉たっぷりに言う。ハーミアの父イージアスは、ディミートリアスを可愛がっており、この男に娘に対するすべての権利を譲るとまでいうのだ。ライサンダーは生まれ（家柄）においてディミートリアスに引けを取らないと主張する。本物の恋の道は決してスムーズにはいったためしがないのだということをライサンダーは痛感している。ライサンダーを恋するハーミアは、恋をすれば物思いや夢、ため息や願いごと、涙などが付きものなのだと彼に話す。これを聞いてライサンダーは悦に入る。アテネから30キロ余り離れたところに叔母が住んでいる、その叔母を頼って行き、そちらで暮らそうと提案する。そこで、二人は5キロ離れた森で待ち合わせようということになる。こうして駆け落ちの約束ができたわけだ。

一方、ヘレナがディミートリアスに片思いの恋をしていて、ディミートリアスの恋心はハーミアの方に向いている。ヘレナはアテネ中でハーミアに優るとも劣らない美人であると自認しているのだが、ハーミアを恋するディミ

ートリアスが、ヘレナに振り向いてくれないので思い悩む。ヘレナは恋は眼で見るのではなくて心の目で見るのだと思っている（Love looks not with the eyes, but with the mind.—1. 1. 234）。ヘレナはボーイフレンドのディミートリアスを恋い焦がれ、切なくて気分が浮かない。ディミートリアスの方はハーミアを恋し慕っているが、彼女は恋人ライサンダーと結婚したがっている。ハーミアはライサンダーとの駆け落ち計画をヘレナに打ち明ける。ヘレナは相思相愛のハーミアとライサンダーの二人が駆け落ちすることをディミートリアスに教えに行こうと決心する。これはディミートリアスの歓心を買うためであり、彼の心が自分の方に傾いてくれることを願ってのことである。シェイクスピアは400年前に女性の方から男性を追いかけるという話を書いているのだ。駆け落ちする森は若い男女が自由に過ごせる憩いの場である。鬱蒼と茂った夜の森に入って恋を楽しむことが暗黙のうちに認められている。ここはエロスの愛が繰り広げられる森である。森の精（fairy）が住むこの自然の森（wood）は人間（mortals）にとって帰巣本能をくすぐるものがあるのだろう。人々が憧れる心の安らぐ憩いの場なのである。神話・伝説に語られるような妖精が住むこの夢幻の森は、人々が自然に吸い込まれて行ってしまうところなのだ。人間よ、自然へ帰れ（return to nature）と言わんばかりに。

　実はハーミアとライサンダーの結婚は思うに任せない。彼らが住むアテネには前途に厳しい法律上の障害があるからだ。アテネの法律では、娘ハーミアは結婚相手を選ぶのに父親には絶対に服従しなくてはならない。

　　シーシアス　父親はあなたにとって神様同然なんですよ。
　　Theseus To you your father should be as a god.　（1. 1. 47）

と大公シーシアスはハーミアに説諭する。娘にとって、父は神にも比せられるものなのだ。日本の戦時中までの旧道徳では親が白を黒と言っても従わなくてはいけなかったことを想起する。as a god は直喩（simile）といわれる比喩（figure of speech）の一種であり、最もよく用いられる典型的な比喩である。英語の前置詞 as の後に喩えるものを置き、as（= like）～（～のような）と比喩しているのである。A（= father）is as B（= god）の形式であり、

fatherの属性とgodの属性に共通するものを見出している。ちなみに、いっそう大胆で端的に「父は神である」= Father (A) is a god (B) のように言えば隠喩 (metaphor) となる。以前、「お客様は神様です」と言った歌手がいたが。適切な比喩を用いて話すことはイメージが浮かび、聞き手 (listener) に理解しやすくする効果がある。

　ハーミアは父の意向に背けば、アテネの法律により最悪の場合は極刑（死刑）に処せられる。あるいは修道女になり一生独身で通さねばならない。彼女は頑固親父にディミートリアスと結婚するようにと言われても、彼と結婚するのはいやだとはねつけて悩んでしまう。彼女の選択肢は、(1) 父の言うとおりに素直にディミートリアス青年と結婚するか、(2) 一生独身の修道女になるか、(3) 法による死刑を甘んじて受けるかの三つに一つである。若い娘ハーミアは大公（殿さま）シーシアス自身の結婚式までに、いずれか一つを選ばなくてはならない。思案に暮れた末、結局、ハーミアはアテネの法律に背いて、第4の道として、この法律の及ばないところへライサンダーと駆け落ちするために、近郊の森に落ち合うことを心に決めた。そのむかし、ヨーロッパの森は若者たちのパラダイスであった。夏至の夜に青春を謳歌する男女の若者たちが自由を満喫できるどこかの森に出向いて、恋を囁いたり、告白したり、恋人に花輪を捧げたりしたといわれている。アテネの町のなかでは日常、理性を働かせて暮らすことが多いのに対し、緑の木々の鬱蒼と茂った森のなかではむしろ感性とか五感の働く世界なのである。そして人間の目には見えない妖精たちが現れたりする神秘的な不思議な世界なのである。

　そしてヘレナがディミートリアスと結ばれるように（And Good luck grant thee thy Demitrius!—1. 1. 221）とハーミアは願っている。また、ディミートリアスもヘレナを愛してくれるように（As you on him, Demetrius dote on you.—1. 1. 225）とライサンダーも望んでいる。ここで原文の英語doteは 'love someone very much; love blindly or excessively'（熱愛する）の意味である。それゆえに、この文は、'May Demetrius love you as much as you love him.'（ヘレナがディミートリアスを愛するように、彼がヘレナを愛しますように）という祈願文 (optative sentence) の意味である。

森の職人たちと妖精たち

　町の職人連中（mechanicals = mechanics）、ボトムはクウィンス、スナックなどが登場する。町の統治者大公の結婚を前にして、御祝の席で職人仲間が素人芝居の劇中劇（inset play　幕間狂言）をやろうと意気込んで、その準備や稽古の相談をしている。大公（殿）さまと奥方さまのめでたい婚礼の晩に、お二人の前で御前上演の芝居（幕間劇・狂言）ということで張り切っている。なにしろ、町の職人連中が素人芝居をやるのだ。町から離れた森で彼らは芝居の稽古をすることになる。大工のクウィンズが芝居の名前は「世にも悲惨な喜劇——ピラマスとシスビーの世にも残酷な死」というのだと説明する。もとは有名な悲恋物語「ピラマスとシスビー」が種本であるが個々の職人たちの素人芝居ではパロディ（parody）化されている。下手な模倣をして「誠に痛ましい喜劇」（the most lamentable comedy）と称し茶化している。機織（weaver）のボトムは主役（恋人役）ピラマスに推薦される。建具屋のスナッグはライオン役と決まる。そのほかの役も決まり、月夜の（by moonlight）森で稽古する。

　その森は娘ハーミアたちが駆け落ちするために落ち合う約束の場所でもある。ここはまた妖精の王オーベロンと妖精の女王ティターニアが支配するところなのだ。オーベロンの家来のいたずら妖精パックやほかの妖精たちの出没する神秘の森でもある。この喜劇『夏の夜の夢』の大きな魅力は、第2幕以後、ドラマの終わりまで活躍する妖精たちの世界である。妖精は中世のころほどではないにしても、当時の人々にとって今日よりももっと身近な親しまれる存在であった。少なくともシェイクスピアの作品では、妖精は大して憎まれたり災いをもたらしたりはしない。妖精は一般に人間の目には見えない（invisible）、不老不死の存在である。ちなみに、神は不死で（immortal）である。妖精は夜の間のみ活躍し、朝日が昇ればどこかへ消えてしまう。妖精は夜の世界の住人であり、人間の心の世界を支配する。こうして、この森はありふれた普通の森ではなく、妖精たちの出没する神秘の森なのだ。妖精のパニック、このいたずらパックたちが活躍する森なのである。そして後に妖精の女王ティターニアがロバ頭に化かされた職人ボトムに恋をしてセクシ

ャルな関係を持つことになるのである。そしてこの職人たちこそは、シェイクスピアがこよなく愛着を抱いた庶民なのではなかろうか。

惚れ薬（花の汁）の効果

第二幕ではアテネ近郊の森にて夜、妖精のパックがその仲間に出会う。

 パック　やあ、妖精くん、どこへ行くの？
 Puch　How now, spirit, whither wander you?　(2.1.1)

パックは仲間の妖精に spirit（妖精）と呼びかけている。妖精は夜間に活動し昼間はどこかへ身を隠してしまうのだ。

 妖精　女王様がお供の妖精たちと連れ立ってすぐこちらへやってきます。
 Spirit　Our Queen and all her elves come here anon.　(2.1.17)

ここで妖精は自分たち妖精のことを elf（pl. elves）と呼んでいる。ディミートリアスは片思いながらハーミア嬢を追って森へやってきた。しかしディミートリアスは自分についてきたヘレナを邪魔扱いし邪険にする。妖精王オーベロンはこれを見てヘレナに同情し味方をして、持ち前の魔法の秘策を練る。自分の家来の妖精パックに命令して、魔力を持った花の絞り汁を採りに行かせる。パックがその花の汁を採って帰ってくると、オーベロンはパックに命じて、眠っているディミートリアスのまぶたに魔法の花の汁を塗らせようとする。そこでハプニングが起こる。パックが人違いをし、間違ってディミートリアスにではなく、眠っていたライサンダー青年に魔法の汁を塗ってしまったから大変である。ライサンダーは目が覚めたとたん、最初に見たヘレナを恋してしまうのである。
 一方、妖精王オーベロンはお妃ティターニアともめごとがあって、口争いをしている。インドの王様からさらってきた男の子（小姓）を妻ティターニ

アが独り占めして可愛がっていて、手放そうとしないのだ。オーベロン王は自分によこせと迫っている。この大喧嘩の最中に「お付きの妖精たちは怖くなって、ドングリの笠のなかにもぐりこんで顔を隠してしまう」(... all their elves for fear / Creep into acoron-cups and hide them there.—2.1.30-31)。妖精はドングリの笠に隠れるというのであるから、人間たちの身近に出没するとき、いかに小さいかがわかる。だが妖精は変幻自在なのだ。やがて妖精女王ティターニアがロバ男にされた人間ボトムと恋をするのであるから、等身大の妖精と化しているらしい。どうやら時空を超えた夢のなかなのかもしれない。

オーベロンのインド坊や奪還作戦

　妖精王オーベロンが人間シーシアス公の妻ヒポリタと何やら相睦まじくしていたと妖精王ティターニアは言う。だが、オーベロンはそれは曲解だと否定する。オーベロンはなんとしてもインド坊やが欲しくて、妻ティターニアが眠っているのを見計らって、彼女の両目に魔法の花の汁を垂らしてしまう。つまり、恋の気違いスミレ（三色スミレ）といわれる浮気草の絞り汁を眠っているティターニアのまぶたに垂らしたのだ。オーベロンは妻がその魔法にかかっているあいだにインド坊や（小姓）を奪い返そうという作戦だ。
　妖精オーベロンの姿は人間には見えない (invisible)。そのオーベロンのいる森に誰か人間がやってきたようだ。それはヘレナ嬢だ。彼女がディミートリアス青年を追いかけてやって来たのだ。

　　ディミートリアス　君を愛してなんかいないから、追っかけてこないでよ。
　　Demetrius I love thee not, therefore pursue me not.　(2.1.188)

とディミートリアスはヘレナに冷たく言う。

　　ヘレナ　嫌われれば嫌われるほど好きになっちゃうんだもの、あなたのスパニエルよ……

2 恋に妖精の魔法や惚れ薬

Helena And even for that do I love you the more. I am your spaniel; ...
(2.1.202-3)

とヘレナは諦めきれず自己卑下して言う。男性に従属的で惨めなヘレナ。彼女はどうして愛してくれないのかとディミートリアスに泣きつく始末だ。ディミートリアスは、ハーミアを愛しているのだと公言する。彼はハーミアにすっかり惚れ込み、ハーミアにはライサンダーという恋人がいるにもかかわらず、ディミートリアスは横恋慕している。

ライサンダーとハーミアは約束どおりに森で待ち合わせて、そうこうするうちに疲れ果てて、二人は眠ってしまう。妖精パックが、ディミートリアスと間違えて、ライサンダーのまぶたに魔法の花の汁を垂らしてしまう。そこへやって来たヘレナが眠っている彼を起こすと、彼はヘレナを見て、「透き通るように美しいヘレナ」（"Transparent Herana!"—2.2.103）と誉めて言い寄る。惚れ薬の効果はてきめん！　ライサンダーに魔法が効いて、彼は目の前のヘレナを恋してしまう。彼は、本来の恋人ハーミアを忘れて、ヘレナに対して熱烈な求愛（wooing）の言葉を浴びせ、口説き文句を口走る。しかしヘレナは彼の愛の言葉を決して信じようとしない。彼の求愛は全く信じられないのだ。そしてヘレナは「ハーミアが今もあなた（ライサンダー）を愛してるのよ」("Hermia still loves you"—2.2.103）と言う。ヘレナに冷たいディミートリアスに対しては「あなたの仕打ちは女性全体を侮辱してるわよ！」（"Your wrongs do set a scandal on my sex."—2.1.240）と言って、ディミートリアスがヘレナ個人を理解してくれないことだけではなく、女性全体のことに敷衍して批判している。ディミートリアスに対する不信感が深まり、ヘレナは孤立無援の心境なのである。ヘレナには従順なところが見られ、「男性は恋のために闘争するが、女性にはできない、男性が口説く側で女性は口説かれる側なのよ。私はあなたについていく、今の地獄を天国に変えるためにね。……」（We cannot fight for love, we should be wooed and were not to woo. I'll follow thee, and make a heaven of hell, ...—2.1.241-3）と饒舌に語るなかで、ヘレナは意外に男性主導型の恋愛関係を是認している伝統的な女性のタイプと見られる。

ヘレナが悩まされるのも元を正せば妖精の仕業である。英語の fairy（妖

精）はもとラテン語 fata（運命の三女神）に由来するように、神秘的なイメージがある。妖精は想像上の生き物であり、多くの場合、翼を持つ小人の形をした魔物で、特別な魔力を持っている（= a very small imaginative creature with magic powers that looks like a small person with wings.）。普通、良い意味で人間の言動に干渉する。

　妖精王オーベロンはいたずら妖精パックに命じて、アテナの青年ディミートリアスのまぶたに惚れ薬を垂らさせた。パックはディミートリアスを探し回っていたときに、ふと、眠っている男女を見つけた。それはライサンダー青年とハーミア嬢だった。パックはそれがディミートリアス青年だと早とちりして、迂闊にもライサンダーに惚れ薬の花の汁を垂らした。相手を間違えて魔法の花の汁を使ってしまったのだ。そこで魔法の力による異変が起こり、ライサンダーはハーミアを捨てて、ヘレナを恋し始めたから大変である。彼は「男性の欲望は理性に支配されるんだ」（"The will (= heart) of man is by his reason sway'd ((= ruled)"—2. 2. 115）とか「理解がぼくの欲望を抑えてくれるんだよ」（"Reason becomes the marshal (= director) to my will (= desire)."—2. 2. 119）と言って、「理性」（reason = power to judge or sound judgement）という合意的思慮の能力を表す言葉を振りかざしながら、まことしやかに口説く。妖精王オーベロンはこれを見過ごすわけにはいかず、ここは彼の出番とばかりに、眠っているディミートリアスに魔法をかけて、彼が目を覚ましたとき、彼に恋をしているヘレナに対して彼の恋心が湧くように仕向けた。こうしてオーベロンは人間に対する親切な良き助言者なのだ。

　理性と感情を対置した場合、二項対立的に二分法で分けることは切れ味はよいがそう簡単には割り切れない。とはいうものの、理性を優先すれば冷静・沈着になり、ある程度は適切な判断を下すであろうから、ヘレナに対して説得力があるというものだ。ライサンダー青年は「ハーミアじゃなくて、ヘレナをぼくは愛してるんだよ」（"Not Hermia, but Herena I love."—2. 2. 112）と公言してはばからない。それにライサンダーは自分が理性的な人間であることを自認して、本来、情緒的なものであるはずの恋に理性を持ち込み、この理性をもっぱら武器にしているように思われる。さらにライサンダーは「理性が、あなたの方がずっと素敵な女性だと教えてくれるんだよ」（"And reason says you are the worthier maid."—2. 2. 115）と言う。ここで原典の英語では、普通、人間主語（human subject）がくる位置にいわゆる無生物主語（inanimate subject）として抽象名詞（abstruct noun）reason（理性）を置き、それを発言の動詞 say の主語に置いて客観的に述べている。maid は結婚していない女性、年若い女性（a woman or girl who is not married）の意味である。

ヘレナの恋は？

　ヘレナは「あたしって、熊みたいに醜いの」（"I am as ugly as a bear."—2. 2. 93）とか、「けだものだって、あたしを見れば怖がって逃げちゃうわ」（"For beasts that meet me run away for fear."—2. 2. 94）と言って、自分の顔に自信がなく劣等感を抱いている。ヘレナは自分の悩みについて比喩を巧みに使って話し、心境吐露の表現効果を挙げている。ドイツの哲学者ハイデッガー（Heidegger, 1889-1976）が、存在の本質は比喩や詩を通じてのみ理解できると主張するのもうなずける。A (I) is as 〜 as B (bear) の形式の直喩（simile）である。最もポピュラーで平易な比喩形式である。AとBの共通する属性に着目して、AをBに喩えている。as 〜 as の〜の位置には、一般に形容詞（上記の例では ugly）がくる。例えば、She is a *slender* as a twig.（彼女は小枝のようにスリムである）のように表現する。be (am) の位置にそのほかの動詞がくる場合は〜の位置に副詞がくることもある。

　第 2 幕ではヘレナを中心に口争いが尽きない。そんなこんなで、ヘレナはライサンダーからいくら言い寄られ、恋の口説き文句を並べ立てられても全く乗り気になれず、不信感が募るばかりである。彼女は真っ向から反発して、「あたし、何でそんなふうにからかわれてしまうの？」（"Wherefore was I to this keen mockery born?"—2. 2. 122）という疑問を抱き、自分がライサンダーにからかわれているのだと思えて仕方がない。また、「あなたに侮辱されるみたいなことを、いつ私がしたっていうの？」（"When at your hands did I deserve this scorn?"—2. 2. 123）と自分が侮辱（scorn = a feeling that a person or act is mean or low.）される理由がとんと思い当たらないのだ。とにかく、ヘレナは情感豊

かで面白い女性であり、独白（monologue）のかたちでよくしゃべる。シェイクスピアの喜劇『お気に召すまま』のロザリンドに次ぐ饒舌さといわれるゆえんである。

　こうした恋の三角関係から端を発した混乱は、妖精パックの人違いが元である。この神秘の森のなかで人間はどうやら妖精に翻弄されているようにも見える。一般に恋は移ろいやすいものであるから、いろいろと予期せぬことが起こることもあろう。一方、ハーミアはライサンダーに捨てられて気持ちが落ち込む。急に彼からヘレナを愛していると言われても、ハーミア自身、とても信じられるはずがない。こうして男性2人、ライサンダーとディミートリアスがヘレナ1人を恋して追い回すというトライアングル（三角関係）に陥り大混乱である。男たちはハーミアに見向きもしない。ディミートリアスは目を覚ますと惚れ薬の魔法が利いて、ヘレナに、「ああヘレナ、女神、森の精、完璧で神々しい！　恋人よ、あなたの瞳を何にたとえようか」（O Helena, goddess, nymph, perfect, divine! /To what, my Love, shall I compare thine eyne?—3. 2. 137-8）と賛美し言い寄る。ヘレナは狐につままれたような気持ちになり、自分が馬鹿にされていると思ってしまう。妖精の魔法の仕業とは知らず、今度は女性同士、ヘレナとハーミアが喧嘩になる。ヘレナがハーミアに罵詈雑言を浴びせる。ハーミアの方も状況の異変に気づき、ヘレナを泥棒猫呼ばわりする始末。森のなかで、ハーミアはこうした恋の争いで感情むき出しだ。彼女はライサンダーが見えないのはディミートリアスのせいだと思い込み、再び夜の森のなかでライサンダーを探して歩く。ディミートリアスの方はそこで疲れ眠ってしまう。妖精王オーベロンは眠っているディミートリアスに惚れ薬の魔法をかけて、ヘレナを恋するように仕向けた。ライサンダーは魔法にかかりヘレナを愛していたのを、妖精の解毒の薬で再びハーミアへの愛が戻る。ディミートリアスとヘレナの恋は妖精の魔法にかかって解けないまま、めでたい結婚式の日を迎えることになるのだ。まさに2人は夏の夜の夢そのものの喜劇性を帯びたハッピーエンドである。

職人ボトムは魔法でロバ頭の怪物に

　第3幕では、職人仲間の中心人物でリーダー格のボトム（機屋）は仲間たちに「公爵さまの御前で芝居をやるんだから、そのつもりで稽古してちょうだい」という。喜劇『夏の夜の夢』のなかのいわゆる劇中劇（inset play）を披露するというわけである。この芝居（幕間狂言）の題は「ピラマスとシスビー」（*Pyramus and Thisbe*）と決まる。これは大工のクインスの脚本・演出で、〈長たらしくも簡潔な、悲惨きわまる喜劇〉であり、いわば悲劇的笑劇（tragical farce）としてパロディ化したものである。この芝居の元はギリシャの伝説である。バビロンの少女ティスベを愛する若者ピラモスが、あるとき恋人がライオンに殺されたものと誤って信じてしまい、自らも命を絶ってしまう。それを知った少女も後を追って死んでしまうという話である。さて、この少女シスビー役はひげの生えたフルート（ふいご直し職人）、主役のピラマス（シスビーを愛する恋人）を機屋のボトムが演じることに決まる。職人たちは楽しみにして稽古に励み、上演の舞台装置や演出の仕方なども話し合ったりしている。

　ところが、妖精パックは職人たちの下手くそな稽古ぶりを呆れながら見物していて、いたずら心を起こし、舞台の出番を待っていた機屋のボトムに魔法をかけて、彼の頭をロバの頭にしてしまったから大変である。人間ボトムはロバ頭の怪物（モンスター：monster）にさせられてしまったのだ。しかし、当のボトム自身はその変身ぶりに気づいていないのだから困ったものである。ボトムの職人仲間たちの方は変身したロバ頭の彼を発見して、びっくり仰天怖くなって、みんな逃げ去ってしまう。彼は独りぼっちになり、自分を慰めようとして歌を唄う。そのすぐ近くで眠っていた妖精女王ティターニアが目を覚ました。とたんに、妖精王オーベロンの策略による惚れ薬の効果で、彼女は目の前にいるロバ頭ボトムにぞっこん惚れ込んで熱烈な恋に落ちてしまう。

　妖精女王ティターニアはほかの妖精たちにロバ頭ボトムをたんまりともてなすように命令する。ティターニアは先ほど歌を唄っていたボトムに「お願い、すばらしい人間さま、もう一度歌ってちょうだい」（"I pray thee, gentle moral, sing again."—3. 1. 132）と言って好意を示す。

 ティターニア わたしはあなたが大好きよ。
 ボトム ねえ、奥さん、そんなことをおっしゃるのは少々、理性というやつが足りないんじゃないかねえ。だけど正直な話、ちかごろ理性と恋とは馬が合わないみたいだね。
 Titania I love thee.
 Bottom Methinks, mistress, you should have little reason for that. And yet, to say the truth, reason and love keep little company together nowadays. (3. 1. 136-9)

ボトムは妖精王ティターニアに求愛されると、照れくさそうに理性（reason）を引き合いに出して自己抑制的に答えている。ティターニアはさらに彼を口説いて、「あなたは美しいだけでなく賢い方ね」（"Thou art as wise as thou art beautiful.—3. 1. 142）と言う。ロバ頭ボトムはティターニアに誉められて困惑気味だ。また、ティターニアは「この森を出ちゃおうなんて思わないでほしいわ。ここに残らなくちゃ駄目よ。わたし、普通の妖精じゃないんだからね。夏の方がいつも私にかしづいているのよ。そのわたしが、あなたを愛しているんだもの。だから、ぜひ、わたしと一緒に来てちょうだいね」（"Out of this wood do not desire to go: / Thou shalt remain here whether thou wilt or no. / I am a spirit of no common rate; / And I do love thee; therefore go with me."—3. 1. 145-9）と言う。この様子を見て、妖精パックは、妖精王オーベロンに「女王さまは化け物に恋してます」と伝える。これを聞いて、オーベロンは作戦が成功したのだと思ったようだ。パックはロバ頭を化け物（monster）と呼んでいる。ロバ（ass）は賢い動物であるが、性欲旺盛の象徴でもある。つまり、妖精女王ティターニアはこの化け物（ロバ頭ボトム）の性欲の虜になってしまったのだ。ここのシーンでは性愛が暗示され、しかも妖精女王ティターニアの相手の男性はロバ頭ボトムであり、獣のイメージである。この男女の結びつきは女性主導型であり、グロテスクなエロティシズムが漂っている。風刺や怪奇、幻想に富む画家ボッシュ（1450頃-1516）や、風俗画・宗教画・幻想画を描いたゴ

ヤ（1746-1828）の世界に通じるものがあるというのが、ポーランドの批評家ヤン・コットの説である。

　ティターニアは欲情に濡れながら、ロバ頭（機屋のボトム）を誘惑して彼女の寝室へ向かう。「お月さまも涙ぐんでいるみたいだわ。お月さまが泣くと、小さな花もみんな涙を流すのよ、乙女の操が犯されたのを哀れんで」("The moon, methinks, looks with a watery eye, / And she weeps, weeps every little flower, / Lamenting some enforced chastity."—3. 1. 191-3) と彼女は言う。上記英文中、分詞形容詞 enforced は violated（犯された）の意味と解されている。しかし、少数説ではあるが、演出家のジョン・ケアード（John Caird）は「無理強いされた独り身を哀れんで」(lamenting sleeping alone obligatorily) という意味にとっている。

　ひるがえって、第3幕第2場では、妖精王のオーベロンは「あの恋人たちは決闘の場所を探しに行ったよ」("Thou see'st these lovers seek a place to fight."—3. 2. 354) と言い、ライサンダーとディミートリアスの男同士が恋敵として、ヘレナへの愛に決着を付けようと、血なまぐさい決闘になっては大変と妖精パックにその防御策を命ずる。ライサンダーとディミートリアスは今にも決闘を始めそうになるが、妖精パックが2人分の声色を使って2人を騙し、かわしてしまう。妖精パックはこの2人の男が疲れて寝静まったのを見計らい、魔法の花の汁を1滴ライサンダーの目に垂らして、先刻、間違ってかけられた魔法を解いてやる。さらに、オーベロンは「わたしは妃（ティターニア）のところへ行って、インドの坊やを取り返す。そしたら、いま化け物（ロバ頭ボトム）に夢中になっている彼女の目の魔法を解いてやるよ。そうすりゃ、万事一件落着だ」("I'll to my queen and beg her Indian boy. / And then I will her charmed eye release / From monster's view, and all things shall be peace.—3. 2. 375-7) と言う。そもそもティターニアの方がロバ頭ボトムを色仕掛けで虜にしたのだ。

　ティターニア　女は蔦になり、男の楡のごつい枝にからみつくの。
　Titania　...; the female ivy so
　　　Enrings the barky fingers of the elms.　(4. 1. 41-2)

このようにティターニアはボトムを抱擁（embrace）する。これは有名なラヴシーンであり、ウォルター・クレインの『シェイクスピアの花園』（Flowes from Shakespeare's Garden）のなかに女の化身として蔦の妖精（ティターニア）が雄々しい楡の木（ロバ頭ボトム）にまとわりついた絵があり、絵画というビジュアル化により、見事なエロティシズムを漂わせている。ティターニアは「ああ、可愛いね、すごく可愛いね」("O I love thee! How I dote on thee!"—4. 1. 44) と言う。ティターニアは love と並行して dote (= love someone very much) を用いて強調している。修辞的に類語反復の例である。
　妖精女王ティターニアがロバ頭はボトムに惚れ込んで性愛に耽っていたが、そこへ妖精王オーベロンがやってきて、彼女をこっぴどく咎め、難なくインドの坊やを取り返した。オーベロン王は女王にかけた惚れ薬の魔法を解いた。王はパックに命じて、魔法にかかったボトムのロバ頭を取り去った。そしてボトムにこれまでのことが夢だったと思わせる魔法をかけたのだ。機屋のボトムはロバ頭の怪物から元の人間に戻り、不思議な夢を見た心地で職人仲間のところへ帰った。
　それから森のなかでは若い恋人たち4人（ハーミア、ライサンダー、ヘレナ、ディミートリアス）が眠っていた。妖精王オーベロンは誤って魔法にかけられたライサンダーの魔法を解き、彼が目を覚ますと、ハーミアとの恋が復活していた。ディミートリアスの方は「魔力としか言いようがないですよ。ハーミアへの恋心なんかどっかへ消えてしまいました。もう今は子供のころ夢中になったヘレナを恋して心がすっかりなびいています」と言う。さらに彼は「ほんとに目が覚めているのかなあ。まだ眠っているみたいなんだよ。夢のなかにいるみたいなんだよな」("Are you sure / That we are awake? It seems to me / That yet we sleep, we dream."—4. 1. 192-4) と言って不思議がっている。ここにめでたく二つの相思相愛のカップルがオーベロンの目論見どおり誕生したことになるが、ディミートリアスは現実にはハーミアを恋していたのであるから、ヘレナとの結婚が具体化するということは、妖精の魔法にかかったままのような結婚となるわけである。それゆえ、この喜劇『夏の夜の夢』自体が妖精たちに操られた夢物語というほかはなかろう。人生そのものが夢なのであるから。一方、ヘレナはディミートリアスに片思いをしていたのが、念願

が叶って彼の愛を射止めたことになるわけである。作者シェイクスピアは、しおらしく男性からの求愛を待つ女性ではなく、ヘレナのように積極的に男性に言い寄る女性の方を評価しているのであろうか。

　ところで、妖精と人間との恋である女王ティターニアと機屋のボトムとの関係は女王と最も身近な妖精王オーベロンが仕掛けた罠である。人間と等身の妖精ティターニアということになり、王はティターニアに一夜のよろめきを赦したことになろう。これも女王に寛容な王の処遇と考えられる。王はインドの坊やを奪還することの方を優先したのだから。王に起こされて、ティターニアは「あら、オーベロン！　なんてへんちくりんな夢を見たのかしら。ロバとの愛に溺れている夢だったのよ」("My Oberon! What visions have I seen! Methought I was enamour'd of an ass."—4.1.75-6)と言う。とはいえ、現実にボトムを誘惑したのは妖精女王ティターニアだったのだ。彼女のボトムとの悪夢のような愛は妖精王オーベロンによって解かれて、元の夫婦に戻った。それにしてもオーベロンが妻のティターニアに人間ボトムとの不倫の性愛をなぜ認め許容したのだろうか。D・H・ロレンスの『チャタレイ夫人の恋人』においては、炭鉱経営者クリフォード・チャタレイは下半身麻痺ということもあって、自分の後継者に悩み、妻コニーにほかの品位のある優れた男性との性的結合によりコニーが子供をもうけることを容認する意味の発言をしている。妖精王オーベロンにはそのような思惑はなかったであろうが、妻ティターニアに性欲な欲求不満がなかったとはいえない。人間ボトムが魔法にかけられてロバ頭に変身したことにより、妖精女王ティターニアは一面霊的 (immaterial; spiritual) な、目に見えない (invisible) 存在であるにもかかわらず、人間と同一レベルに回帰し、肉体を持つ者同士となって、性的交わりの新境地を体験したといえよう。そもそも妖精は人間の心のなかに存在するものではあるが。

　ボトムは回想して、「俺は夢を見ていたんだ、どんな夢なのかは人間の知恵 (wit = wisdom) では言うのは無理ってもんよ。この夢を説明しようとするやつはトン馬なロバ野郎だ。なんだかオレがなにかそのロバみたいな——何かになったのかな——何になったかなんて誰にも言えないよ。頭にでっかい耳が生えていたなんて言ったら、それこそアホだよ。オレの見た夢は

ね、ヒトの目が聞いたことがなく、ヒトの耳が見たことがない、ヒトの手が味わったことなんてないし、ヒトの舌が考えたことなんかない。ヒトの心が口をきいたことなんかありゃしない。オレが見た夢はそんな感じさ」("I have had a dream, past the wit of man to say what dream it was. Man is but an ass if he go about to expound this dream. Methought I was—there is no man can tell what. Methought I was—and me—thought I had—but man is but a patched fool if he will offer to say what methought I had. The eye of man hath not heard, the ear of man hath not seen, man's hand is not able to taste, his tongue to conceive, nor his heart to report, what my dream was."—4.1.204-12)。上記（第4幕1場）のボトムにせりふは一番面白いくだりであろう。道化のようにとぼけて語るボトムの夢はいまだかつてない荒唐無稽なとりとめのない性愛の夢だったのだ。原典の英語では methought（= it seemed to me）が3回も使われている。修辞学（rhetoric）で言う「反復」（repetition）による強調の例である。現在形 methinks は現代英語で 'it seems to me'（と私には思われる）の意味である。その過去形をここでは用いている。methinks を使っているのはボトム自身でも夢か現かはっきりしないし、自信がないからである。彼の心境を推量（guess）して述べた形になっている。ボトムにとっては、妖精女王ティターニアに誘惑され玩ばれた一夜の、性愛の開花だったのである。

どうなるボトムの劇中劇は？

一方、アテネの公爵シーシアスとアマゾンの女王ヒポリタの婚礼を祝うため、芝居の稽古をしていた職人ボトムの仲間たちは、ロバ頭に変身したボトムを怖がって逃げ去ってしまったのであった。しばらく後、仲間たちはボトムを探し歩いたが見つからない。仲間の1人フルートは「ボトムがいなくちゃ芝居ができないよ」("If he come not, then the play is marred:"—4.2.5) と言ったり、「アテネの職人のなかでボトムほどの切れ者はいないよ」("he hath simply the best wit (= wisdom) of any handicraft man in Athens.—4.2.9-10) と言ったりするが、ボトムこそは彼らの素人芝居の主役（ピラマス役）にふさわしいのだ。

シーシアス公はハーミアの父親イージアスを説得し諒解を得て、娘のことは任せてもらい、ハーミアとライサンダーとの結婚を認めてあげることにした。そしてアテネでシーシアス公自身の結婚式と一緒に彼らも挙式しようということになった。シーシアス公は婚礼の余興は何だろうかと期待していたが、職人たちによる冗漫かつ簡潔な悲喜劇「ピラマスとシスビー」をシーシアス公と貴族たちは観ることになる。若者ピラマスが恋人シスビーとデートの約束をするが、シスビーがライオンに襲われて避難する。ピラマスは残され放置されたマントを見て、シスビーがてっきり死んだものと誤解し、自らも死を選ぶ。それを知ったシスビーも悲嘆にくれて後を追うという物語である。このクライマックスは誤解による死という点で、『ロミオとジュリエット』の結末と多少似通っている。この劇中劇（inset play）は幕間狂言的なドタバタ喜劇である。なぜなら、例えば、ライオン役は「わたしは本当は職人、だから怖くはありません」としゃべったり、また、「塀」役の鋳掛け屋スナウトが「わたしは人間ですが、塀なんです」なんて講釈をしたりするからである。
　若者ピラマスとシスビー嬢はこよなく愛し合っているが、象徴的な意味でのいわゆる「塀」に隔てられている。したがって、その塀を隔てて愛を囁き合うのだ。クインスは「2人の恋人たちを分け隔てる憎い塀です、哀れにも塀の隙間から2人は愛の言葉を囁き合う」（"Wall, that vile wall which did these lovers sunder;/ And through wall's chink, poor souls, they are content / To whisper."—5.1.31-39）。ここで、塀（wall）がメタファ（metaphor：隠喩）の働きをし、客観的相関物（objective correlative）として障害を示唆している。この悲しいお笑い劇を観ていた大公の新妻ヒポリタは「こんなバカげた芝居なんて見たことがない」と呆れ顔。ほかの貴族たちもこの芝居のアホらしさに笑い転げる。こうして、ずっこけたアマチュア芝居は終わる。作者シェイクスピアはこの庶民的な職人たちに親しみを覚え、少なからぬ思い入れがあったろう。最終幕（第5幕）冒頭のあたりで、大公シーシアスは「狂人や恋人、詩人は頭が想像力の塊なんだ。広漠とした地獄に入りきれないくらいの悪魔を見てしまうのだよ。そういうものさ、狂人って。恋人だって同じように熱狂的で、色の黒いジプシー女の顔に絶世の美人ヘレンを思い描くんだね。詩人の眼は恍惚

として狂おしいく、天上から地上を見晴らし、地上から天上を仰ぎ見るんだよ。それから想像力でもって未知のものをイメージすると、詩人のペンはそのイメージしたものに明瞭な形を与え、空気のような実質が摑めない〈無〉に、おのおのの〈存在〉のありかと名前を付けるんだ。強靱な想像力にはそういう魔力が潜んでいるんだよ」("The lunatic, the lover, and the poet / Are of imagination all compact: / One sees more devils than vast hell can hold: / That is the madman: the lover, all as frantic, / Sees Helen's beauty in a blow of Egypt: / The poet's eye, in a fine frenzy rolling, / Doth glance from heaven to earth, from earth to heaven; / And as imagination bodies forth / The forms of things unknown, the poet's pen / Turns them to shapes, and gives to airy nothing / A local habitation and a name. / Such tricks hath strong imagination,—5. 1. 7-18) とシーシアス大公は妻ヒポリタにいみじくも語る。若い恋人たちが超自然的な生き物 (supernatural creature) である妖精たちによる惚れ薬や魔法に玩ばれたり、結局は助けられたりしたことを大公夫妻は知らないのだ。夫妻はこれまで若い恋人たちに起こった出来事の報告を受けて不思議がることしきり。上記のせりふは筆者が大好きなくだりであるが、シーシアス公爵を通して、作者シェイクスピアは芸術家として、狂人や恋人、詩人に共通する、理性では考えられない情緒や感性の面をうまく言い当てて、人間観の一端を表現している。フィナーレの職人たちによる八方破れの素人芝居（劇中劇）も終わり、その静まり返った宮殿に、どこからともなくかの妖精たちが現れる。妖精王オーベロンは3組の新夫婦を祝福する。大公シーシアスとヒポリタ、ライサンダーとハーミア、ディミートリアスとヘレナの3組の新婚さんたちは新床に着く。めでたいゴールインだが、若者ディミートリアスだけは魔法の効用によるものだ。

　喜劇『夏の夜の夢』は最後に妖精のパックが「この芝居はただ夢にすぎなかったのかもしれない」と口上を語って、幕を閉じるのが印象的である。

日本における『夏の夜の夢』模様

　平成 19 年、東京バレエ団「夏の夜の夢」の公演は、伝統に則り、メンデルスゾーンの同名の曲が流れて、オーベロンが空色の衣装で、ティターニアは純白の衣装で踊る姿は、まさに妖精の舞う麗しいファンタジーの世界である。ほかの大勢の妖精たちも観る者を夢心地にさせる。これは英国ロイヤル・バレエ団のダンサーもゲスト出演しているものであった。また、道楽劇団の楽塾歌劇「真夏の夜の夢」(野田秀樹翻案) は、4 人の男性の妖精以外はすべて女性 (平均年齢 55 歳の熟女) キャストの、歌って踊って恋をする爆笑オペラであった。なぜか悪魔メフィストフェレスが時折登場して威厳を示すものであった。さらに、劇団東演の原初的ミュージカル「恋でいっぱいの森」は「夏の夜の夢」と「から騒ぎ」と「お気に召すまま」をシャッフルしたもので、若い恋人たちや両手に木の葉の付いた枝を持った妖精たちが歌ったり踊ったりして心底から楽しませてくれるものであった。妖精たちは森の樹木に扮している、いわば森の精である。

　英語の原典『夏の夜の夢』のなかでは、妖精は目に見えない (invisible) の存在であったり、人間たちを mortal (死ぬ運命にある者：人間) と呼んだりしているから、神が不死で (immortal) あるように、妖精も年をとらず (ageless)、神に近い属性を持っているようだ。しかし、妖精パックに代表されるように、妖精は人間に親切であるだけでなく、結構いたずらもするのだ。その意味では妖精は人間に近い存在であり、人間の分身とも考えられよう。それに妖精は自分を spirit (霊、精) と呼んでいる。本来、妖精は人間の手の平に大勢乗るくらい小さな生き物であるが、魔法によりロバ頭にされた機屋のボトムが妖精女王ティターニアと恋に落ちたりするところを見ると、妖精は等身大にもなるようだ。要するに変幻自在なのだろう。帰するところ、妖精は人間の心のなかに住んでいるのであり、人間の想像力によって生まれた (imaginative) ものである。

　東京グローブ座公演『夏の夜の夢』(演出：山崎清介、2007) は子供のためのシェイクスピア劇シリーズである。もちろん、大人が観ても大いに楽しめた。机と椅子のシンプルな舞台装置であり、黒コートの妖精たちは目に見え

ない（invisible）生き物（creature）としての存在を仄めかすことにもなろう。また途中、今流行の歌「千の風になって」のコーラスが入ったりした。いたずら妖精パックの言動からも妖精は人間に近い存在というか、人間の分身のように思えてくる。

　新国立劇場における『夏の夜の夢』（演出：ジョン・ケアード、2007）ではピーター・ブルックの演出（1970年初演）以降よく見られるようになったダブリングを行っている。つまり、アテネの公爵シーシアスと妖精王オーベロンを村井国夫が1人2役で演じているのだ。また同様に、アマゾンの女王（シーシアスの婚約者）ヒポリタと妖精女王ティターニアを麻実れいが1人2役で演じている。森の住む妖精はその姿が人の目には見えないという点で神秘的な要素があるものの、人間界と妖精界とを二重写しにすることによって、人間と妖精の共通性を見出して、人間性のなかに人に親切だがいたずらもする妖精の属性を見て、超自然的な、神にも近いミステリアスな妖精の属性に人間の崇高さへの憧れを重ねて見ていることになろう。しょせん、妖精は人間の心のなかに棲息し人間に愛されているのだ。

　東京芸術劇場にてオックスフォード大学演劇協会（OUDS）が来日して、『夏の夜の夢』の公演（2007）が行なわれた。この場合もジョン・ケアード演出の場合と同じくダブリングの演出であった。いたずら妖精パックは上半身裸の姿で演じられていた。ボトムに代表される職人たちが宮廷社会と妖精界との仲介役という感じがよく表現されていた。作者シェイクスピアはこの職人たちの生き方に共感し彼らを擁護しているようにも見える。権力の座にある公爵や若い貴族たちと素朴な職人たちの共存が暗に仄めかされているといえよう。

　『夏の夜の夢』では妖精は魔法を駆使する影法師、蔭の立役者であり、この物語りのなかでほとんど主導権を握っている。妖精パックは人間から見て、もう1人の自分のような気がしてくる。パックの魔法により機屋のボトムはロバ頭にされて妖精女王ティターニアの誘惑にあっさりと負けてしまう。そして彼は女性に対する深層心理の本能的・性的欲求が満たされた。したがって、彼は妖精のいたずらに翻弄された傀儡（puppet）に過ぎなかったのかもしれない。彼は夢のような世界を経験したのだから被害者（victim）

でも加害者（assailant）でもないであろう。

　一方、娘ハーミアは、シーシアス大公が父を説得して、ライサンダー青年との結婚が許された。若い世代の恋愛の自由が尊重され、恋人同士の夢が叶えられた。超自我（superego）としての父の理解と譲歩によりハーミアの結婚が実現した。結局、シーシアス大公は、あたかもハーミアの結婚の希望を叶えてやろうとした妖精王オーベロンの意向を知っていたかのような決断を下したことになる。それは妖精に顕現されている集合的無意識（collective unconsciousness）とも一致することになろう。ともあれ、ハーミアの結婚はめでたしめでたし。

〈註〉　本文中、引用英文末尾の数字は、順に、*The Arden Shakespeare* の「幕」、「場」、「行」を表す。以下同様。

ヴェニスの商人

3　怨み骨髄シャイロック

商人アントーニオが憎々しい

　喜劇『ヴェニスの商人』は日本で人気があり、人肉裁判が出てくることから法律家による本が書かれたりしている。この劇のヴェニスの商人の名はアントーニオであるが、実際、劇中で最も活躍し目立つ人物は金貸しのユダヤ人シャイロックであろう。アントーニオは商船を何隻か所有し手広く商売をやっていたが、彼は折悪しく手元に金がなくなったため、金貸しシャイロックから自分の商船を担保に3000ダカットという多額の金を借りてまで、金欠でピンチの親友バサーニオにご親切にも用立てたのである。高利貸シャイロックは日ごろキリスト教徒のアントーニオが無利子で金を貸し付けているのを知り、自分の商売の邪魔だというので怨み骨髄に徹しているのだ。アントーニオはシャイロックをユダヤ人であるがゆえに差別し罵倒してきた経緯がある。この2人は犬猿の仲なのである。そこでアントーニオへの嫌みとも取れる条件を付けた。その条件とは債務者アントーニオが万が一返済できなくなった場合、債権者シャイロックはアントーニオの生身の体の肉1ポンドを頂戴するという証文を書かせたのだ。
　一方、バサーニオは幸いアントーニオの好意により資金を手に入れ、ベルモントへ旅立つことができた。ベルモントには彼が求婚したいと思っている富豪の娘ポーシャがいる。だが、彼女の父の遺言により〈箱選び〉の難関が待ち受けている。金、銀、鉛の三つの箱から一つを選ぶのであるが、その箱

のなかにポーシャの絵姿が入っていれば、それが当たりの正しい箱というわけである。バサーニオ以前に箱を選んだ求婚者たちはみな失敗したが、いざ、バサーニオが選ぶ番になると、彼は見かけは冴えない鉛の箱を選んだ。果たして見事に的中してポーシャの絵姿がその箱のなかに入っていた。彼は幸運にもフィアンセ（ポーシャ）を射止めたのだ。

　そのころ、アントーニオは自分の商船が難破したとの情報を受け、大損害を被ることが大いに懸念される重大な事態になった。シャイロックからの借金の返済が困難となり、アントーニオは債務不履行により身柄を逮捕されてしまう。そして原告シャイロック対被告アントーニオという形で裁判が行なわれることになった。そこでアントーニオは苦境に立たされる。実質的にはこの借金は親友バサーニオがポーシャに求婚するために必要としたものであるから、バサーニオはいたく責任を感じている。

　この人肉裁判は公爵より法学博士バルサザーに委ねられることになっていたが、病気のため急遽ポーシャがこの裁判を依頼され、彼女は法学博士に変装して裁判を担当することになる。そしてこの裁判でポーシャはシャイロックが証文どおりアントーニオの体の肉1ポンドを切り取ることを認める。それが法律上、正義に適ったことと考えられたからである。と思いきや、シャイロックが肉1ポンドをアントーニオの体から切り取ろうとした瞬間に、ポーシャは待ったをかける。債権者シャイロックに人肉1ポンドを切り取ることは認めるが、証文には血を一滴たりとも流してよいとは書いてないというわけである。さあ、そこで事態は逆転する。訴えた側の原告シャイロックが敗訴し、他人の命を脅かした罪により処罰されることになる。しかし、アントーニオの提案で、シャイロックは自分の全財産を遺産として駆け落ちしたキリスト教徒の青年ロレンゾーとその婚約者ジェシカ（シャイロックの娘）に譲渡するようにとの判決が下る。

　商人アントーニオとその友人バサーニオはポーシャに何かお礼をしたいと言う。ポーシャはバサーニオの指輪を所望し、一度は断られるが、結局、バサーニオから指輪をもらい受ける。ポーシャは帰宅してから、婚約者バサーニオにさんざん指輪はどうしたのかと問い詰め、なじった末、実は裁判を行った博士は自分だと正体を明かす。一方、アントーニオは自分の3隻の船

がなんと運良く難破を免れ無事だったという新情報を入手する。こうして、この喜劇は金貸しシャイロックを別とすれば、表向きはまさにハッピーエンドである。金貸しシャイロックにとっては、判決は不服であり、商人アントーニオに対する怨みは骨髄に徹し、憎々しい限りであろう。

憂鬱アントーニオ

　第1幕で、商人アントーニオに友人サレーリオは「きみの心は大海原で揺れ動いている」("Your mind is tossing on the ocean."—1. 1. 8) と意味深長にして巧みな隠喩（metaphor）を使って言い、アントーニオの憂鬱そうな顔を覗いている。アントーニオ本人の深層心理としては船の座礁へのただ漠然とした不安感があるようだ。ドラマトゥルギー（dramaturgy: 劇作法、演出法）の側面から見れば、この〈憂鬱〉はアントーニオの〈予感〉（presentiment; premonition; foreboding）を表すものであろう。シェイクスピアは多くの劇でこのテクニックを使っている。危険や不幸、つまり、ここで具体的には難破の予感である。その意味でアントーニオの予感はドラマティックな働きがあるといえる。アントーニオや友人たちがはっきり意識していない無意識の（unconscious）不安によって、重大な危険な芝居の観客に訴えかけているのだ。そんなときに、手元に金のないアントーニオは、金貸しのユダヤ人シャイロックから金を借りてまで、求婚の旅に出るため金を必要とするバサーニオに用立てるのであるから、危ない橋を渡る覚悟が必要なわけである。
　中世の厳しい家父長制社会でのこと、バサーニオの求婚相手ポーシャは今は亡き父の遺言を堅く守り、金、銀、鉛の三つの箱のうちから正しい箱を選んだ男性求婚者との結婚が許されるのだ。バサーニオ以外の2人の求婚者のうちモロッコ大公（殿下）は金の箱を選び、もう1人のアラゴン王は銀の箱を選び、それぞれ失格の羽目となった。結局、鉛の箱を選んだバサーニオが当選者となったのであるから、〈光るもの必ずしも金ならず〉（All that glitters is not gold.）であり、これは外見（appearance）と実体（reality）の問題であろう。まあ、童話に見られるようなメルヘン的な世界である。

アントーニオがバサーニオに金を用立てたのも背景には彼のキリスト精神があったろう。アントーニオは人に無利子で金を貸したりしていてシャイロックが怨んでいたくらいであるから。キリスト教（アントーニオ）対ユダヤ教（シャイロック）の対立の図式が深層心理にはあったろう。シャイロックの娘がキリスト教徒のロレンゾーと結婚することになるが、ここに人種や宗教を超えた人間愛の一端が作者シェイクスピアによって示唆されているであろう。

美貌のポーシャは立役者

　若くて美しいポーシャは恋する意中の人バサーニオを失いたくなかった。「わたし、あなたを失いたくないの」（"I would not lose you."—3. 2. 5）と言ったり、「わたしの半分はあなたのものよ。ほかの半分もあなたのものなの」（One half of me is yours, the other half yours.—3. 2. 16）と言ったりしている。こうした言葉には彼女がバサーニオにぞっこん惚れ込んでいて首ったけなのがよく表れている。結局、バサーニオが色の冴えない鉛の箱を選んでくれたことで、ほかの求婚者たちを排して見事に２人は婚約者となり、やがてめでたく結婚できることになるのだ。澱んだ、どんよりとした悪徳が、美徳の装いの蔭に隠れているかもしれないということを金や銀の箱は象徴している。ポーシャはバサーニオのためなら、今の自分より百倍も千倍も美しくなりたいとまで言う。ポーシャは彼を愛し信頼しているのであろう。いじらしさと高貴さを備えた彼女は、実は聡明で有能な女性なのである。

　ポーシャは父の多額の遺産相続を受けて金銭的にも恵まれていたが、すでにかなりの借金がある婚約者バサーニオは親友アントーニオに保証人になってもらうことにより、求婚費用3000ダカットという高額の借金をしたため、困難に直面することになった。ヴェニスの商人アントーニオは彼の保証人として借金返済を迫られたが、自分の船が難破したとの情報を得て返済不能となり逮捕され、裁判の被告人となった。こともあろうに彼の相手の原告は高利貸のシャイロックだ。かねてポーシャはバサーニオの借金3000ダカ

ットの2倍でも3倍でも代わりに払うとまで言っていたのだが、シャイロックの魂胆は別のところにあった。実はシャイロックは長いあいだキリスト教徒アントーニオに野良犬呼ばわりされ、馬鹿にされてきたという経緯があるのだ。そこでシャイロックは今こそ仕返し（revenge）の絶好のシャンスだとたくらんだのだ。アントーニオは借金返済を怠って債務不履行の場合に、友人バサーニオのために不動産などを担保とせずに、シャイロックの要求どおり、アントーニオ自身の体の肉1ポンドを担保にするというきわめて異例の条件を承諾したのである。アントーニオはその不安感から憂鬱になりはするが、バサーニオに対する友情の絆は強く、異常と思われるくらい親切なので、同性愛の（homosexual）関係ではないかとの説があるくらいなのだ。それはポーシャにとっては承服しがたい、信じられないことであろう。バサーニオはアントーニオに慰めの言葉をかける。「アントーニオ！　ねえ、がんばってよ！　あのユダヤ人にゃ、ぼくの肉も血も骨もくれてやらあ！　ぼくのためにきみの血を一滴だって流させるもんか」（Good cheer Antonio! what man, courage yet! / The Jew shall have my flesh, blood, bones and all, / Ere thou shall lose for me one drop of blood.—4. 1. 111-113）とアントーニオに負い目を感じるバサーニオは、良心的にまた力強く自分の命を犠牲にしてでもアントーニオの生命を守ろうとする覚悟ができていることを話す。バサーニオは死をも覚悟している言葉を口走るが内心は恋人ポーシャを選ぶか親友アントーニオを選ぶかのジレンマ（dilemma）があったろう。

　ここで「一滴の血」（one drop of blood）という表現を用いていることに注目したい。なぜなら、後のいわゆる〈人肉裁判〉の行なわれた法廷の場で、裁判官に扮したポーシャは決め手として、「一滴の血」も流してよいとは証文に書いてないと指摘して、最後にどんでん返しとなり、アントーニオ勝利の判決を下すのであるから。作者シェイクスピアはここで裁判の帰趨をかすかに仄めかしているのかもしれない。

人肉裁判

　ヴェニスの商人アントーニオは、キリスト教徒としてふだん人に無利子で金を貸したりして人助けをしている慈善家みたいなところがある。それを金貸しシャイロックの営業妨害だと日ごろ怨んでいたのだ。アントーニオがポーシャの恋人バサーニオの保証人になったことから裁判沙汰になってしまった。アントーニオの船が無事に帰りさえすれば問題はないわけであるが、難破したとの報せが届き、事態は悪化する。アントーニオの不安は募るばかりである。彼は群がる羊のなかの病める羊のごとく憂鬱な気分に浸っている。彼が体の肉1ポンドを担保にしていることは自分の命を狙われているに等しい。彼にはバサーニオに対する愛と自己犠牲の精神が見られる。その高貴さはイエス・キリストの精神そのものを象徴している。アントーニオは、本音をどうであれ、建前や外見から真実が掴みにくい場合にはキリスト教徒に〈与えることは最も大切なこと〉と考えるのである。

　一方、ユダヤ人シャイロックはキリスト教徒側の偏見から個人的にも悪魔の生まれ変わりだなどと軽蔑され罵倒されてきた身であり、憤懣やるかたなき心境なのである。アントーニオとバサーニオ両人の友人であるサレーリオと話をしているうちに、シャイロックは堪忍袋の緒が切れて、人種差別への怒りを激しい口調で次のように吐露する。

　　シャイロック　おれはユダヤ人だよ。ユダヤ人には目がないかよ、ユダヤ人には手がないかよ、五臓六腑や四肢五体がないかよ、感覚や感情、情熱がないかよ。キリスト教徒と同じもの食ってるよ、同じ武器で負傷するし、同じ病気にだってかかるよ、同じ治療を受けて治るじゃないか、同じ冬の寒さや夏の暑さを感じないとでも言うのかい？
　　ユダヤ人は針で刺されても血が出ないかい？　くすぐられても笑わないかい？　毒を飲まされても死なないかい？　で、あんたらにひどい目に遭わされても復讐してはいけないのかい？

　　Shylock　I am a Jew. Hath not a Jew eyes? Hath not a Jew hands, organs, dimensions, senses, affections, passions? Fed with the same food, hurt with the same weapons, subject to the same diseases, healed by the same means, warmed and cooled by the same winter and summer as a Christian is? — If you prick us do we not bleed? If you tickle us do we not laugh? If you poison us do we not die? And if you wrong us shall we not revenge?　(3.1.52-60)

シャイロックはこのように口走ってユダヤ人差別への怒りをぶちまけて、ユダヤ人もキリスト教徒も同じ人間同士であることを雄弁に訴えている。原典の英文中、シャイロックは同一の形容詞 same を 5 回用いて強調している。同一語句反復（repetition）の例であり、そこには発音上のリズムも生じる。さらに、同一形式の文章構造の if 節を 3 回用いている。これは発話（utterance）の構造上、整然とした形式をなすものであり、聞き手に理解しやすい文体効果を挙げている。文末に 7 回、疑問符（？）を用いている。これはいずれも否定の修辞的疑問文（rhetorical question）であり、否定疑問文といっても相手に答えを求めているものではなく、反語的に（ironically）感情をこめて文意を強調するものである。最後に、シャイロックはキリスト教徒アントーニオに対する復讐の是非を問い質しているのだ。過去において、ユダヤ人がキリスト教徒から虐待を受けたり、ひどい目に遭わされたりしたのであれば、その憎しみから仕返しをしたくなる、復讐をしたくなるのは、人間の本能的・自己防衛的な感情であろう。目には目を歯には歯をというわけである。さらに、グラシアーノ（アントーニオとバサーニオの友人）は高利貸シャイロックに、「おまえの慾深さは血に飢えた貪欲な狼みたいだよ」（'... thy desires / Are wolfish, bloody, starv'd, and ravenous.'—4.1.137-8）と言って非難・罵倒している。当時、シャイロックのような高利貸はよく「狼」と比喩的に呼ばれていたのだ。

　いよいよあの有名な法廷の場である。美しく知的なポーシャが法学博士に変装し裁判官として登場する。

　　ポーシャ　あなたが起こした訴訟は奇妙きてれつなものだけれど手続き
　　上は違反していないので、ヴェニスの法ではあなたを責めることはで

きません。

Portia　Of a strange nature is the suit you follow,
　　　Yet in such rule that the Venetian law,
　　　Cannot impugn you as you proceed.　（4.1.173-5）

　以上のように、裁判官ポーシャはシャイロックの前代未聞の訴えを手続き上合法であるとして認めざるをえなかったのである。訴状の内容は借金のかたとして、保証人アントーニオから彼の体の肉1ポンドを切り取るというものである。公爵はかねてからこの肉を切り取ることはアントーニオの死を意味するので、シャイロックに〈慈悲〉（mercy）の心を求めて、何とか思いとどまるようにと説得してはきたが、彼は聴く耳を持たない。シャイロックは期限が過ぎてもアントーニオから返済がないので、無情にも訴訟に踏み切ったというわけ。公爵は裁判に訴えたシャイロックを石のように冷酷で卑劣な人非人だと非難する。シャイロックは憐れみを知らず慈悲心の一かけらも持ち合わせていないからである。一方、シャイロック本人は損と決まっている訴訟を起こしたと言って、人肉の無価値なのを認めているのだ。皮肉たっぷりの嫌がらせの訴訟というほかはなかろう。このメルヘン的な人肉裁判は喜劇『ヴェニスの商人』のクライマックスである。

　法廷でシャイロックは証文どおり実行するようにと求めてやまないのだ。人肉1ポンドとの約束が記入された証文を振りかざし、鬼の首を取ったように、ナイフを手にしてアントーニオの体から肉1ポンドを切り取らせるようにと迫る。シャイロックは金銭での解決を拒否しているのだ。彼の主張は貸した金と引き換えに人の命を奪おうとしているのに等しい。1個の人間の命は地球より重いという言葉があるが、人の命は金銭では買えない。シャイロックは証文に書かれたとおりに法的な正義（justice）を求めている。公爵が杓子定規の法解釈ではなく、慈悲心の方がより高い価値があるのだということを説諭したのだが。シャイロックが「憎いから殺したくなる、それが人間ってもんだろう？」と本能丸出しの無慈悲な、人間性にもとることを言うのだ。なにしろ、キリスト教徒アントーニオに対する執拗な憎悪と嫌悪の情で頭のなかがいっぱいなのだから始末が悪いのである。

そこで、裁判官ポーシャは「ユダヤ人が慈悲を施さねばなりません」（'Then must the Jew be merciful.'—4. 1. 178）と述べて、法的な正義（justice）よりも慈悲（mercy）の大切さを説く。

> ポーシャ　慈悲は強制されて施すものではありません。恵み深い雨のように、天から大地に降り注ぎ潤すのです。慈悲を施すものと授かるものの双方が祝福され、二重に祝福されるのです。
> **Portia** The quality of mercy is not strain'd
> 　　It droppeth as the gentle rain from heaven
> 　　Upon the place beneath: it is twice blest,
> 　　It blesseth him that gives, and him that takes,　（4. 1. 180-83）

　ここで「慈悲」（A）が共通の属性を持つ「恵み深い雨」（B）に喩えられ、A＝Bにより、イメジャリー（imagery: 比喩的表現）の技巧が成功している。「慈悲」という抽象概念を視覚的にイメージが浮かぶ具象名詞の「雨」になぞらえ、寓意（allegory）的に表現効果を挙げている。元来、慈悲は君主にとって王冠よりも似つかわしいものといえよう。王冠は権力の象徴にすぎないのであるから。ところが、慈悲は王の心中の玉座を占め、全能の神の象徴なのである。神は愛であり、また慈悲なのである。慈悲が正義を和らげる（mercy seasons justice）ときにこそ、地上の人間社会における王権が、神の力に相似たものとなってくるであろう。この〈慈悲〉と〈正義〉との関係は、喜劇『ヴェニスの商人』（1596-97）が書かれたイギリス・ルネサンス期には、よく論じられたものである。観念的な正義が必ずしも善であるとは限らないのである。法は正義を実現するものであろうが、その正義の核心には、善としての徳目（virtue）の一つである慈悲心をおくことになるのだ。
　法廷で裁判官ポーシャは、証文によればユダヤ人シャイロックの要求は正しい（正義に適っている）ことを認め、アントーニオの胸の肉1ポンドを切り取ることを許す。すると高利貸シャイロックは「立派な裁判官様だ、賢くて公正な裁判官様だ」と褒め称える。だがそのシャイロックが喜ぶのも束の間、次の瞬間、証文を念入りに読み返したポーシャは、次のように言う。

ポーシャ　この証文はあなたに一滴の血をも与えると言っていません。ここに記されているのははっきり言って、「肉 1 ポンド」です。……たとえ一滴でもキリスト教徒に出血させれば、あなたの土地や財産はヴェニスの法律によって国に没収されます。

　　Portia This bond doth give thee here no jot of blood,
　　　　The words expressly are "a pound of flesh":
　　　　...But in the cutting it, if thou dost shed
　　　　One drop of Christian blood, thy lands and goods
　　　　Are（by the law of Venice）confiscate
　　　　Upon the state of Venice.　（4. 1. 302-8）

　結局、以上のような逆転判決が下されて、被告アントーニオの勝利となったわけである。ポーシャが肉 1 ポンドを与えるとは書いてあるが、血を一滴でも出してはいけないと述べたのは、詭弁とも取れよう。血と肉は不即不離で密接不可分のものであるから。ポーシャの法解釈における論法は証文の単純な文理解釈であり、社会通念による条理解釈的な配慮は一かけらもない。〈裁判官の石頭〉のそしりを免れない。しかしながら、シェイクスピアが現役ばりばりの劇作家であったころの 1605 年、新王ジェイムズ一世の宮廷における『ヴェニスの商人』の上演では、国王にお褒めにあずかったほど評判が良かったのだ。当時のイギリスではまだ、〈魔女狩り〉と称して人間の狂気により老婆たちが処刑されたりしていたのであるから、ユダヤ人に対する人種的偏見による迫害が罷り通っていたとしても不思議ではなかろう。人肉裁判はまあ、メルヘン的なくだりと解せばよいであろう。おとぎ話（fairy story）などでは、フィクションの世界で現実にはありえないことを想像力を働かせて物語を展開し繰り広げて人を楽しませ、人間の創造性を豊かにする。アントーニオはシャイロックに対しキリスト教徒に改宗すること、並びに遺産のすべてを彼の娘ジェシカと婿ロレンゾーに譲ることを要望し、公爵はこれを承認した。ポーシャは婚約者バサーニオに「いずれお会いしたときには、ぜひお忘れにならないようにお願いします」（"I pray you know me when we must meet again.—4. 1. 415）と言う。ここで原典の英語では 'know me'（私

3　怨み骨髄シャイロック

を忘れない）には、'sleep with me'（寝床を共にする）の意味もコノテーション（connotation 含意）としてある。観客の側からすれば、ポーシャが変装しているのを気づいているなら、このポーシャの言葉はユーモラスな性的（sexual）な暗示（suggestion）と心得るであろう。

　ポーシャは人肉裁判が終了した記念として、よりによって婚約者バサーニオの指輪（実はポーシャがプレゼントしたもの）が欲しいと、いたずら心からねだる。バサーニオは相手が婚約者のポーシャだとは気づいていない。バサーニオはさんざん迷った末、不承不承ながら、この法学博士（裁判官バルサザー＝ポーシャ）にその大切な指輪をあげてしまう。

　後に、ポーシャに会った婚約者バサーニオは「たとえ太陽が昇らなくても、あなたがいるからいいね」と言えば、ポーシャは「明るいのはいいのですけれど、軽いのはいやです。というのはお尻の軽い奥さんは、旦那さんの心を重く沈ませますから」（"Let me give light, but let me not be light / For a light wife doth make a heavy husband,"—5. 1. 129-30）と応じる。ここでポーシャは形容詞 light を3回用いている。最初の light は「明るい」の意味で、2回目は「軽い」の意味で対照的に、be の補語の位置に叙述的（predicative）に用いている。これは発音上全く同一の語のいわゆる語呂合わせ（pun）である。このように light という語を用いてユーモラスな表現効果を挙げている。3回目の light は限定形容詞（attributive adjective）として、wife（妻）を修飾して用い、その light を「尻の軽い」とか「淫らな」（wanton）、「不貞な」（unfaithful）の意味で用い、対照的に反意語（antonym）の形容詞 heavy を用いて名詞 husband を限定的に修飾している。heavy はここでは「体重が重い」という意味ではなく、「気が重い」の意味である。これは駄洒落（quibble）の用法であり、シェイクスピアにはよく見られる。「あかるい」（light）と「かるい」（light）とは日本語では発音上は「あ」がつくか否かでの違いであるが、英語では同形同音異義語（homonym）であり、駄洒落に利用している。つまり、同一スペリングの light には語彙的曖昧さ（etymological ambiguity）があるものの、コンテクスト（context）から判断して文中では最後の light は「明るい」の意味で、後の二つは「軽い」の意味と解される。

63

ポーシャ対シャイロックの明暗

　後に落ち着いてからポーシャは夫バサーニオに、法廷での裁判官バルサザー（法学博士）は自分が変装していたのだと白状する。こうしてポーシャとバルサザーは幸せな結婚生活を歩み始める。一方、アントーニオには難破したと思われた船が幸いにも3隻すべて、積荷を満載して無事に帰港したとの連絡が入った。まさに安堵の一件落着の結末と相成ったわけである。ところで過日、『ヴェニスの商人』（グレゴリー・ドーラン演出：天王洲銀河劇場）を観たが、女優寺島しのぶは、劇中ポーシャを演じ、裁判官に変装してバルサザーやアントーニオたちに、なぜ正体を隠しおおせられたのか不思議だと述べている。まあ、そのあたりはメルヘンと思えばよろしいのではないか。また、シャイロックの可愛い娘ジェシカはキリスト教に改宗しキリスト教徒のロレンゾーと結婚して、アントーニオの提案どおり、いずれ将来、父シャイロックの遺産をこの夫婦が譲り受けることになろう。

　このように見てくると、ポーシャ対シャイロックの明暗の背景にはキリスト教対ユダヤ教の対立のごときものが見え隠れする。ポーシャ側が勝ち組なら、シャイロック側は負け組ということになろうか。しかし、『ヴェニスの商人』が最初に上演されてから400年以上になる今日、シャイロックへの注目度が高くなっており、シャイロックに同情する観衆も少なくない。この芝居を見てあるイギリス女性がシャイロックがかわいそうだと涙を流していたなどという話もある。

　キリスト教徒のアントーニオは中世キリスト教社会にあって、愛や慈悲の心から困っている人に利子をもらわずに金を貸すことを旨としていたのだ。このように寛大なヴェニスの商人アントーニオに、金貸しを業とするユダヤ人シャイロックは営業上当然ながら敵対心を抱き毛嫌いしていた。彼は常日頃、アントーニオをはじめほかのキリスト教徒の偏見から、差別され白眼視され、罵倒されることすらあったのだ。

　ついでながら、昔、イギリスではピューリタン（Puritan: 清教徒）は旧約聖書に心を惹かれこれを重視していたため、キリスト教徒のなかでもヘブライ人的と見られがちであったのだ。そのためピューリタンは偏狭で無知な狂信

者であるとして当時、揶揄されたり嘲笑されてたりしていた。またイギリスでは西暦 1290 年から 1650 年までユダヤ人の居住が禁止されていたのである。

　シャイロックは従来滑稽な悪党と見なされがちであったが、近年はもっと複雑な人物なのではないかと見られている。彼は傷つきやすい同情すべき人物として演じられる傾向にある。その点で人物造型の曖昧さ（ambiguity）がかえって効を奏している。シャイロックが貸した金の担保として人肉 1 ポンドを要求する旨を借用書に書かせたのは、あまりにもアイロニカルである。人の命を奪う、相手の死を意味する証文であるから、借金の代償としてこれ以上重い契約内容はほかになかろう。証文そのものが社会通念からして無効だとする説や、人肉を切り取る際に出る血も所有権の範囲内だとの意見すらある。ポーシャは社会通念や公序良俗に反する証文を逆手にとって頑固な厳しすぎる法規主義を退けて、人道的に逆転判決を下したのである。当時のヨーロッパ社会において何世紀にもわたって流浪の民ユダヤ人に向けられていた偏見のなかで、シャイロックはスケープゴート（scapegoat）的な役を演じたわけである。

　ポーシャやアントーニオの側から見ればこのドラマはなるほど喜劇（comedy）と呼べるであろう。最後にキリスト教徒の観客からシャイロックがあざ笑われて終幕となるのであるから。日ごろのユダヤ人差別の鬱憤を晴らそうとしたシャイロックにとっては有罪の憂き目に遭い無念の極みである。

ロミオとジュリエット

4　ロミオとジュリエットの愛は永遠に

悲しくも美しき恋

　シェイクスピアは生涯に37本の戯曲を書いているが、そのなかで『ロミオとジュリエット』（*Romio and Juliet*, 1595-6）は一番人気がある作品といってよいであろう。最も叙情豊かな戯曲の一つである。いわゆる純愛（pure love）の悲劇（tragedy）といえるもののなかで最高の傑作ではないかと思われる。それゆえ世界中に『ロミオとジュリエット』が好きな人が無数にいるのだ。
　イタリアのヴェローナの町の名門であるモンタギュー家とキャピュレット家は、権勢・威勢を競い合い、敵対して犬猿の仲であった。少し誇張して言えば、先祖代々、両家の家族はもとより家臣にいたるまで、互いに反目し憎しみ合っていた。モンタギュー家の一人息子ロミオは、キャピュレット家で開かれた仮面舞踏会に、彼が片思いしている女性ロザラインに会いたくて忍び込んだのである。ところが、ロミオはよりによって敵方キャピュレット家のうら若く純真そのものの令嬢ジュリエットに一目惚れしてしまい、運命的な恋に落ちてしまうのだ。その会場でロミオとジュリエットは大いに会話が弾み、やがてそれほど時間も経たないうちに運命の女神の心遣いにより、まさに電撃的に2人の恋仲は深まり、めでたく結婚の約束を交わすまでになった。
　翌朝には美しいジュリエットはキャピュレット家の乳母（nurse）を仲立ちに、好青年ロミオと結婚したいという意思をしっかり固めていた。そして

2人はロレンス神父のもとで、両家の親たちには内密に神父の庵室で結婚式を挙げてしまったのだ。つまり両性の合意のみにより夫と妻というパートナーになってしまったのだ。ロミオとジュリエットの純愛は電光石火、またたく間にめでたく正式の夫婦に結実したのである。当時、妻は配偶者である夫以外の男性と肉体的性的関係を持つことは売女（whore）の汚名を着せられたほどであり、女性の貞淑さが重要視され、節操を守ることが何より大切なこととされていたが、ジュリエットはまさに清純な妻の名にふさわしい女性であった。ロミオ以外の対象は考えられない、ただ一途の熱狂的な恋であり、またエロスの愛へのイニシエーション（initiation 参入）であった。
　ところがその幸せも束の間、ロミオが結婚式を終えての帰途、彼の分身ともいえる親友のマキューシオがジュリエットの従兄のティボルトとふとしたことで口論となり、マキューシオがティボルトに殺害されてしまった。この騒動に巻き込まれたロミオは自制心を失い、ついに我慢しきれず今度はロミオがティボルトと争い、彼を殺してしまったのだ。さあ、大事件となり大変なことになった。ロミオは殺人の罪を犯したが、幸い極刑にはならず、大公の命によりこの町から追放処分を受けることになった。そこでロミオはジュリエットと別れ別れになる前に新婚の切ない初夜をジュリエットの部屋で過ごして、追放先のマンチュアへ旅立ってしまった。
　一方、ジュリエットには頑迷固陋な父親に強制された別の縁談が進められていたのだ。相手は立派な家柄のパリス伯爵であるが、その縁談を断るため藁にもすがる思いでロレンス神父に助けを求めた。そして結婚の前日に、42時間は仮死状態になれて結婚を回避できるという不思議な薬を神父からもらって、恐怖や不安に駆られながらもジュリエットはこれを飲む決心をした。やがて薬の作用が切れた時を計らって、呼び出したロミオに会い、マンチュアへ逃亡すればよいというわけだ。ロレンス神父はそういう奇計を説明した手紙をロミオに届けてもらおうとしたがうまく届かなかった。ロミオはジュリエットが死んだ（実は仮死）との報を受けて、彼女の遺体の側へ駆けつけたが、悲しみの極限に達し自害してしまう。ここがドラマのクライマックスである。不運にもその直後にジュリエットは意識を回復して目を覚ますが、今度は彼女が悲嘆にくれ絶望してロミオの短剣で彼の後を追ってしま

う。この悲しく切ない恋物語は永遠に美しく輝いている。

ロザラインへの片思いと仮面舞踏会

　ロミオとジュリエットの恋が以上のような経過をたどり悲惨な結末にいたったのは、そもそもモンタギュー家とキャピュレット家両家のあいだには長年諍いが絶えなかったからだ。両家の召使いたちが争い、市民たちまで巻き込んで争ってきたのだ。そのころロミオは自分の部屋に閉じこもりがちで、どうやら片思いの恋の病（lovesickness）にかかっていたようだ。その相手はロザラインという女性であった。その恋の切なさをロミオは次のように語る。

> ロミオ　ああ、喧嘩しながらの恋　恋しながらの憎しみ
> 　　　ああ、元は無から生まれたものよ！
> 　　　ああ、心は重い浮ついた気持ち　本気の軽々しさ
> 　　　見かけは美しい　歪んだ心の混沌だ！
> 　　　鉛の羽根　煌めく煙　冷たい火　病みながらの健康
> 　　　眠りなんて呼べない　依然として覚めている眠り
> **Romeo**　O brawling love, O loving hate
> 　　　O anything of nothing first create!
> 　　　O heavy lightness, serious vanity,
> 　　　Misshapen chaos of well-seeming forms!
> 　　　Feather of lead, bright smoke, cold fire, sick health,
> 　　　Still-waking sleep that is not what it is!　(1.1.174-79)

　ロミオは恋するロザラインから色好い反応がなく、悲しく切なくていたたまれないのだ。ここでロミオが語っている言葉は表現形式を見ると、なんだか理屈に合わない矛盾した事柄ばかり並べ立てている感じがする。修辞学（rhetoric）では、これを称して矛盾語法（oxymoron）という。この矛盾語法

による表現はよく考えてみると、恋というものの切なさを見事に表現している。人間の心理は複雑で辻褄が合わず割り切れないことだらけなのである。「喧嘩しながらの恋」という表現では「喧嘩」は相手と対立することであり、「恋」は相手に心惹かれることであるから、正反対の心情である。しかし恋愛中は恋しながらも喧嘩もするものであり、時には喧嘩する気持ちと恋する気持ちが同時的に存在する場合だってあるわけだ。その場合ロミオにはロザラインに対して、フロイトのいわゆるアンビヴァレンス（ambivalence 反対感情両立、両価感情、二重意識）の感情が働き、同じ対象に対して相反する感情が共存しているのである。「元は無から生まれたもの」と言っているが、元来、"Nothing can come of nothing"（「無からは何も生じない」）という諺があるように、論理的にはゼロからはゼロしか出てこないはずである。「心は重く浮ついた気持ち」にしても、心が重苦しいような、辛いような、ふわふわした恋心を巧みに表している。「本気の軽々しさ」では、恋は浮き立つ心でありながら、真剣に相手の気持ちを知ろうとしている。「見かけは美しい歪んだ心の混沌」に至っては、恋愛では相手に格好いい所を見せようとする、見栄を張ったり、誇張して自分の長所を話したりする心理が覗かれる。こうして、矛盾語法は人間心理における、どっちつかずの心情を吐露するのに効果的である。

熱愛のバルコニーシーン

ロザラインへの恋心はさておき、ロミオには仮面舞踏会で美しいジュリエットとの運命的が出会いが待っていた。彼は「ジュリエットは太陽だ」（"Juliet is the sun."—2.2.3）と評している。これは隠喩的（metaphoric）な表現である。隠喩は比喩になかでも大胆な比喩である。Juliet（A）＝ the sun（B）とおいてジュリエットと太陽の共通属性に着目している。Juliet は生物名詞（animate noun）であり、sun は無生物名詞（inanimate noun）である。ジュリエットは人間であり、太陽は星であるから全く別物である。したがって論理的には文法違反であるが、聞き手（読み手）が比喩として理解してくれれば言

葉として成り立つわけである。モンタギュー家のロミオはジュリエットがキャピュレット家であることを知り、新たな不安に襲われる。忌まわしい敵を愛するという不条理に直面したからだ。親同士が憎しみ合い、いがみ合っている仲だということを改めて確認する。だが、二人はいよいよ恋の炎が燃え盛り、熱愛するようになる。仮装舞踏会が終わってから、ロミオはジュリエットのことが忘れられず、キャピュレット家の屋敷にそっと侵入した。そして2階のバルコニーにジュリエットがいるのに気がつく。バルコニーシーンはまさにその極みである。

　　ジュリエット　ああロミオ、ロミオ、なんであなたはロミオなの？
　　Juriet　O Romeo, Romeo, wherefore art thou Romeo?　（2.2.33）

このジュリエットの言葉は、ロミオが仇敵モンタギュー家の一人息子であることへの無念さ口惜しさという宿命的にどうしようもない心情を表している。この家系は消去したくても消去できない因縁である。こうして2人は月夜のバルコニーのところで愛を互いに誓い合うのだ。ここでの一瞬一瞬が清らかな比類のない美しさに溢れている。その翌日、2人はロレンス神父のところへ行き、すぐにでも結婚したいので式を挙げたいと頼み込む。幸い結婚式を挙げてもらったのは両家の親たちの関係が改善するのを期待したからだ。神父の庵室で2人がひそかに挙式できたことは、苦難を克服した愛の結実であり、このドラマの一つのクライマックスである。

ロミオの復讐殺人と追放

　ロミオの親友マキューシオがジュリエットの従兄ティボルトと喧嘩して、刺し殺されてしまう。ロミオはティボルトに対する復讐を決意する。この決闘で今度はロミオがティボルトを刺し殺してしまった。ハムレットの場合と違って復讐の実行は実に早かった。ロミオ自身が殺人犯となり、大公に死刑を望んだが、「追放処分」という温情味ある処分であった。ロミオの父の言

い分としては、息子ロミオは罪を侵したとはいえ、それはティボルトの方がすでにマキューシオを殺しているので、その時点でティボルトは死刑になる身、したがって法律が裁いて公的にティボルトを死刑にする代わりに、ロミオが私的に殺害したまでだとのたまう。それほどキャピュレット家に対する怨みは深いのだ。ジュリエットはマキューシオを殺した従兄ティボルトがロミオによって殺され、ロミオが追放だと聞いて二重の大きな衝撃を受ける。

    ジュリエット　美しい暴君、天使みたいな悪魔、
      鳩の羽のカラス、貪欲な狼みたいな子羊！
      表向きは神様みたいで内面は卑劣な人！
      見かけとはまるっきり反対！
      地獄行きの聖人、高貴な悪党！
    Juliet　Beutiful tyrant, fiend angelical,
      Dove-feather'd raven, wolvish-ravening lamb!
      Despised substance of divinest show!
      Just opposite to what thou justly seem'st,
      A damned saint, an honourable villain!　（3. 2. 75-79）

ジュリエットはロミオが暴君と化したと嘆き悲しむ。美貌のロミオが殺人という卑劣極まる暴力を働いてしまったからだ。ましてジュリエットの従兄ティボルトの命を奪ってしまったのである。ロミオは子羊と見えて貪欲な狼の顔を現す。聖者のような高貴な感じの人なのに悪党でもあるのだ。人間というものは神のように完璧ではなく、動物的・獣的な面も兼ね備えていることを矛盾語法によって表現している。人間は神と動物の中間的な存在であるから、理性を失い残酷な行為に手を染めかねないのだ。ロレンス神父はロミオに追放の身を受け入れ苦難に耐えて生きよと諭す。

    ロミオ　哲学なんか捨ててしまえ！
      哲学でジュリエットは作れないでしょ。
    Romeo　Hang up philosophy!

Unless philosophy can make a Juliet, （3.3.57-8）

　ロミオは抽象的な哲学を呪っている。哲学は本来あらゆる知識の根底にある真理や原理を研究するものであり、知恵や知識を愛し、宇宙や人生の意味を研究・追求し、善悪とは何か、人間いかに生きるべきかを問うものである。それゆえ哲学は大事な学問には違いないが、とかく難解な言葉の遊戯に陥りかねないので、批判を受けることがなきにしもあらずなのだ。ロミオにとって、ここで難しい抽象的な哲学を持ち出すより具体的に目の前にいるジュリエットという存在がすべてなのだ。ただジュリエットへの愛がすべてなのである。

　ロミオはティボルトの命を奪ってしまった苦悩から、自分自身を剣を突き刺そうとしたが、乳母がその剣をひったくって制止した。ロミオが自分の出生を呪い、天と地を呪えば、ロレンス神父はこの世への出生も天と地もすべて出会いであって、そこにロミオという存在があるのだと人の道を説く。ロミオは追放の身としてマンチュアへ立つことになるが、いずれは大公の赦しを得て、ロミオを呼び戻すとロレンス神父は語る。別れを惜しむジュリエットは涙に暮れる。

2人の真実の恋と愛

　ロミオはまだ若いので彼に人間的な深みを求めるのは無理であろう。要するに、ロミオとジュリエットは情熱の溢れるがままに恋し愛して2人だけの世界の時を刻んでいるのだ。一方、ジュリエットの父キャピュレットが決めた縁談が急速に進んでおり、その結婚式の日取りも間近であること、相手の男性は青年貴族のパリス伯爵であることを母はジュリエットに話す。ジュリエットはロミオのことで思い悩んでいるので、母には表面上調子を合わせるだけである。その裏で、ジュリエットは乳母の手助けによって、ロミオと新婚の初夜を過ごすことができた。

　また、ロレンス神父はジュリエットに秘策を授けた。ある薬の服用であ

る。その薬の服用後、42時間は仮死状態になるというまことに不思議な薬である。神父はパリスと無理やりの結婚式が予定されているその前日の夜、寝る前にその薬を飲み、死んだと見せかけてお仕着せの結婚を回避するという秘策を話す。42時間後、仮死状態から目覚めた時、ジュリエットは棺のなかにいるという具合である。ジュリエットが目覚める時までにロミオを帰らせるという打開策である。魔法の薬という奥の手であり、メルヘン的である。ところが、ロミオへのこの秘策の手紙が遅れて届いたためには事態は一変し、ロミオとジュリエットは幸福の青い鳥を取り逃がしてしまうことになるのだ。

　ジュリエットは親に説得されてパリス伯爵との結婚を表向き承諾し、その結婚式を予定していた朝、ジュリエットは死んでいた（実は仮死状態なのだが）。そこで結婚式の音楽が聴こえるはずであったのに、葬式の音楽になってしまったのである。そしてジュリエットは天に召され天の持分になり、永遠の命を与えられるとロレンス神父は語る。この時点では、ジュリエットは生きていたのであるから、ロレンス神父はジュリエットや乳母と共謀の罪を犯していることになろう。一方、ロミオはジュリエットが死んだとの報せを受け取る。ロミオはジュリエットの亡骸を見るまでは彼女の死を信じることはできない。彼はジュリエットの墓に着く。彼女の偽りの結婚相手パリスが先にそこに来ていてロミオとばったり会ってしまう。パリスはティボルトを殺したロミオに突然襲いかかるが、逆にロミオに刺し殺されてしまったのだ。ロミオは愛するジュリエットが仮死状態とは知らずに、彼女の死を嘆き悲しみ、用意してきた毒薬を飲んでジュリエットの棺の上に倒れて死ぬ。

　ロレンス神父はロミオとパリスが死んでいるのを発見する。そしてジュリエットは予定の42時間が過ぎて目を覚まし起き上がり、ロミオもパリスも死んでいるのを見届ける。ジュリエットは唐突のロミオの死を嘆き悲しみ、ロミオの短剣を摑み自分を刺し、ロミオの体に倒れ掛かって死ぬ。このシーンが最大のクライマックスである。ジュリエットがもう数分早く目が覚めたなら、ロミオもジュリエットも死なずにすんだかもしれないのだ。ロミオとジュリエットは出会ってから、純粋で理想的な愛に燃えて、わずか数日で内密のうちに結婚して、手違いやら勘違いやらで貴い命を犠牲にしてしまっ

た。若いロミオとジュリエットの2人はモンタギュー家とキャピュレット家の永年の確執と諍いにより、恋愛が順調には進まず妨げられ、社会の抑圧から、死という悲惨な結末にいたってしまったのである。

　ロミオとジュリエットの遺体のある墓に大公（殿さま）が現れる。モンタギュー氏の弁によれば昨夜モンタギュー夫人が死亡したという。息子ロミオが死んだのを深く悲しんで死にいたったというのである。モンタギュー家とキャピュレット家の両家はロミオとジュリエット、マキューシオ、ティボルト、パリス、モンタギュー夫人という6人の死を目の当たりにして、心を入れ替え和睦して、不運にも若くしてこの世を去ったロミオとジュリエットの像を建てることに合意してこの劇は終幕となる。この像とともに2人の純粋な愛と死の物語は末長く語り継がれていくことであろう。こうして宿命的な悲恋物語は、両家の長い年月にわたる確執に押し潰されて若い2人は運命を切り開いていくことができなかったのである。

親の因果が子に報う

　15世紀イタリアの物語を元にシェイクスピアが、16世紀末、イギリス・ルネサンス時代に悲劇『ロミオとジュリエット』（1595）を書いた。華やかな時代であり、衣装も華麗で腕には鈴を付けて男女が踊ったりした。ロミオとジュリエットはひたむきに激しく求め合う、清らかな純愛の典型的なカップルであった。二人は恋し合い、青春に生きる人間の尊厳や節操、自尊心といった、若者の名誉にかけてこの恋愛を貫こうとした。昔、日本で伝統的には恋は人目を忍んでするというのが常道であったように、ロミオとジュリエットの場合も恋愛が秘密裡に行なわれる傾向があり、これは宮廷風恋愛の伝統的な特徴をかなり帯びていた。ジュリエットは中世の騎士物語にある宮廷風恋愛のような慣わしからか、ロミオに指輪を贈ったりしている。ロミオの愛は騎士道精神、つまり忠誠・武勇・名誉・女性への奉仕などをわきまえた生き方に通じるものであった。真剣に恋する女性のためには、自分の命を賭ける立派な覚悟があった。異性との遊びとか生半可の男女関係などではなか

ったのである。浮気や不倫などではなく、正式に結婚することが大切なのであった。当時、家という背景が今日以上に深刻な影響と抑圧の影を落としていたのである。

若いロミオとジュリエットは、親たちからの自立の第一歩を踏み出そうとしていた。人生への夢があった。恋愛は青春のシンボルである。恋は夢に似ていて非現実的な世界に旅をする。恋も夢もつじつまの合わない非合理的な異常さを帯びてくることがあるだろう。恋にしろ夢にしろ非日常的であり、恋に夢中の人は普段の生活から逸脱して突っ走ったり、徘徊したりする傾向がなきにしもあらずである。人間の尊厳である理性的な判断はどこかへ捨て去られて、人間の本性に根ざした感性や直観に頼る言動が多くなるであろう。ロミオとジュリエットは一途に恋をして夢を求め、男女の一体感に浸ったことであろう。ロミオはハムレットほどではないが、悩みながら恋をした男である。ロミオとジュリエットには結局、運命に女神は微笑みかけてはくれなかったのだ。もし両家が仲が悪くなかったなら、2人は平凡な恋愛をして平穏な生活を送り、ハッピーエンドの喜劇の主役になりえたであろう。

シェイクスピアが新たに造型した人物マキューシオはロミオの腹心であるが、ロミオと違って夢を嘲笑する男で、軽口を叩く毒舌家なのが災いしてか、ジュリエットの従兄ティボルトと喧嘩になり、殺されてしまった。これにロミオは怒って、激しやすいティボルトと闘い、彼を刺し殺してしまった。彼は殺人の罪を負うことになった。未熟なロミオは決して英雄などではなく賢人ともいえず、一途に情熱に任せて行動するタイプの、一介の凡庸な若者であった。

一方、ジュリエットは物静かで内気で人一倍恥ずかしがり屋の純な娘であった。恋するジュリエットにとってもロミオが唯一に現実であった。彼女は宮廷風恋愛のなかに登場する、さしずめ貴婦人といったところだ。それゆえ彼女はロミオを「わたしの誠実な騎士」と呼んでいる。恋人ロミオはロミオ・モンタギューという名でなくても素敵な人に変わりはないと彼女は思う。ある物の名前やある人の名前というのは、言語学的にもなんら必然性はないのであり、言葉ないし言語は本来音声であり記号であって、その社会集団における約束ないし習慣として、コミュニケーションの手段のために自然

に発達してきたものである。要するに、名前は単なる記号にすぎないのであり、その中身・実質こそが大切なのである。肩書や素性、外見などに惑わされず、実態に真の価値があるのだ。人間の人間たるゆえん、人間の本質的価値はその人の人柄や何をなしうるか、何をなしえたかが重要であり尊いのである。

　ロミオは運命に翻弄されたと嘆くが、運命を切り開く道はなかったのか。敵対するモンタギュー家とキャピュレット家を背景に持つ２人の恋は、確かに生まれた星の下で生きるその境遇を呪いたくなるのは理解できる。しかし何か話し合いによる歩み寄り仲直りの道がなかったものかと悔やまれる。人間が人間を嫌悪し憎しみを抱くということは、性悪説的に人間本来の根源悪であるのかもしれない。人間同士がときに内面的に傷つきながらも耐え忍び、人間の理性を信頼して関係修復のために努力するしかないであろう。

　悲劇『ロミオとジュリエット』の前半は、ロミオの友人のマキューシオやジュリエットの乳母が格好の喜劇的人物として活躍しているので、ほぼ同年代に初演された『夏の夜の夢』や『ヴェニスの商人』の恋愛と共通する明るい雰囲気があり、溌剌として活気に満ちている。清らかで純粋な恋愛の美しさや恋の悦びや切なさが自然に素直に表現されているといえよう。『ロミオとジュリエット』の作品全体にいきいきと流れる若さ溢れる情熱や青春のエネルギーは、まさしくイギリス・ルネサンスの人間性謳歌の始まりといえよう。

　『ロミオとジュリエット』は敵対関係にある高貴な家の令息と令嬢の純愛物語である。だが、そこにメルヘン的な要素が介在してくる。直接的には神父が提供する世にも不思議な魔法のような薬をロミオが飲んだことでドラマは思わぬ展開となる。そこからリリカル（lyrical）な恋愛の美しさが急展開して若き命の破滅へ、悲劇的な死へと向かう。

　20世紀にいたって、精神と肉体の融合を主張する男根主義的な作家Ｄ・Ｈ・ロレンスは『ロミオとジュリエット』の純愛を批判した。さらに、Ｊ・Ｄ・サリンジャーは『ライ麦畑で捕まえて』や『フラニーとゾーイー』のなかで東洋思想とくに仏教に関心を示し、肉体的な愛を不潔として嫌悪する人物を描いている。アンドレ・ジッドの『狭き門』のようなキリスト教にもと

づく純愛物語は、今日あまり人気がないかもしれないが、ユーミンが歌う純愛ものには日本の若者たちが心を惹かれている。人生は一度しか経験できないので、大人へのイニシエーション（initiation　仲間入り）として青春を謳歌するには、理想的な純愛というものは永遠の輝きを見せるであろう。人間は愛を求め夢を追う生き物であるから。

　近代劇の祖イプセンやチェーホフよりおよそ300年前のシェイクスピアは、イギリス・ルネサンスという華やかな時代の影響もあって、ロミオやジュリエットなどの登場人物たちに饒舌に語らせることにより、この人物たちの心情や心理を観客や読者に十分に味わってもらおうとしたものと思われる。イギリスで18世紀に『ロビンソン・クルーソー』や『ガリヴァー旅行記』が書かれて以来、発達してきた小説形式であれば地の文で述べられることまでも、役者が舞台で語るわけである。20世紀には〈意識の流れ〉(stream of consciousness) のような技法が盛んになり、〈内的独白〉(interior monologue) の文体が創始されてきた。これはいわば心のなかの独り言であり、会話文と地の文との中間形式といえる。論理的思考にいたる以前のどろどろとした深層心理の混沌とした言葉になる前の意識を描出する傾向がある。ところが、シェイクスピアの場合にはわりと明晰な意識による発話 (utterance) で語らせている。シェイクスピア作品の劇中人物の多弁な台詞について、21世紀の今日のある役者さんは現実に自分が話すとすれば、シェイクスピアの人物の10分の1の言葉数で、もっと簡潔にコミュニケーションができるという感想を漏らしてる。また、シェイクスピア作品の映画では視覚的な面、つまり観る方に重きが置かれるであろうが、舞台では一般にシェイクスピア劇のせりふの言葉を聴覚的な面、つまり聴く方に重点が置かれるように思われる。

　シェイクスピア劇の世界では、女性というものは自然（nature）の女神に寵愛される存在なのだ。話し方一つ取ってもジュリエットはいかにも自然な話し方をしている。母なる大地といわれるように女性は大地に喩えられたり、また海に喩えられたりするが、男性に比べて地に足がついた (down-to-earth) 存在といえる。おしなべて女性は文明に汚されない自然な息遣いや情愛がそこはかとなく滲み出ている。その点、ロミオの方は男性として修辞的

な表現、言葉巧みなレトリックを使っている。

　シェイクスピアの原典では、ト書きをあまり行なっていないことから、役者の衣装などは演出家の自由裁量により本領を発揮できる面がある。それゆえ、21世紀的にも時代背景を工夫して思う存分に舞台の演出を行なえることになるであろう。『ロミオとジュリエット』において、純愛から性愛への移行が自然に生まれてくるであろうし、プラトニックな愛からエロティックな愛までの振幅が許容される青春の恋愛悲劇ということにもなるであろう。BBCによるシェイクスピア劇（映像版）では原作に忠実に作られており、また、登場人物は豪華な衣装を身に着けたりしている。シェイクスピア劇では、作者が独創的に造型した人物が登場したり、登場人物の独特の行動や会話も見られるが、本質的にはシェイクスピア劇は良い意味で換骨奪胎の芸術と呼べるものであろう。『ロミオとジュリエット』もその例に漏れない。過日（2007年）、イタリアオペラ『カプレーティ家とモンテッキ家』（ロミオとジュリエット）を観たが、このオペラのストーリーはシェイクスピアの作品よりイタリアの材源（source）に近いものと思われるが、シェイクスピア作には見られる舞踏会でのロミオとジュリエットの出会いや、バルコニーの忍び会い、秘密の結婚がないのだ。このオペラでは、ロミオとジュリエットが最後の死の際に、語り合うシーンのみが愛の感動を与える。シェイクスピア作品の場合、大方は材源に頼ってはいるが、それに独創性を加味しているのだ。こうして『ロミオとジュリエット』において、二人の死は決して美化することはできない。二人をここまで追い込んでしまった両家の永年の確執が問題なのである。この恋愛悲劇は一言にしていえば、日本的に「親の因果が子に報う」ということになろうか。

ハムレット

5　遺恨を晴らせ、ハムレット

悩める王子

　日本において時は天下の分け目、関が原の合戦（1600）のころ、イギリスでシェイクスピアの『ハムレット』（1600-01）は書かれている。この物語はデンマークの王子ハムレットの悲劇である。〈ハムレット〉の物語は古代スカンディナビア半島の伝説にあるもので、これをシェイクスピアが名だたる、深遠な作品に仕げたのである。
　王位にあったハムレットの父が亡くなり、その後、彼の叔父クローディアスが王位を継承したのであるが、ハムレット王子は母ガートルードが叔父と再婚したことを嘆いているのだ。そのうち亡霊（ghost）が出るという騒ぎになり、それがハムレットの父の亡霊だというのである。亡霊は叔父クローディアスに殺されたのだと語る。そして先王の亡霊は息子ハムレットに対し、現王クローディアスに復讐せよと言う。父の死の真実を知らされたハムレットは驚愕し、目の前が真っ暗になる。ハムレットは父殺害の真実を確かめたいと思う。こうしてハムレットの悩みが始まる。叔父王クローディアスの様子を探るのに、ハムレットは心の内を知られまいとして、狂気を装って行動するようになる。ハムレットは母を恨み罵倒するだけでなく、何の罪もないオフィーリアにまで辛く当たり散らす。ハムレットの行動が謎めいているので、比喩的に〈文学上のモナ・リザ〉だとか、〈近代文学のスフィンクス〉だとか言われることがあるほどである。

そのころ、旅役者の一行が当地にやって来たので、ハムレットはくだんの〈王殺し〉の芝居を演じてほしいと頼む。これが悲劇『ハムレット』のなかのいわゆる〈劇中劇〉(inset play)として実現する。さて、この旅役者の芝居を見た王クローディアスは王殺害のシーンに周章狼狽する。その慌てふためきぶりから、ハムレットは叔父王クローディアスこそ父を殺した真犯人だとの確信を深める。

ハムレットは王妃の部屋に呼ばれて、旅役者が演じた王殺しの芝居は現王に対して無礼だと母に責められる。だがハムレットは激昂して、母に刃向かう。王妃が助けを求めたそのとき、壁掛けの後ろに隠れていた内大臣（オフィーリアの父）ポローニアスが声を出す。そして彼を現王と間違えたハムレットは刺し殺してしまう。この過ちに怒ったクローディアス王は、ハムレットを放置しておくわけにはいかず、暗殺計画を立てイギリスへ追放する。

ハムレットは叔父王の問題が頭に重くのしかかり、オフィーリアとの恋を優先する気になれず、彼女につれない態度をとり捨ててしまうのだ。オフィーリアはこの失恋と父をハムレットに殺された悲しみが重なって、ついに気が狂ってしまい、流れる川面に身を浮かべて溺れ死んでしまう。

オフィーリアの兄レアティーズは、父をハムレットに殺され、妹オフィーリアを失って、当然ながらハムレットへの恨みから、復讐の念を燃やす。クローディアス王はレアティーズのそうした悲痛な心情を利用して、レアティーズとハムレットの御前試合を提案する。王はハムレットに致命傷を与えるため、レアティーズの剣には毒を塗っておくことを策謀する。さらにハムレットが喉を潤すワインに毒物を入れておく。だが、はからずも試合中にハプニングが起きてしまう。母（王妃）ガートルードが承知の上かどうかは定かではないが、その毒入りの杯を飲み干してしまうのだ。一方、試合が続くなかで、ハムレットは先に相手の毒剣によって負傷したが、彼はその剣を奪ってレアティーズを刺してしまう。両者は体に毒が回って死にいたる。

こうして死を招いたすべての悪巧みは、クローディアス王によるものであった。ドラマの最終局面で、ハムレットは王を刺し殺して、怨念の復讐を果たした。ハムレットはノルウェー王子フォンティンブラスを王位継承者にするようにとの遺言を残し、息が絶え死亡する。迷い悩んだハムレットは復讐

で父に報い、悲壮な最期を遂げたのである。

復讐せよ　と父の亡霊

　そもそも被害者による復讐（revenge）は善なのか悪なのか。復讐行為は事情によっては心情的に同情が寄せられる面もあろうが、目には目を歯には歯をと言う報復主義は人倫にもとるものであろうし、社会正義に適うとも思われない。また宗教的・キリスト教的にも容認されるものではない。そこで一般に私刑（lynch）が禁止され、国の司法制度により、司直の手に委ねられるわけである。今日、世界の多くの国々で法的に死刑が廃止されている実情を見ても、グローバルな人類愛とプライベートな人命尊重の思想が深く省みられなければならないであろう。

　ハムレットはなぜ復讐をためらっていたのか。なぜオフィーリアに邪険にするのか。ハムレットは本当に狂気を装っていたのか疑いたくなるほど、彼の言動は謎めいているのだ。ハムレットは壊れやすかった。人間は壊れやすいものなのだ。ハムレットは人間存在の真の意味を考え抜き彼なりに理解した。彼は現世の悩みを生き、よく思索する瞑想好きなタイプの男であり、恋人オフィーリアそのほかの人たちに対する思いやりとか慈悲心が少し足りなかったのかもしれない。逡巡する、憂鬱な青年ハムレットは近代社会の知的な若者の一つのタイプを代表している。

　シェイクスピアが『ハムレット』のような悲劇の物語を書き上げた背景には、1596年に彼は11歳の息子ハムネットを亡くしたという悲しい経験があって、これが彼に精神的な影響を与えていたようだ。なにしろ、『ハムレット』は4000行という、シェイクスピアの作品中、最長の戯曲であり、最も有名で最もよく研究されている作品である。

　ドラマは亡霊が出るという噂から始まる。ハムレットは腹心ホレイショと亡霊を目撃する。亡くなった国王そっくりの姿の亡霊なのだ（ちなみに、その亡霊役を作者シェイクスピア自身が演じたことがあったようだ）。ハムレットの父が死去して、2ヵ月もたたないうちに彼の叔父（父の弟）が彼の母と結婚し王

位に就いたのだ。ハムレット王子は先王の亡霊から、父の死は叔父クローディアスによる陰謀なのだという、あってはならない真実を聞かされる。先王の亡霊（父）はハムレットに対し、叔父王に復讐せよと言う。ハムレットは計り知れない衝撃を受け内省し、友人ホレイショに次のように言う。

  ハムレット　ホレイショ、天と地とのあいだにはだな、哲学なんかじゃ、夢にも思いつかないことがあるんだよ。
  Hamlet There are more things in heaven and earth, Horatio, than dreamt of in your philosophy.　　　　　　　　—*Hamlet*, 5. 1. 174-5.

ハムレットは、叔父クローディアスが残酷にも父を殺し、道理をわきまえず兄嫁を妃とした、その振舞いに唖然とした。当時としては、叔父のそうした行為は近親相姦の責めを負うべきものなのだ。ハムレットにはそのような叔父とあっという間に結婚してしまった母ガートルードが何としても許せないのである。母は被害者先王に背を向けて裏切ったのであるから。ハムレットは、

  ハムレット　この世のなか、関節が外れちまったよ。
  Hamlet The time is out of joint.　　　　　　　　—*Hamlet*, 1. 5. 196.

と嘆く。いわば人体の関節が外れたかのように、暗黒な政変が起こって国王が変わって国家の体制が腐り国政が正常に機能せず、国体ががたがたの状態なのを示唆している。ハムレットは国情を憂え、近親者である国の統治権者の品格を、人間性を批判しているのだ。ハムレットは父から受け継ぐはずであった王位を叔父クローディアスに奪われてしまったのである。ハムレットに最も身近な、愛する母ガートルードが悪辣な叔父クローディアスと結婚し、彼の餌食になってしまったのだ。また、母の心変わりの早さにハムレットは喪失感に襲われ、あたかもマザー・コンプレックス的な愛情にひびが入って深刻な悲しみにひたるばかりである。ハムレットはこの叔父に激怒し、また軽々しく誘惑に負けた母を恨み、許せない心境である。そして母の欲情

に嫌悪感さえ抱くのだ。ハムレットは現国王クローディアスと王妃ガートルードの前で、

> ハムレット　弱いものなんだなあ、女というのは。
> **Hamlet** Frailty, thy name is woman!　　　　　—*Hamlet*, 1. 2. 146.

と語っている。これは女性一般を非難した言い方であるが、間接的に母ガートルードを責めているのである。frailty（弱さ）という抽象名詞を擬人化（personify）して、thy（＝your）によってFrailty（弱きもの）に呼びかけ（vocative）る形を取っている。

　また、ハムレットにはオフィーリアという恋人がいるが、彼女の兄レアティーズからハムレットの言うことは信じるな、用心せよ、とオフィーリアは言われている。彼女はハムレットの言葉はうわべだけのもので、目をかけてくれるのは形だけのもの、一時的な浮気心で、気まぐれの遊びにすぎないのだから、相手は身分の高い方なので、慎み深い乙女になり、ハムレットとの交際を諦めるようにと説得される。これにはオフィーリアの父ポローニアスも兄レアティーズと同意見なのだ。こうして、ハムレットは復讐心を内に秘めながら、周囲とはますます孤立した立場に立たされていく。

　父の亡霊からハムレット青年は、父が毒殺されたため、復讐を父から託されているにだが、復讐を決断するまでにはいたらず、悶々と心の葛藤は続く。父は貴い命を奪われ、王冠を失い、妃（妻）まで弟に奪われてしまったのである。父の亡霊はハムレットに、母には危険を加えるなと言う。

ハムレットの狂気

　ハムレットは生きていく道しるべを失い、現王クローディアス（叔父）と王妃ガートルード（母）に絶望し、気がふれたかのように見せかけ、まさに狂気同然の振舞いをするようになる。すると、王や親友ホレイショなどから、ハムレットの話すことは支離滅裂だと誹謗の矢を向けられる。しかし、

ハムレットは自己から逃避するために精神の異常を装う以外に、この苦境を打破する手立てがないのだ。周囲の者たちはハムレットの狂気を何かと探り出そうとしている。一方、ハムレットは怨念の激情と気違いの狂言の狭間で、叔父の父殺害容疑を突き止めようと画策した。絶好のチャンス到来、ここぞ好機の呼び水とばかりに、たまたまやって来た旅役者一行に依頼して、国王殺害シーンの芝居（劇中劇）をリアルに演じてもらった。この劇中劇が余りにも生なましかったために、王と王妃はハムレットの策謀に悲憤慷慨した。二人は心中を覗かれて痛恨の極みか。

　内大臣ポローニアス（オフィーリアの父）はハムレット王子が心を乱し、奇妙な行動をとるのは、娘オフィーリアの方が心変わりして、ハムレットの贈り物を突っ返したことが原因ではないかと王に言う。なにしろハムレットの心が不安定で精神が錯乱したような状態なので、王も内大臣も深く胸を痛めている。ハムレットは父を亡くしたために理性が狂ってしまったのだろうと王は語る。一方、王妃はハムレットの母として、彼の父が死亡し2ヵ月も経たないうちに母が先王の王クローディアスと結婚してしまったことがハムレットの狂気の原因であろうと考えている。ハムレットは母をも疑いの目で見ている節があるが、母は今は亡き夫（先王）の殺害には加担してはいないであろうと思われる。ここでポローニアスの極め付きの言葉は、「簡潔なのが知恵の要」（'Brevity is the soul of wit.'—2. 2. 90）と前置きして、ハムレット王子は気違いだと言ってのける。「簡潔」と言いながら、もともとおしゃべりなポローニアスは「気違い」（mad）という言葉を数回使ってまくし立てている。ハムレットはオフィーリア宛の手紙の一節を詩にしたためて、

　　ハムレット　星が火の球であることを疑い
　　　太陽が天を巡るのを疑い、
　　　真実を虚偽だと疑っても、
　　　ゆめゆめ疑うことなかれ、わが愛を。
　　Hamlet　Doubt thou the stars are fire,
　　　Doubt that the sun doth move,
　　　Doubt truth to be a liar,

But never doubt I love.　　　　　　　　　—*Hamlet*, 2. 2. 115-8.

と書いて、真の愛を訴えている。これはシェイクスピアが地動説に間接に言及したものである。コペルニクス（1473-1543）が太陽中心の宇宙説を首唱して、近世の世界観が生まれてきたが、それまでは地球中心の宇宙説であった。ハムレットはこうして天体を引き合いに出して、愛の深さを切に誇張してオフィーリアに伝えたのだ。だが、オフィーリアの父ポローニアスはハムレットの狂気じみた振舞いに愛想をつかして、娘に王子は生まれた星が違うのだと論して、彼を恋い慕うのをなだめ諦めさせたのである。これが元でハムレット王子は鬱状態になり、不眠に襲われ、気が狂ってしまったのだとポローニアスは思っている。

　ハムレット王子は「デンマークは牢獄だ」（'Denmark's a prison.'—2. 2. 243）と自嘲的に言う。これは、デンマーク（A）＝牢獄（B）の隠喩（metaphor）表現である。A（国家）の属性とB（建物）の属性の共通性に着目して意識的な文法違反を犯し、それが比喩であると人から理解された時に正用法とみなされる。やがて国王となる夢を蹂躙されたハムレットにとっては、デンマークが自由な活動の場のない、暗い牢獄のようなイメージに感じられるのである。

人間賛美して　悲観して

　ハムレットの心は激しく揺れている。近ごろはどういうわけか、何をやっても面白くないといったかと思うと、人間はなんてすばらしいのだと賛美して憚からないのだ。廷臣で学友のローゼングランツとギルデンスターンに向かって、ハムレットは次のように言う。

>　**ハムレット**　人間はなんてすばらしい傑作なのだろう！　なんて理性は気高く、なんて能力は限りなく、なんて表現豊かな容姿や動作なのだろう！　天使のように振舞い、神にも似たすばらしい理解力、この世の美しきものの典型、生きとし生けるもののお手本！　だが僕には人

間なんて宇宙の塵、その見本の最たるもの。
僕は人に会っても面白くないし、女に会っても面白くない。
君は笑っていて、女は別だと言いたそうだけれど。

Hamlet What piece of work is a man, how noble in reason,
　　How infinite in faculties, in form and moving how express and admirable, in action how like an angel, in apprehension
　　How like a god: the beauty of the world,
　　The paragon of animals—and yet, to me.
　　What is this quintessence of dust?
　　Man delights not me—nor woman neither,
　　Though by your smiling you seem to say so.　—*Hamlet*, 2. 2. 303-10.

　このように知的なハムレットは人間性の崇高さを賛美し、イギリス・ルネサンス期の理想主義的で典型的な人間讃歌を表現している。彼はロマン主義的な立場から、人間の光の部分に目を向けて高貴な人間性を評価し、人間を神にも似た理想像と見ている。だがこのハムレットのせりふの後半では、人間の影の部分に目を向けて、ハムレット自身を含めて人間は宇宙の塵同然だ、ただの塵芥にすぎないと慨嘆し、悲観的になるのだ。ハムレットはまさに懐疑的主義な人間観を語って憚らない。それゆえに今日では、フロイトの深層心理学等の影響もあって、ハムレットの立たされた状況における精神的な不安定さや人間社会における不条理が強調されるむきがある。
　ハムレット精神には人間性を賛美したり、父の亡霊に敬意を払ったりする祖先崇拝の異教的要素と、人間の矮小さや罪深さを意識し、父なる神を崇めるキリスト教的要素とが内包されている。ハムレットが語っている言葉は作者シェイクスピア自身の分身の言葉と取れそうなものが少なくない。

アイデンティティの悲劇

　叔父クローディアスが王位に就き、本来王位継承者であるハムレットはこ

の権力の座への夢は失われ、オフィーリアとの恋をも捨て去った。これはハムレットの自己中心的な行動とも取られかねないものであった。現状打破のために自分には何もできず、王子でありながら王子ではないような虚しさ切なさに自我が失われそうな喪失感に苛まれる。自分とはいったい何者なのか、自分は存在理由があるのかないのか、と悩むのである。

　日本において明治以来、夏目漱石を始め近代知識人がこのハムレットに深い興味を抱いてきたのは、人間としてハムレットの悩みを共有できるからにほかならない。また役者によって優柔不断なハムレット像から意志強固なハムレット像まで生まれてくることになる。演じられるハムレットは人を殺してから人間が変わってきたりもする。人間とは変わるものなのだ。これまで日本でのハムレット役は芥川比呂志や平幹二郎、山本圭、江守徹らによって演じられている。最近では藤原竜也がハムレット役を演じ、その迫力のある演技で好評を博した。自分を見失いがちな現代の日本人にとっても、アイデンティティを探求しながら、誰もがこの21世紀においてさえも、ある意味で謎めいたハムレットの心境を普遍的人間像として共有しているのである。

　ハムレットの人物像に関して、多様な解釈の余地があることは、芸術的暗示性に富む点で大いに評価できるものである。ハムレットのせりふの曖昧さは、とりもなおさず言語そのものの本質に根ざすものなので、後はハムレット役を演じる俳優の力量にかかってくるのである。つまり、非言語的コミュニケーション（non-verbal communication）としての顔の表情（facial expression）やジェスチャー、動作などの身体表現、言い換えれば演技（performance）によって生きたハムレット像が造型されるのである。

　ハムレットが何者であるかを改めて問う場合に、この1個の人物のみを考察するだけでは足りず、周囲との人間関係においてハムレット像を捉えなければならない。ハムレットには叔父クローディアスを糾弾する正義感があり、また当然ながら父母やオフィーリアへの愛がある。さらに、ハムレットにはこのまま体制に順応して生きるか、厭世的に即座に死を選ぶか、あるいは復讐を決行して自らも果てるか、客観的に見て決断力の乏しさ、優柔不断さがある。現王への復讐は犯罪行為であり、母が新王の妃におさまっていることやオフィーリアとの恋もからみ、ハムレットは決断力が鈍るばかりだ。

彼は人間がまず〈関係〉において存在することを深く認識せざるをえず、母や周囲の者たちを忘れた独善的行動は許されない。

ハムレットは王子の権威を失墜したまま、憎き叔父王クローディアスに復讐できず、そういう自分の不甲斐なさに意気消沈し無力感に苛まれている。独りになれば、俺はのろまだ、抜け作だと自己卑下しているありさまなのだ。ハムレットは父の命を奪われただけでなく、叔父に王位を簒奪され、母をも取られてしまった。その被害者意識を募らせている。俺は臆病者かと自問し、意気地がない自分を責める。女々しい彼は良い意味で感受性が豊かなために、あれこれと観念の遊戯、精神主義に走り、神経をいたずらに磨り減らしている。彼は狂気を装っているので、宮廷内では全く孤立無援の存在なのである。とくに親子という〈縦関係〉のアイデンティティが崩れて、疎外感に襲われながらも、そうした悲劇的状況を、見せかけだけの狂気を、心の余裕を見せ自虐的に楽しんでいる風がある。

父王殺害という事件の真相を解明することができれば、ハムレットは再び亡夫・先王との絆が甦り、親子のアイデンティティが復活することになる。ハムレットは亡夫が叔父に殺されたなどとは信じたくないのだ。しかし暗殺は真実かもしれないと半信半疑に心は揺れる。

生きるか、死ぬか

　第3幕第1場で国王や王妃、廷臣たちが退場した後、ハムレットが登場して、あの有名な第3の独白（soliloquy）をする。34行にわたる長いものであるが、ここではその一部を挙げておく。

　　生きるか、死ぬか、そこが問題なのだよ。
　　どっちが雄々しい身の処し方なのか、
　　運命の残酷な打撃をじっと耐えるか、
　　どっと襲ってくる苦難に向かって、
　　剣を取り、決死の戦いをするか。

死ぬことは眠ること、それだけさ。眠ることによって、
胸も痛みも、体に宿る無数の苦しみも終わる。
それは願ってもない結末だよ。死ぬことは眠ること。……

Hamlet To be, or not to be, that is the question:
　Whether 'tis nobler in the mind to suffer
　The slings and arrows of outrageous fortune,
　Or to take arms against a sea of troubles
　And by opposing end them. To die—to sleep,
　No more; and by a sleep to say we end
　The heart-ache and thousand natural shocks
　That flesh is heir to: 'tis a consummation
　Devoutly to be wish'd. To die, to sleep; ...　—*Hamlet*, 3. 1. 56-64.

　ハムレットの逡巡は続く。彼はほかの人よりも決断力が乏しい人間なのか。人間は誰でも迷うことはあるもので、ハムレットが優柔不断で煮え切らないのは、若さゆえに理想と現実のあいだで悩み苦しみ揺れており、その振幅が大きいのであろう。そこで時折、厭世主義的になりがちなのだ。彼は一般の人たちよりも謎めいた人物である。生きるか死ぬか、あるかあらぬか、存在と無の問題となってくる。人間はこの世にあるだけで価値がある。この世にあれば何かをなしている。ハムレットは世のなかの苦難を耐え忍んで波風を立てずにじっと我慢して、受動的・消極的（negative）に日常の生活を送っていくか、行動を起こし、積極的（positive）に苦難と対峙し、勇猛果敢に死を恐れず、決死の覚悟で敵に立ち向かうべきなのか、ハムレット王子はこれからなすべき自分の責務について思い煩う。彼の悩みは尽きない。
　「生きるか、死ぬか」（'To be, or not to be'）という表現には、主語の「私」（'I'）が用いられていない。したがって、ハムレットが本を手にしていることから、ハムレット個人の問題としてのみ捉えるのではなくて、一般論として客観的に独白しているとも考えられる。つまり、英語（原典）に主語と動詞を補って考えれば、'Am I to be, or not to be' もしくは 'Are we to be, or not to be' が想定される。前者ではハムレット個人の意味、後者では複数の

一般人の意味となる。

　生きるか、もしくは死ぬかの二者択一の論法は切れ味がよいが、物事はそう簡単に割り切れるものではなかろう。まず、be 動詞には live（生きる）の意味があることから、日本語訳としてはこの戯曲全体の流れから判断して、「生きるか、死ぬか」という訳になるわけである。さらに、be 動詞には exist（存在する）や remain（とどまる）、survive（生き残る）などの意味もある。ではなぜハムレットは 'to live, or not to live' とか、'to survive, or not to survive' と言わなかったのか。多義的な be 動詞を用いて含みを持たせ、暗示力に富む表現を使ったことになろう。そして観客または読者に判断を委ねたのである。こうして、ハムレットの独白（soliloquy）は、観客に向かってその時の状況下における意識した自我の表出であり、ハムレットの意識的な心理描写である。シェイクスピアは近代作家が内的独白（interior monologue）の文体を生み出す以前に、舞台上の独白（soliloquy）によって意識的な人間心理を表現したといえよう。ともあれ、ハムレットには現世への嫌悪と死への恐怖があるのだ。

　結局、'to be' はことを荒立てずに耐えて生きる、一種の禁欲主義的な生き方である。'not to be' は「この世に存在することをやめる」と言う意味から、騎士道的に命を賭けて死をも省みずに敵と戦うことを示唆する。だが、ハムレット自身、死への確かな覚悟はまだできていないのである。ハムレットの英雄主義が実行に移されるとすれば、後者の 'not to be' を彼が選んだときである。つまり復讐する覚悟を彼が決めたときである。しかし、その決断のときはなかなか訪れない。劇の最後の場面で、あたかも偶然であるかのように、復讐を成し遂げるが、自らも命を奪われるという悲劇に終わる。

　ハムレットは当面何を果たすべきかという自己の任務について考えれば、復讐（revenge）ということが思い浮かぶであろう。彼はいま復讐すべきか否かというジレンマ（dilemma）に陥っているのだ。彼は苦難に耐える（endure）ことがより高貴な（nobler）生き方だとは認識している。ハムレットならずとも理性的・良心的に考えれば、激情に駆られて復讐に走ることなく、臆病を決め込み尻込みするであろう（'conscience does make cowards of us all'—3.1.83）。死は眠りだ（'to die—to sleep'—3.1.60）と思ってもみるが、これはルネサンス

期にはよく言われてきた言葉であり、死への旅をして帰ってきた者がいないことから、いざ復讐して自らの命も絶える覚悟をすることはためらわれるのだ。

人間不信

　ハムレットは恋人オフィーリアが彼の心の支えにはならないのか。彼はオフィーリアに愛していると言ったかと思えば、愛していないと言いったりする。「尼寺へ行け！どうして罪ある子の母になりたがるんだ？」(Get thee to a nunnery. Why wouldst thou be a breeder of sinners？—3.1.121-2)とオフィーリアに言う。この「尼寺へ行け」と言う意味の表現をハムレットは数回繰り返し彼女に対して口走り、痛罵している。オフィーリアに対するハムレットの心変わりか。nunneryには「娼家」の意味もある。オフィーリアはハムレットに捨てられて気がおかしくなっていく。
　ハムレットの母ガートルードは父（先王）の死後、父の弟クローディアスと結婚したので当時としては近親結婚の罪を犯している。ハムレットは自分を生んだ母を恨む。オフィーリアが罪ある子を生むことをハムレットが嫌悪するのは母への憤りであり、当てこすりでもある。「脆いんだなあ、女っていうのは」(Frailty, thy name is woman!—1.2.146)とハムレットが言っているように、脆くも誘惑に負けた母や、父ポローニアスの意向に従順なオフィーリアの姿が目に浮かぶ。ちなみに、「オフィーリア」(Ophelia)にはギリシャ語で「救済」(help)の意味がある。この穢れた世界において、オフィーリアはハムレットにとり救いとはならなかった。ハムレットは自分が高慢で、恨みがましく野心があり、罪を犯しかねないと思う。彼は人間なんてみな悪党だと言ったりして、人間不信に陥っている。また、ハムレットは人間がキリスト教的に原罪(original sin)をもって生まれてくるという性悪説を示唆しているのかもしれない。
　第3幕では、ハムレットは錯乱を装っておかしな振舞いをするようになる。気が狂ったふりをするハムレットは心のなかに道化が住んでいてささ

か喜劇的である。しかし、王や周りの者たちはハムレットの変貌振りが何によるものなのか、オフィーリアとの恋の悩みによるものなのかどうか、その原因がよくわからないのである。

　しかし一方において、ハムレットは正常な自我意識を持ち合わせた面を見せて、現王クローディアスによる先王暗殺疑惑を解明すべく、たまたま宮廷にやってきた旅芸人の一座に、父王の亡霊が語った殺害の様子を演じてもらうことにする。この悲劇『ハムレット』のなかのいわゆる劇中劇（inset play）がある。眠っている父王の耳に毒を注いで殺害したくだりが演じられるが、クローディアス王はこのシーンを観て顔面蒼白となり周章狼狽し、怒ってその場を去ってしまった。ここでハムレットは父王殺しがクローディアス叔父の陰謀であり犯行であると確信する。ハムレットはいよいよ彼に復讐心を燃やすことになる。

　母（現王クローディアスの妻）は今までどおり、親子の〈縦関係〉を堅持して、息子ハムレットを自室に呼び、この芝居（劇中劇）は現王クローディアスに対して失礼ではないかとハムレットのやりすぎを責める。しかし、叔父王と結婚した母の変わり身の早さにハムレットは愛想を尽かしており、そのときにはまだ母との昔ながらの良好な〈縦関係〉を修復してはいないのだ。ハムレットがその場で見せた憤怒の形相に、母ガートルードは自分が彼に殺されるのではないかという恐怖感に襲われ、「助けて！」（'Help!'）と悲鳴を上げる。その瞬間、壁掛け（arras）の蔭に隠れていた内大臣ポローニアスが、「誰か来て！」（'Help!'）と叫んでしまう。ハムレットはすかさず隠れていたその声の男を壁掛け越しに剣で突き刺す。彼は声の主ポローニアスを叔父王クローディアスと間違えて刺し殺してしまった。

　国王クローディアスは、殺人を犯してしまったハムレットの罪を重く見て、表向きは身の安全ということで彼にイギリス行きを命じる。実はクローディアス王はイギリス国王にハムレットを処刑するように依頼した親書を廷臣に持たせてあったのだ。ハムレットはイギリスへ渡るための港に近いデンマークの平原で、ノルウェーの王子フォーティンブラスの軍隊の隊長に出会う。この王子はやはり殺された父の遺徳を偲ぶ気持ちからポーランドと戦うのだということを隊長から知らされ、ハムレットは大いに勇気をもらい、叔

父王への復讐心が激しく沸き起こってくるのだ。ハムレットは船でイギリスへ向かうが途中で海賊に襲われてしまう。彼は捕虜になり、その災いが転じて運よくデンマークに帰ることができたのである。

一方、オフィーリアは父ポローニアスをハムレットに殺されてから、父の死を悲しみ、ハムレットとの切なくつれない恋が破れて正常の心を失い精神が錯乱して、突然、意味のよくわからない悲しげな歌を歌ったりしているばかりである。そのころ、オフィーリアの兄レアティーズが、父ポローニアスの死の報せを受け、デンマークに戻った。一部民衆がレアティーズを国王にと叫んでいるのを耳にする。レアティーズは父を殺した犯人はハムレットだと知るにつけ、ハムレットへの復讐心をいやが上にも掻き立てられる。

国王クローディアスの巧みな陰謀により、被害者の遺族レアティーズは加害者ハムレットとの剣の試合を促される。そのころ、心の病に冒されたオフィーリアが川に落ちて溺れ死んだことをレアティーズは王妃から知らされる。彼は父を亡くし、さらに妹を失ってしまったのだ。彼の悲しみは深まり、ハムレットへの復讐心は募るばかりである。

こうして、レアティーズは復讐心も手伝ってハムレットとの剣の勝負に持ち込まれる。レアティーズは先を丸くしてない尖った鋭い剣を使うことを勧められる。レアティーズは念のために剣の切っ先に毒を塗っておきましょうと言う。王は王で毒入りの杯を用意しておくと言う。まさに用意周到な計略である。

いよいよハムレットとレアティーズの試合の準備が整い、クローディアス王とガートルード王妃の御前で試合が始まった。2人のお手合わせだ。ハムレットが先に2本勝ったそのとき、王妃は喉が渇いたというので、息子ハムレットの幸運を祈って乾杯をする。王が彼女に乾杯をやめさせようとしたがすでに遅しである。それは毒入りの杯である。王妃は自死を選んだのだ。ハムレットの勝ちを見た後、レアティーズがハムレットを刺す。ハムレットは毒を塗ってある剣で刺されたのだ。2人がもみ合って剣を落としたりしているうるちに、2人の剣が取り替えられた形になり、今度はハムレットがその毒を塗った剣でレアティーズを刺してしまう。レアティーズは天罰覿面、自ら仕掛けた罠に悲しいかなまんまとはまってしまったのである。ついに王妃

は毒が回って死ぬ。レアティーズはこれは王の企みなのだと告げて死ぬ。ハムレットはレアティーズからこの試合は王の陰謀なのだと知って、最後の力を振り絞るようにして、張本人の王を刺し、無理やり王に毒入りの杯を飲まさせたのである。ハムレットは息を引き取る前に、ノルウェー王子のフォーテンブラスをデンマークの王に指名したいとの願いをホレイショに託す。これを受けて、ホレイショはフォーテンブラスにこの悲惨な死の顛末を説明することをハムレットに約束する。フォーテンブラス王子はデンマークの王子ハムレットの不条理な死に同情し、埋葬は丁重に行なうようにと命じる。こうして、フォーテンブラスはデンマークの王位を引き継ぐことになる。

　ハムレットは恨みを晴らすための復讐を成し遂げた。彼は理性的・人道的にこの復讐による殺人行為を正当化したり、倫理的・法的にこの殺人を自他ともに是認したりするわけにはいかないであろう。ハムレットが叔父王クローディアスや内大臣ポローニアスを殺さずにほかの手段によって解決する道が選べたならば、それを善とすべきであろう。しかし、それが我慢ならなかったのである。結局、ハムレットは殺人という極悪な罪を犯してしまったのだ。日本には因習的に〈恥〉の文化があるとすれば、欧米にはキリスト教の性悪説的に〈罪〉の文化があるといえよう。シェイクスピアは性悪説が性善説かと二者択一的に決め付けることの至難さを深く認識していたようだ。彼は人間の世界における不条理を痛感すると同時に、人間性に信頼をおいていたものと思われる。その証拠は、この劇の最後において、ハムレットはノルウェー王子フォーテンブラス（ハムレットの〈横関係〉の人物）をデンマーク王に指名したいという遺言を親友ホレイショ（ハムレットの〈横関係〉の人物）に伝え託した点に伺える。また、フォーテンブラス王子がハムレットの理不尽な不条理の死に同情したことやハムレットの埋葬を丁重に行なうように指示したことにも窺える。

　シェイクスピアは悲劇『ハムレット』を執筆する数年前に、11歳の息子を亡くしている（1596）。そのことが父子の問題を悲劇『ハムレット』（1600-01）で取り扱う一つの契機となったようである。『ハムレット』はいわゆる復讐劇であるが、広く人間に対する洞察力やシェイクスピアの世界観を表現する戯曲として400年もの長きにわたって鑑賞され愛読されてきたのであ

る。シェイクスピアの生きたエリザベス朝時代は、イギリス・ルネサンス期でもあり、イギリス人気質としては華やかな面が見られる。誇らしげに見せびらかしたり、きらびやかで派手な服装をしたり、きざっぽい身振りを見せたりするのを好む傾向がなきにしもあらずであった。今日的見地からすれば、シェイクスピアとて時代の寵児であり、戯曲作品中には冗長なせりふがけっこうあって、必ずしも〈簡潔こそ機知の心髄〉(Brevity is the soul of wit.—2.2.90) という精神で一貫して戯曲を書いた人ではなかったと思われる。

『ハムレット』が上演される場合には、ハムレットを演じる役者は、ハムレットという人物をさまざまに解釈して演じてきた。ハムレットを演じる役者や映画俳優によって特色のあるハムレット像が生まれてくるわけである。なかでも、ローレンス・オリヴィエ監督・主演の映画『ハムレット』(イギリス・1948) が好例である。オリヴィエのハムレットはオーソドックス (orthodox) で、ノーブル (noble) な王子像である。格好がよく、あまり笑顔を見せることがなくて、どことなく孤独なイメージである。個々の場面で、一般に想起させるハムレットのイメージは、父が叔父に暗殺されたために、その父の亡霊に動かされる男、復讐の企みとオフィーリアへの恋に悩む男、たちまち疑惑の叔父と結婚してしまった母の不純さを嫌悪し怒る男、狂気を装わずにはいられない悲喜劇的な男等々である。

オセロ

6　オセロに嫉妬の仕掛け人が

蝕まれる愛

　作者シェイクスピアの国イギリスにおいて、当時、黒い肌のムーア人に対しては偏見があった。ヴェニス公国における傭兵であるオセロはムーア人であるが、彼は軍隊における功績や高潔な人格が評価されて、ヴェニスの代表的な将軍の1人として周りから信頼が厚かった。オセロはヴェニスにおける元老院議員の美人令嬢デズデモーナと知り合い、やがて恋仲になり、彼女の父親ブラバンショーの諒解を得ることもなく彼女と結婚してしまう。まさしく、2人の〈愛はすべてに打ち克つ〉（amor vincit omnia）か。ちょうどそのころ、邪悪な関係にあるトルコの艦隊がキプロス島に向け攻め寄せてきて、事態が差し迫っているとの情報がヴェニスに入る。折も折、オセロは軍人としての力量を買われて、キプロス島総督に任命され、急遽そこへ派遣されることになった。新妻デズデモーナも自分から希望して、後から夫オセロの許へ向かう。ヴェニス公国側にとっては、運よく嵐が吹きまくり海が荒れ模様となり、トルコ艦隊は壊滅状態となって、両国のあいだで戦争が起こる危機は遠のいた。そこで、オセロ将軍とデズデモーナは改めて新婚の幸福にひたるのであった。オセロにとり順風満帆であった。
　オセロ将軍には旗手イアーゴが仕えていた。彼はオセロ将軍に忠実を装い、オセロからは正直者として厚く信頼されていた。だが、そのような2人の良好な関係も束の間、イアーゴは自分が昇進できず、よそ者のムーア人

オセロに仕えることの無意識の屈辱感や、イアーゴの妻エミリアがこのムーア将軍オセロと不義の私通をしたとの噂を気にしてオセロへの憎しみを抱く。こうして、イアーゴは将軍への怨恨が募り鬱屈した日々を送っていた。いつしかイアーゴは悪行を平然とやってのける男になっていく。イアーゴは苦肉の策として、現在、オセロの副官であるキャシオとオセロの妻デズデモーナが不義密通しているのだと、根も葉もないことをでっち上げた。

オセロがデズデモーナにプレゼントした大切なハンカチを、イアーゴはうまく利用して、オセロを徐々に抜き差しならない心境へ、嫉妬心の煮えたぎるなかへ陥れる。オセロはイアーゴの巧妙で辛辣な話術に完全に騙されてしまう。オセロは新妻デズデモーナが不貞を働いているものと誤解し、それを固く信じ込んでしまう。ついに、オセロは寝室でデズデモーナを絞殺してしまうのだ。ところが、妻を亡き者にした後間もなくのこと、侍女エミリア（イアーゴの妻）から真実を打ち明けられるのである。このような悪巧みを暴露されたイアーゴはその罪により逮捕される。天罰覿面である。一方、己の愚かさを後悔したオセロ将軍は、絶望して自ら命を絶ってしまう。ちなみに、『オセロ』には、ジラルディ・チンツィオ作『百物語』（1566）という種本があり、シェイクスピアは大筋をこの原典中の物語に依拠している。

第1幕第1話では、イアーゴは自分がオセロの旗手に甘んじているのが不満でぼやいている。ライバルのキャシオがオセロ将軍の副官になってしまったから。キャシオ（会計担当）はイアーゴから見て決して忠実な家来とは思えない。そこには手づるや贔屓目があるらしい。キャシオは軍隊の経験があまり豊かではなく、空理空論ばかり口にしたがる男なのだ。古参のイアーゴはロドス島やキプロス島などで手柄を立ててきたのに昇進もせず、出世の道が開けないのでオセロ将軍を恨んでいる。

キャシオは副官として威厳を示しているが、イアーゴは低俗な言動を取り、キャシオを羨んでいる。最後には、イアーゴはキャシオだけでなくオセロの敵にもなるのである。ちょうどそのころ、ヴェニスの元老院議員ブラバンショーの娘デズデモーナがオセロと秘密裡に結婚したことがもっぱらの噂になっていた。イアーゴはオセロのことを年を食った黒い羊だとか、アフリカ馬だとか言って口汚く罵るのだ。当時のイギリスやイタリアのような白人

の国では黒人に対しての差別感がかなりあったようだ。

『オセロ』は副題（subtitle）が「ヴェニス公国に仕える高貴なムーア人」（a noble Moor in the service of the Venetian State）となっている。ムーア人はアフリカ北部のイスラーム教徒であり、ベルベル族（Berber）とアラブ人（Arab）との混血人種である。シェイクスピアはヴェニスに移住した黒人のムーア人を主人公に据え、イギリス・ルネサンス時代の観客が一様に抱いていたであろう人種的偏見という固定観念をできる限り払拭しようと考えていたようだ。『オセロ』はエリザベス女王を継いだジェイムズ1世のために1604年4月に上演されている。作者はシェイクスピア存命中に3回上演されている。

ちなみに、今日の〈オセロゲーム〉という名称は、シェイクスピアの悲劇『オセロ』から、オセロの肌の黒さとデズデモーナの肌の白さにヒントを得たもので、日本のさる英文学者が名付け親と言われている。

イアーゴが仕掛けた罠

悲劇『ハムレット』では主人公ハムレットは亡霊に惑わされる。その亡霊は父の亡霊であるか、悪魔が先王の姿を借りて現れるかである。悲劇『マクベス』では将軍（武将）マクベスは魔女に惑わされる。亡霊にしても魔女にしても超自然的（supernatural）な現象である。ところが、『オセロ』の場合は少し事情が異なっている。オセロは部下のイアーゴに惑わされる。オセロは悪党イアーゴによって激しい嫉妬心を抱かせられて、悲劇へと導かれて行く。オセロを惑わす張本人であるイアーゴは、不思議なことに立ち回りがうまいせいか、オセロ将軍からは正直者として信頼が厚いのだ。イアーゴは裏でオセロが将軍の地位から失墜することを企んでいるのだから質が悪いのである。デズデモーナの父ブラバンショーは彼女とオセロの結婚をとんでもないことであると激怒して反対した。だが、オセロは自分の功績や将軍の身分に自信をちらつかせる。上流家庭の娘デズデモーナはたくましい軍人オセロに熱烈な恋をして駆け落ちを決意するのだ。

イアーゴは身近なライバルの副官キャシオを妬み、彼を罠にかけようと画

策するようになり、虎視眈々と復讐の機会を狙う。とにかく、彼は奸策を弄するのが趣味のような男である。今風に言えば、愉快犯的な趣が見え隠れするのだ。父ブラバンショーは娘デズデモーナの夫オセロを痛罵するが、彼女は自分の夫に対する気持ちは父に対する尊敬以上の気持ちであると言う。一方、ヴェニスの紳士ロダリーゴのごときはデズデモーナに恋心を抱いていたのだ。このロダリーゴの恋を逆手に取って、イアーゴは一計を案じる。彼の悪巧みはキャシオがデズデモーナと密通しているというデマを、いわばでっち上げの不倫関係を言いふらすことである。デズデモーナはキャシオに浮気をしているのだ、とイアーゴがロダリーゴに嘘を言ったために、ロダリーゴはそれを本気にしてすっかり気落ちしてしまった。相思相愛のデズデモーナとオセロ将軍とのあいだにもう1人、副官キャシオが加わって、愛のトライアングルがまことしやかに捏造されたわけである。イアーゴは途方もない作り話（fiction）を考え出したものである。彼は自分もデズデモーナに惚れていたのだと独白する始末であり、デズデモーナは衆目を集める、世の男性の憧れの美女なのである。ここで、デズデモーナとオセロの結婚を揺るがすような、副官キャシオに関する惚れた腫れたの捏造情報はすべてイアーゴ独りの悪辣な計略によるものだ。こともあろうに、イアーゴはヴェニス大公に仕えるオセロ将軍に復讐するのだという怨念をますます募らせる。

　純真無垢なデズデモーナの真実の恋と愛の対象はオセロのみである。彼女がキャシオと怪しい関係にあるなどとイアーゴが言うのは全くの作り話であり、イアーゴはデズデモーナとオセロの関係を壊そうと画策したものなのだ。オセロ将軍はそんなこととは露知らず、イアーゴの誠実さを信じきっているのであるから厄介この上ないのである。ほかの悲劇と違って、『オセロ』では亡霊や魔女とか道化などは登場しない。だが、イアーゴは言葉の魔力で人をたぶらかす能力が天才的なのである。彼は言葉の魔力がものすごく半端でない神通力を、何ごとでもなしうるかのごとき霊妙な力を持ち合わせているのだ。

　新妻デズデモーナの父ブラバンショーはオセロが結婚するために魔術を使ったと言って、オセロを責め立てる。ブラバンショーはヴェニス大公のところに駆けつけて、娘の結婚に反対だと訴えるが、大公はデズデモーナのオセ

ロへの愛情の深さを理解して、2人の結婚を容認する。こうして、相思相愛の2人の結婚は公認されたことになる。

　ヴェニス大公が父ブラバンショーに「娘デズデモーナの夫は黒い肌をしのぐ美しさがあるぞ」(Your son-in-low is fair more than black.—1.3.290) と言っているが、ここで大公 (Duke) はオセロの肌を「黒い」('black') という形容詞で表現している。今日的にはアメリカ黒人のスローガンとして、「黒は美しい」('Black is beautiful') というのがあるくらいだ。かつては黒人を Negro とか 'colored person' 呼んでいたが、昨今、黒人層へのアンケートでは、大まかに言って、'African American' と呼んでほしいという人が約30パーセント、'black people' と呼んでほしいという人が約30パーセント、どう呼んでも関係ないという人が約30パーセントである。Negro の変形 nigger という呼び方は Negro よりも侮辱的で、非常に悪い言葉（very bad word）としてタブー視されている。

　一方、副官キャシオは酒に酔いヴェニスの紳士ロダリーゴと喧嘩をして彼を傷つけてしまったために、オセロ将軍に解任された。そこで、次のようにキャシオは〈名声〉(reputation) を失ったことをしきりに嘆く。

　　キャシオ　名声、名声、名声だ！
　　　ああ、僕は名声を失くしてしまった！
　　　僕が後世に残るはずのものを失くしてしまった。
　　　残ったものは獣同然だ。
　　　僕の名声だ、イアーゴ、僕の名声だよ！
　　Casio Reputation, reputation, reputation!
　　　　O, I have lost my reputation
　　　　I have lost the immortal part pf myself,
　　　　and what remains is bestial.
　　　　My reputation, Iago, my reputation!　　　—*Othello*. 2. 3. 254-7.

〈魔が射した〉というか、キャシオはイアーゴに薦められて飲めない酒を飲んで悪酔いして喧嘩になり、ロダリーゴを怪我させてしまったのだ。それが

元で副官の地位を失って、自己嫌悪に陥る。〈覆水盆に返らず〉(It is no use crying over spilt milk)である。これはイアーゴが仕組んだ罠なのだ。彼は副官の地位をキャシオに先取りされたのが悔しくて、キャシオを落し入れようとして復讐(revenge)をたくらんだ。結局、キャシオは生き延びるのであるが。

　愚かなロデリーゴは彼が恋する人妻デズデモーナへの贈り物をイアーゴに頼んだが着服されてしまった。ロデリーゴはキャシオがデズデモーナと恋仲なのだとイアーゴに虚言を聞かされて騙され、キャシオ殺しの策謀に加わり、逆にロデリーゴが、キャシオを庇うふりをしたイアーゴに殺されてしまう。オセロのデズデモーナへの愛が成熟した本物の愛なのに対して、ロデリーゴの彼女への恋は軽率な片思いの恋であり、劇中では彼はオセロの引き立て役なのだ。

　狡猾に立ち回る愉快犯イアーゴは立派な副官キャシオと有能な将軍オセロをまんまと手玉に取る。イアーゴはオセロ将軍に取り入り、副官キャシオの足を引っ張って彼を解任に追い込むことに成功した。そして、曲者イアーゴの次なる手は、彼の妻エミリアを通じてオセロの妻デズデモーナに、キャシオの復職を取り持ってもらうことである。その一方、イアーゴはキャシオに会ってオセロ将軍夫人デズデモーナに復職を嘆願することを勧めた。キャシオはイアーゴに言われたとおりにデズデモーナに哀願する。落ち込んでいるキャシオと慈悲深いデズデモーナが親しく話しているのを、遠くからオセロとイアーゴは見ている。ここにもう一つイアーゴが仕掛けた罠がある。ここでキャシオはデズデモーナに復職の話をしていたのだが、イアーゴはオセロに、キャシオには後ろめたいところがあるようだと嘘の情報を語る。つまり、デズデモーナとキャシオの仲が怪しいようなことを仄めかしながら、巧みに嫉妬なさらないようにとオセロに忠言するのだ。その実イアーゴはオセロの心情を刺激して、むしろオセロが彼女に嫉妬するように唆しているのである。オセロの嫉妬心を煽っているのである。じわじわとオセロの心中に嫉妬心が頭をもたげてくる。それなのに純粋で素朴なオセロ将軍には、イアーゴが誠実な男として信頼が厚いのは不思議なくらいだ。評者のあいだではオセロとイアーゴは同性愛ではないかとの説を唱える人さえある。イアーゴは彼の悪事が発覚しない限り、オセロの忠臣として澄まして仕えていられるで

あろう。イアーゴの生き方は偽善を身にまとった生活態度である。この芝居の観客はイアーゴがいやな奴であることをますます強く意識するようになる。

愉快犯かイアーゴは

第3幕第3場では、オセロ将軍と陰険なイアーゴが長々と言葉を交わし、次のようにキャシオの噂をしている。

イアーゴ キャシオが前からあなたの奥さんをご存知だったとは知りませんでした。
オセロ ああ、そうね、それによく私たちのあいだを行ったり来たりしていたね。
イアーゴ 本当なんですか！
オセロ 本当なんですか？　本当だとも。何か気になるのか？　キャシオが誠実じゃないというのか？
イアーゴ 誠実ですかね？
オセロ 誠実かって？　ああ、誠実だね。
イアーゴ そうですとも、私の知る限りではですがね。
オセロ 何を考えているんだ？
イアーゴ 考えてる、ですか？
オセロ 考えてる、ですか？　なんだね、口真似なんかして。

Iago I did not think he had been acquainted with her.
Othello O yes, and went between us very oft.
Iago Indeed!
Othello Indeed? ay, Indeed: discern'st thou aught in that?
　Is he not honest?
Iago Honest, my lord?
Othello Honest? ay, honest.

Iago My lord, for aught I know.
Othello What dost thou think?
Iago Think, my lord?
Othello Think my lord? By heaven, he echoes me.

—*Othello,* 3. 3. 100-110.

　以上のように、オセロ将軍と旗手のイアーゴはキャシオが誠実な男かどうかを話し合っているようだ。イアーゴはオセロが信頼するキャシオを、不誠実な（dishonest）男であると彼に印象づけようと、それとなく仄めかしている。オセロはイアーゴの口車に乗せられそうになる。この対話（dialogue）では、語用論（pragmatics）的にキーワード「誠実な」（'honest'）を、オセロとイアーゴが互いに用いてコミュニケーションを果たそうとしている。文体論的には、上記の対話文中に、副詞「本当に」（'Indeed'）を3回、形容詞「誠実な」（'honest'）を4回用いてその意味を強調している。親しい間柄の会話では、完全文（full sentence）の形式を用いずに断片文（fragmentary sentence）の形式を用いて簡潔にすませることが多い。砕けた（informal）英語では主語（subject）＋述語（predicate）の形式を備えない方がむしろ自然な表現である。

　さて、イアーゴが示唆するようにキャシオに何か不誠実なことがあるとすれば、それは何なのか。イアーゴはオセロに妻デズデモーナとキャシオとの不倫関係を仄めかしながら、まずはさりげなく一般論的に〈嫉妬〉（jealousy）というものに気を付けるようにと警告する。イアーゴは〈嫉妬の仕掛け人〉よろしく〈嫉妬〉という言葉を多用し始める。すべての人間族の魂が、〈嫉妬〉から守られるようにと祈ったりして、言葉巧みに徐々にオセロ将軍の嫉妬心を煽る。オセロは嫉妬なんかに毒されるものかと息巻く。ついにイアーゴは「奥様に気をつけて」（'Look to your wife.'—3. 3. 201）と忠告するのだ。イアーゴは執拗にオセロの嫉妬心を刺激して内心ほくそ笑む。〈愉快犯〉とでも言うべきか。人騒がせな男である。

　イアーゴの妻エミリア（デズデモーナの侍女）は、〈嫉妬〉というものについて講釈をする。

> エミリア　嫉妬深い人はなにか根拠があって嫉妬するんじゃないんです。嫉妬深いから嫉妬するんですよ。嫉妬って化け物ですよ、ひとりでに種を宿して、ひとりでに生まれるんですもの。
>
> **Emillia** They（= jealous souls）are not ever jealous for the cause,
> But jealous for they are jealous: 'tis a monster,
> Begot upon itself, born on itself. 　　—*Othello*, 3. 4. 158-160.

　こうして、エミリアに言わせれば、〈嫉妬〉というものはひとりでに人の心から生まれる化け物なのだ、と新妻デズデモーナに味方して言う。エミリアの言葉は言い得て妙である。この場合、エミリアはオセロの嫉妬の正体を言い当てている。エミリアは形容詞 jealous（嫉妬深い）を数回使って、オセロのデズデモーナに対する嫉妬を顕在化している。

　キャシオがイアーゴの罠にはまって、飲みすぎた酒に悪酔いして人を傷つけてしまい、副官の職を失ったことは悲惨の極みである。キャシオがオセロ将軍の妻デズデモーナを介して、副官に復帰できるようにと依頼したことで、オセロはデズデモーナとキャシオの不倫疑惑を深めていく。オセロは妻に対する嫉妬心がむらむらと頭をもたげ、猜疑の目で妻を見るようになる。実はこの嫉妬心はオセロの邪推によるものなのであるが。

根拠のない嫉妬

　悲劇『オセロ』の主題は現象的には嫉妬（jealousy）である。この作品ではまず嫉妬の恐ろしさ、凄まじさを嫌というほど思い知らされる。だがもっと根が深いところにオセロの深層心理としての人種問題・人種的偏見が絡んでいることも否めないであろう。『ヴェニスの商人』に出てくる金貸しシャイロックはあからさまにユダヤ人である自分が差別されていることを非難している。オセロの場合は軍人として成功したムーア人だ。オセロは厚い唇や黒い肌の胸をしているが、その肌の黒さを超越して白人のデズデモーナとの結婚を勝ち得たことで、その優越感と不安感が内心交錯しているに違いない。

そうしたコンプレックスがあって、オセロの嫉妬心が想像以上に激しく燃え盛ることになるのだ。だが、それは根拠のない嫉妬の怖さでもある。
　イアーゴはどこまでも悪辣な業師であり、物事の理非をわきまえない行動をやってのける悪党である。そこまでやるかと思われるほど策略に長けているのだ。オセロは純粋であるが故にイアーゴの策謀の虜になってしまう悲劇の男である。
　オセロは自分の妻デズデモーナとキャシオが怪しいとイアーゴから告げられると、心が落ちつかず気分が優れない。彼は寝不足になっている。だが、デズデモーナは夫オセロがなぜ気分が悪いのかいっこうにわからないでいる。デズデモーナがうっかり落としたハンカチは、あいにくイアーゴの妻エミリアに拾われてしまったのだ。実はエミリアは夫イアーゴに盗んで来いとそそのかされていたのだった。このハンカチこそはオセロが新妻デズデモーナに記念品としてプレゼントした大切なものである。そもそもこのハンカチはオセロの母がエジプトの女魔術師からもらったものであり、魔法が織り込まれたエキゾチックな刺繍入りのものである。このハンカチを持っている妻は夫婦が円満に暮らせるという、曰く因縁付きの大事なものなのだ。その大事なものをエミリアは手に入れて夫イアーゴに渡してしまった。
　イアーゴが喜んだのは言うまでもない。イアーゴはこの貴重なハンカチのトリックをいとも巧妙に創出してオセロの嫉妬心を大いに煽ることになる。ハンカチ騒動の始まりである。イアーゴはこのハンカチをキャシオの居所に落としておいて、キャシオに拾わせようという魂胆である。ハンカチ疑惑をでっち上げようというわけである。はなはだ愉快な悪戯っぽい行為だ。
　第4幕では、キャシオは例の魔法をかけられたハンカチが自分の部屋に落ちているのに気づいて拾う。彼はそのハンカチの図案のイチゴが気に入って、ビアンカ（キャシオの愛人・娼婦）に写してくれと頼んだのである。オセロはキャシオがデズデモーナのハンカチを持っているこの情景をイアーゴと一緒に離れた所から覗き見している。このハンカチを目撃したオセロは愛する妻デズデモーナのキャシオとの関係が怪しいと思い込む。じわじわと嫉妬の虫が彼の胸中を這い回る。デズデモーナはキャシオとねんごろになり、オセロを裏切って浮気をしていると遂に確信する。一時はイアーゴの妻エミリ

ア（デズデモーナの付き人）がデズデモーナは清廉潔白な淑女だと説得したが、オセロにはもはやそれは〈犬に論語〉である。不貞妻デズデモーナは生かしておけないとまで思い詰めるのだ。妻が不倫をしでかしたと信じ込んでいるので、彼女を罵倒し呪う。負け犬オセロはこの結婚そのものまでを呪うにいたる。

　一方、旗手イアーゴはオセロ将軍に忠誠を尽くすように見せかけて実はエゴイストなのである。オセロに対して恨み妬みがあるような、ないような、確たる動機もなく罪なことをやってのける男、不埒な輩だ。デズデモーナの付き人エミリアは不覚にも自分の夫イアーゴが一連の悪事の張本人なのだということを知らずにいたのである。エミリアは夫の命令でハンカチを盗んだのだとオセロに秘密をばらしてしまったために、イアーゴの逆鱗に触れ今までにない怒りを買って、やがて夫に殺されてしまう。

　エミリアが軽率にも盗んできたデズデモーナのハンカチは、イアーゴが策略とおりキャシオの部屋に落としておいた。そのハンカチをキャシオが拾って、愛人ビアンカにあげようとしたがほかの女からもらったものと思い、彼女は嫉妬して返してしまう。キャシオがそのハンカチを所有していることでイアーゴの計略は一応成功し、オセロの嫉妬心を強く掻き立てることになる。

　さらに、イアーゴはキャシオを憎んでおり、デズデモーナに横恋慕するヴェニスの紳士ロダリーゴと組んでキャシオ殺害を策謀する。イアーゴの口車に乗せられたロダリーゴはキャシオ暗殺計画を練り、夜襲をかける。しかし、陰で操るイアーゴはまず物陰からキャシオの足を狙って刺して逃走する。ロダリーゴはキャシオを刺すどころか、逆に返り討ちを食らってしまう。いったん逃げたイアーゴは戻ってきて、今度はキャシオを庇うふりをして、卑怯にもロダリーゴにとどめの一撃とばかりに刺してしまう。ロダリーゴは命を落とし、この男によるキャシオ暗殺の策謀はあえなく失敗に終わった。

魔法のハンカチ疑惑

　オセロはデズデモーナに彼があげたハンカチをどうしたのかとその行方をただすが、彼女は持っていず、どこにやったのか答えに窮してしまう。デズデモーナは寝室でオセロに自分が不貞などしていないと真剣に訴え、殺さないでと命乞いをする。嫉妬に狂ったオセロの怒りは収まらず、激情に駆られ自暴自棄となって、デズデモーナの首を絞めて殺してしまう。
　エミリアはオセロから聞いて夫イアーゴが今度の騒動の黒幕なのだと知らされる。オセロの妻デズデモーナが夫オセロを裏切って不義を犯したのだと、あられもない嘘をエミリアは悪魔的な夫イアーゴから聞かされもした。エミリアはオセロ将軍を騙し続けた悪党が自分の夫なのだとようやく悟る。黒い肌のアウトサイダー・オセロはデズデモーナを失ってから、イアーゴが極悪非道の人でなしなのだという真実を知って、遂に隠し持っていた剣を抜き、自らの貴い命を絶ってしまう。次のように、デズデモーナへの深い愛情を語りながら。

>　オセロ　じゃあ、馬鹿な愛し方をして、
>　あまりにも愛しすぎた男であったとぜひ伝えてくれ。
>　**Othello**　...Then must you speak
>　Of one that loved not wisely but too well; ...　　—*Othello*, 5. 2. 334-5.

　オセロは内省的ではないが、ロマンチックな性格の男であった。オセロはほかのシェイクスピア劇のどの将軍よりも、徹底したプロ軍人の意識が感じられる武将といえよう。そして、戦争を勝利に導き、家庭生活における愛においても、純粋な愛を最後まで貫いた武将であった。彼は死しても消えぬ一途の愛を勝ち得たのではないか。デズデモーナがオセロへの真実の愛を一向に理解されずに、彼に誤解されたまま嫉妬の悪魔と化した彼に、若くして貴い命を奪われてしまったことは、返す返すも無念なことと思われてならない。このドラマの最重要点はイアーゴによって捏造されたデズデモーナの不倫疑惑に起因するオセロの執拗な嫉妬である。そこには物的証拠として魔力を持

ったハンカチが介在している。

> **オセロ** それはいけない。あのハンカチはね、私のおふくろがさるエジプトの女性からもらったものなんだ。
> その女性は魔術師で、人が何を考えているかほとんどわかったんだ。
> その女性が言ったんだ、あのハンカチを持っている限りおふくろは可愛がられ、私の親父の愛を独占できるだろうってね。
> その反対に、あのハンカチを失くしたり、人にあげたりしてしまえば、親父はおふくろを嫌うようになり、親父は新しい恋人を求めて去ってしまうだろうと。
> そのハンカチを、おふくろは臨終の床で私にくれたのだ。いつの日か妻を娶るときが来たら、その方にそのハンカチをあげなさいって言ったのだ。そのハンカチを、私はおふくろの言うとおり新妻にあげた。おふくろはそのハンカチに気配りをして自分の眼のようにそのハンカチを大事にするようにって。それを失くしたり、誰かにあげたりしたら、どうしようもない身の破滅だよ、とおふくろは言っていた。

> **Othello** That's a fault: that handkerchief
> Did an Egyptian to my mother give,
> She was a charmer, and could almost read
> The thoughts of people; she told her, while she kept it
> 'T would make her amiable, and subdue my father
> Entirely to her love: but if she lost it,
> Or made a gift of it, my father's eye
> Should hold her loathly, and his spirits should hunt
> After new fancies: she dying, gave it me,
> And did me, when my fate would have me wive,
> To give it her; I did so, and take heed on 't,
>   Make it a darling, like your precious eye,
>   To lose 't, or give 't away, were such perdition

As nothing else could match.　　　　　　　—*Othello*, 3. 4. 53-66.

　以上のごとく、オセロが妻デズデモーナにあげたハンカチの由来はなかなか奥深いものがあるようだ。このハンカチはオセロの母からもらったものである。エジプトの魔術師（charmer）の女性がオセロの母にプレゼントしたものなのだ。このハンカチを持っている女性はその魔力によってパートナーとの愛が失われることがないという。このオセロの14行に及ぶ話のキーワードは〈ハンカチ〉である。最初の1回だけ名詞「ハンカチ」（handkerchief）を使い、後は代名詞「それ」（it）を使っている。英語は日本語に比べて代名詞に代えて述べることが多い。日本語では「それ」といったのでは漠然としてしまい、名詞に置き換えた方が文の流れがよくなることが少なくない。キーワード handkerchief（ハンカチ）を it に置き換えて10回も用いて話題にし、文の流れを作り出しているが、それゆえオセロの母の遺言ともいえるハンカチの由来と不思議な効能に注目したい。たかがハンカチといえどもきわめて貴重で大切な優れ物なのだ。
　昔、西洋ではやや大きめの絹製のハンカチがアクセサリー兼実用品として愛用されたようである。ハンカチは刺繍したものやレースの飾りの付いたものが貴重な贈り物であった。オセロがデズデモーナにあげたハンカチは香りを付けてあって、媚薬的効果があったもののようである。その香りはオセロとデズデモーナのみが夫婦として香りのコミュニケーションを享受する役割を果たしていたのであろう。香水を付けたハンカチ（a scented handkerchief）による嗅覚コミュニケーション（scent communication）が2人のあいだで断絶してしまったのだ。さらにハンカチには苺の模様が付いている。キャシオはそのハンカチが偶然自室の床に落ちていたのを拾って、苺の模様がきれいだから写してくれと彼の愛人ビアンカに頼んだほどである。この〈苺〉は聖母マリアの象徴であったり、〈愛と美の女神〉ヴィーナス（Venus）の象徴であったりするのである。苺は〈正直な〉男性を象徴するものでもある。以上を総合して考えると、オセロの母の形見である、苺模様のこのハンカチは貴重な魔法のハンカチであり、オセロにとって忘れようにも忘れられない大切な愛の絆の役を果たしていたことになろう。

そのハンカチがキャシオの手に渡ってしまったわけであるから、オセロが嫉妬したのも無理からぬことである。イアーゴによる悪辣な作り話といえ、妻デズデモーナの〈不倫〉という当時としては比較的珍しいテーマであった。『マクベス』では3人の魔女が登場し、彼女らの言葉が重要である。『夏の夜の夢』では妖精たちが登場し、魔法を使ったりする。ところが『オセロ』ではさしずめ策士イアーゴが事件や嫉妬を創出する魔術師だ。

　オセロはデズデモーナが不倫を犯したことに嫉妬して、彼女に痛罵を浴びせる。彼にはデズデモーナが今や〈美しい悪魔〉に見えるのだ。一方、イアーゴの妻エミリアはデズデモーナを固く信じ、〈天使のような人〉であると言って彼女を弁護し、オセロ将軍を〈真っ黒な悪魔〉呼ばわりして彼を非難する。オセロは邪念や私欲、打算や駆け引きのない、純粋な愛を貫いて生きたが、偽善者イアーゴによって捏造されたハンカチ疑惑ででっち上げの状況証拠にとことん騙されてしまったのだ。

　オセロはデズデモーナが潔白を主張し弁明に努めても遂に彼女を信じることができなかった。彼は頑迷固陋に〈誠実なイアーゴ〉を信じてしまった男、人に騙されやすく、偽りが見抜けなかった男であった。新婚の甘美な愛に浸っているあいだは、二人の夫婦生活において、オセロは男性的な逞しさが威力を発揮した、プラス・イメージの人間であった。だが、性的嫉妬心（sexual jealousy）が昂じて、新婚の幸せな生活にひびが入り、人が変わったように彼のなかの獣性がマイナス・イメージとして現れ、のさばり出し、最後には妻を亡き者にするという残忍で悲惨な結末となったのである。

　オセロは軍人として男性として品性や才覚の優れた人物であり、人種的偏見がありながら将軍として成功した。しかしながら、オセロは根拠のない嫉妬に駆られてデズデモーナを殺してしまった後に、イアーゴの妻エミリアからデズデモーナが潔白であるという真実を告白され、結局、自ら命を絶つという不条理の死を遂げるのである。悲劇『オセロ』はシェイクスピアのほかの作品に比べて、完成度の高い戯曲といえよう。

リア王

7　娘たちに騙(かた)られたか　リア王

お人好しのリア

　古代ブリテン島（英国）の老いた王リアは、80歳を超え世代交代を配慮して、そろそろ自分の3人の娘たち（ゴネリル、リーガン、コーディリア）に自分が治めているブリテン王国の領土分け与えようと決意した。そこで、父王をどう思っているのか、いわば愛情テストをしようとして3人の娘1人ひとりに語ってもらうことにしたのだ。当初、リア王は娘たちの父親に対する愛情の深さに応じて領土を分与する意向であった。まず、長女のゴネリルに父（王）をどう思っているのか尋ねた。
　すると、ゴネリルは言葉巧みに父を持ち上げ、全ての愛情を父に捧げ、全幅の信頼を置いている旨を話した。根っからのお人好しのリア王は気を良くするばかり。ついで、次女リーガンが父王リアへの愛情を問われると、姉と同じように計り知れない愛を父に精一杯捧げる旨を答えた。父リア王は次女リーガンの言葉にも大変満足した。さて、三女コーディリアの答える番になった。コーディリア嬢は結婚を前にしており、これまで育ててくれた父への愛情とパートナーとなる夫への愛情の両方に十分に心配りする旨を答えた。
　何だかコーディリアは口下手なため父に注ぐ愛情をうまく話せなかったのだ。彼女はその口不調法が災いして、父王リアの怒りを買い、勘当される羽目に陥ってしまった。求婚者のフランス王は、コーディリアの美しい健気な心そのものを持参金だと言い、彼女を連れてフランスへ去ってしまう。結

123

局、リア王は夢想した余生を長女ゴネリルや次女リーガンのところで世話になって暮らすつもりだ。だが、彼は自分の領土を 2 等分して娘 2 人に相続させた後も君主然として子供たちを支配し、陰の王として院政もどきに統治権力を揮おうとした。過去に王権をほしいままにしたリアはその根性から抜けきれず、わがまま放題に振舞おうとして長女を辟易とさせ、やがて彼女の厄介者になってしまう。リアは思惑が外れたと感じる。リアが騎士を 100 人必要だと言えばゴネリルは 50 人で足りると言って譲る気配がない。リアはそれなら次女リーガンのところへ行くからいいと出向くが、次女は騎士を 25 人にして欲しいと言う。そこでリアは騎士 50 人を認めた姉ゴネリルのところへ戻ると、彼女の態度が変わって、騎士は 1 人も要らないといわんばかりだ。リアは領土の生前贈与を悔いたに違いない。
　こうして、娘たちゴネリルとリーガンが父王リアに薄情な態度を取り冷たく扱ったために、とうとう癇癪持ちのリアは怒りをあらわにして、親子は犬猿の仲になってしまう。行く先を失ったリアは心を乱し、精神のバランスを欠き、独り城を出て、嵐が吹きすさび、雷鳴の轟く荒涼とした原野をたどたどしい足取りで彷徨う。荒野を逍遙する途次、こともあろうに乞食に変装したエドガー（グロスター伯爵の嫡男）に会う。グロスター伯にはほかに愛人の子エドマンド（エドガーの弟）がいたが、このエドマンドが謀略をめぐらし異母兄エドガーが父の命を奪おうとしている謀反人だと言いふらしていた。グロスター伯爵は嵐のなか城を去ったリアを追い、リア王に忠誠を誓いリアを保護した。エドマンドは父グロスターがフランス軍（フランス王とコーディリア妃の側）のブリテン（英国）への侵攻計画を知っていたのだと、コーンウォール公爵に密告する。父グロスターはフランスのスパイ役をしていると告げたのである。それがコーンウォール公爵とその妻リーガンの逆鱗に触れて、この夫妻によりグロスター伯爵は残酷にも両眼を抉り取られ失明してしまう。グロスターの庶子エドマンドに裏切られたのだ。このようにして、グロスター伯爵は親不孝息子エドマンドの奸計にはまってしまったのである。
　一方、行く先を失って激情に駆られながら、気が狂わんばかりのリア王の窮状を聞きつけた末娘コーディリアは父王を救おうとして、フランス軍を起こし、ブリテン島に上陸して久しぶりに父と再会を果たす。愛娘コーディリ

アに会い、不思議にリアは狂気から一時正気に戻って、コーディリアを勘当したことの愚劣さを陳謝する。だが結局、コーディリアのフランス軍は敗北を喫し、コーディリアとリアは逮捕されてしまう。

ところが、戦勝国ブリテンではリア王の娘ゴネリルやリーガン、リーガンの夫コーンウォール公爵は味方内部の見苦しい抗争があって滅亡する羽目に陥る。グロスター伯爵の庶子エドマンドは兄エドガーの標榜する正義のもとに屈服してしまう。エドマンドは臨終に至って心を改めるが、時すでに遅しである。エドマンドはコーディリアとリア王の処刑の命令を下してあったのを取り消そうとしたが、惜しくも時間的に間に合わず、コーディリアは絞殺の刑に処せられてしまった。父王リアはコーディリアの亡骸を抱いて語りかけ、彼は惜しみなく愛撫しながらこと切れて幕が下りる。

この戯曲は四大悲劇の最高峰と呼ぶ人さえある、優れた作品である。今日の高齢化社会における日本人の観点からも生老病死の〈老い〉というものにどう対処していくかの現代性が窺える。また親子関係の絆や信頼、および家族の愛情や崩壊の問題をも考えさせられるドラマである。

コーディリアに癇癪の雷が

リア王は父親への愛情を試そうとして、3人の娘（ゴネリル、リーガン、コーディリア）に誰が一番父を愛していると言えるか（'Which of you shall we say doth love us most,'—1.1.51）と質問するわけであるが、父親たる者が自分の娘にこんなことを訊ねるのは邪気のないおとぎ話のようである。正直なところ現実的には、子供は照れくさく気恥ずかしくて、父親への愛情を臆面もなく面と向かって堂々と話せはしない。長女ゴネリルは次のように答える。

  ゴネリル はい、私の父への愛情は言葉では表せないくらい深いです。この自分の眼よりも、領土（space = possession of land）や自由（liberty）よりも大切な人です。計り知れないほど豊かですばらしい方。慈悲や健康、魅力、栄誉を備えた命そのものの父です。

> **Goneril** Sir, I do love you more than word can wield the matter,
> Dearer than eyesight, space and liberty,
> Beyond what can be valued, rich or rare,
> No less than life, with grace, health, beauty, honour.
>
> —*King Lear*, 1. 1. 55-58.

　次女リーガンも大切な父を愛することが何よりの幸せなことと述べる。だが、末娘のコーディリアは二人の姉たちの言葉を聞き、傍白（aside: 観客側には聞こえるように話し、舞台のほかの役者には聞こえないこととして言うせりふ）として、「黙っていよう」と言う。自分の愛は口に出して言えるよりも深いので。(I am sure my love's / More ponderous than my tongue.—1. 1. 77-78)。

　コーディリアは父に真心をうまく伝えられないのである。正直な女性なので父におべっかを使いたくないのだ。父への愛情を口に出した時に空々しく響くからである。父王がコーディリアに父をどう思うか話すようにせがむと、

> コーディリア　何もないです。
> リア　何もないの？
> コーディリア　何もないです。
> リア　何もないなら何も出てこない。言い直しなさい。
> **Cordelia** Nothing, my lord
> **Lear** Nothing?
> **Cordelia** Nothing.
> **Lear** Nothing will come of nothing: Speak again.
>
> —*King Lear*, 1. 1. 87-90.

　コーディリアの答え方は舌足らずなので、父に誤解されてしまうのである。「何もない」（'nothing'）ではいかにもぶっきらぼうで素っ気ない感じの答え方である。英語で "Nothing in particular."（「とくに何もない」）と言う表現であるが、コーディリアは謙虚な態度を取り、遠慮しているのであろうか。彼

女の答え 'Nothing' は完全な〈無〉ではない。二人の姉のような口先だけのお世辞になりかねないことは言わないでおこうという気持ちが働いているのである。コーディリアの言葉 Nothing を聞いて、父のリアは Nothing? と聞き返す。この時、リアの Nothing は文字どおり〈無〉と受け止めて理解しているのだ。この対話 (dialogue) のコミュニケーションには相互理解におけるズレが生じている。この対話でコーディリアとリアが Nothing 1 語（1 語文）を用いてコミュニケーションを果たしている。語用論 (pragmatics) 的な省略構文であり、親しい間柄で起こる表現である。また、'nothing' はこの物語のなかで抽象的なキーワードと考えられる大事な言葉でもある。

　この会話に次いで、コーディリアは「私はお父さまを愛していますよ、子供の努めですから。それ以上でも以下でもありません」('I love your majesty / According to my bond, no more nor less.') と付言している。コーディリアは子として親を大事にすることは当然と思っているのであり、決して冷たい態度を取っているつもりはないのである。彼女が結婚した場合には、夫の愛情を注ぐのは当然のことであり、今までのように母を亡くした父だけを愛するわけにはいかない。リアはコーディリアのことを頑固な冷たい娘だと思うが、彼女は率直にものを言っているだけなのだ。リアは機嫌を損ね激怒して彼女に「勝手にしなさい」('Let it be so'—1. 1. 109) と言い放つ。そして、コーディリアは父王からの相続権を失い追放された。本来、父リアの子供への愛情は無償のものであるべきなのだが。コーディリアは父からの自然な無償の愛情を望み、彼女のおのずから湧き起こる無償の愛情で父に恩返しをしたかったのであろう。

　リア王がコーディリアには領土の贈与は一切しないと言ったとき、忠臣のケント伯爵はそれは早まった判断であると反論したが、これは妥当な反論であった。長女ゴネリルはコーディリアには父に対する従順さが足りないことを非難する。父はコーディリアを一番気に入っていたはずだと語る。一方、父リアは老人特有のボケがあり、癇癪持ちでわがままだと話す。次女リーガンは父の言動から耄碌しているのだと厳しいことを言う。ゴネリルとリーガンの姉妹は父が老衰し、情緒がひどく不安定なのだと考えている。ケント伯はこの姉妹に口先だけでなく行ないによって父への愛情を示すようにと忠言

した。それが王は気にくわなかったのか、ケントは王から追放の憂き目に遭った。その後、ゴネリルとリーガンの姉妹はますます父王リアに冷たく当たるようになり、虐待ともいえるような態度を取るようになる。

実はコーディリアには2人の求婚者（バーガンディ公とフランス王）があった。バーガンディ公の方はコーディリアとの結婚に際して、持参金は一切もらえないとわかると、求婚を断念した。コーディリアの方も、身分と財産が目当てならば断ると言う。フランス王の方は、姫君コーディリアは人道に背くようなことは何も言ってはいないと考える。彼はリア王の態度が信じられないと冷静に理性的な判断をし、彼女を弁護する。

悪行を重ねるエドマンド

リア王対3人の娘の確執と並行し、副次的な筋立てとして、リアの忠臣グロスター伯爵を中心とするストーリーがある。グロスター伯には嫡男エドガー（兄）だけでなく、庶子エドマンド（弟）がいる。このグロスター親子にも確執・不和が生じていた。とりわけ私生児エドマンドの悪事を行なうための策略は用意周到なものであった。父グロスターは愛人の子エドマンドをリアの忠臣ケント伯爵に、できの悪い子だと紹介しエドマンドのコンプレックスを募らせている。遺産相続を見放されたエドマンドは兄エドガー（跡取り息子）が父グロスターの命を狙っていると嘘の情報を流して父に信じ込ませ、相続の権利を奪う計画をする。さらに、兄に負傷させられたと訴え、父のエドガーに対する憎悪を掻き立てる。こうして、エドマンドは父に忠実な息子と呼ばれる。しかし、騙されたと知った父はエドマンドを死刑にすると激しく怒る。エドマンドは悪巧みをして、エドガーが謀反を企んでいるとのデマを飛ばし、彼を国から追放することに成功した。エドガーは正体がわからないようにボロ服を着て、精神異常を装って逃亡を続ける。

グロスター伯は息子エドマンドにリア王の三女コーディリアが率いるフランス軍が進攻中だと洩らした。これを聞いてエドマンドはコーンウォール公に、父グロスターが忠誠心からリア王を追っていると密告し、父がコーンウ

ォール公にも反抗していると訴えた。これが功を奏して、エドマンドはコーンウォール公の厚い信頼を得ることになり、皮肉なことに父グロスターの位である〈伯爵〉の位を名誉にも与えられた。

リアと道化

　一方、リア王は長女ゴネリルと次女リーガンに侮られ、ボケ老人扱いを受けて冷遇され放題であった。ついに城を出たリアは嵐のなか、道化とケント伯を伴って彷徨い歩く。

> 　リア　誰か俺を知っている者はいないか？
> 　　いや、ここにいるのはリアではない。
> 　　……
> 　　俺が誰だか教えてくれよ。
> 　道化　リアの影だよ。
> **Lear**　Does any here know me?
> 　　Why, this is not Lear.
> 　　……
> 　　Who is it that can tell me who I am?
> **Fool**　Lear's shadow.　　　　　—*King Lear*, 1. 4. 217-221.

これはリアの悲痛な心境の吐露である。リアは自分自身がわからなくなってきた。自身のアイデンティティ（identity）が失われかけている。確かに、今のリアは往年のリア王ではない。道化（fool）が「リアの影だよ」と答えてくれるが、〈リアの影〉は実権を失ったリア王を象徴的に表したメタファ（metaphor　隠喩）だ。A（俺）＝ B（リアの影）という比喩である。論理的には、「リア」と言う人物は実体であって「影」ではない。聞き手（ないし読み手）がこれを比喩と理解した時に言語表現として成り立つ。「俺」（I = A）と言う実体が「影」（shadow = B）であるということは意識的な文法違反を犯

した表現である。リア王は現役ばりばりの国王時代にはブリテン国のトップとして絶対的な権力を掌握しており、時に傲慢、時に不遜でもあったのだ。それゆえ、自分を裏切った娘たちをリアは女は獣だ、悪魔が造り出したものだと罵倒してやまない。女性蔑視といわれかねないほどの言葉だ。つまり、時の経過と状況の変化により、リアは王権を失ったも同然である。子供たちに対してもはや無力の存在に成り果てているのである。「リアの影だよ」と言う道化の言葉はリアの内なる声でもある。『リア王』に登場する道化は〈賢い道化〉(wise fool) であり、辛辣な道化 (bitter fool) でもあって、道化は的を射た洞察をしているのである。ほかのシェイクスピアの作品の場合と違い、『リア王』では、この道化に名前が付けられていない。道化がリアの腹心か分身に近いといえよう。道化は、時にリアの超自我 (superego) としてリアの無謀を戒め、過去のリアの過ちを反省させるのだ。姫君(コーディリア)がフランス王に嫁いでしまってから、道化がひどくやつれたと人に言われもした。

　ちなみに、中世ヨーロッパでは、王侯貴族に道化師 (jester; fool; clown) が実際にお抱えとして雇われていた。宮廷には常時、道化が在住していて、主人(王)に痛烈に皮肉を込めてものを言ったり、ずけずけと遠慮せずに自分の思うことを口にするのだ。その意味で、道化は重要な社会的役割を担っていたのである。ただし、言い過ぎると鞭で打たれることもあったようだ。一般に、道化はおどけ者であり、普通はプロの冗談好きの道化師であって、機知に富み、人々の言動を批評したり、時に侮辱したり批判したりする。『リア王』における道化 (fool) は、中心人物（リア王）と仲間のような関係にも見える。道化は知的なウィットを発し、辛辣な考察や評価を念入りに行ったりする。道化は先見の明があり、リア王が激怒して娘コーディリアを拒絶すべきではなかったことを先刻見抜いているのだ。リアがもっと賢明な老人になるべきであったと道化は思う。

　この劇の後半、リアが2人の娘（ゴネリルとリーガン）からむごい仕打ちを受けているうちに、心にどこか狂いが生じてくる。王の五体という小宇宙にも嵐がすさんでやまない。道化は狂気に走るリアの心を和らげようとして、ウィットを一心に用いる。稲妻が閃光を発し雷が轟く暴風雨の真っ只中を道

化は王の後に従いついて行く。道化は王に伴い傍らで只1人ひたすら冗談を飛ばし、雰囲気を和ませて王を支えようとしているのだ。道化はいわばホームレスになったリアの良きアドバイザーである。そもそも道化はリア王やほかの重鎮たちを楽しませるのが本来の役目なのであるから。英雄は孤独である。リア王は絶対的孤独の境地にありながらも、リアと道化は相性が良いのか、旅は道連れなのか、理不尽で不条理の世のなかを生き延びてゆく上で、道化はリアにとって心強い味方だ。

荒野の出会い

リアは長女ゴネリルの夫オールバニ公に、恩を忘れた悪魔だの、貴様の心は石だのと罵倒する始末である。リアはゴネリルに王国を譲ってしまった愚行を悔いることしきり。「俺は生まれつき運命にからかわれて来た道化だ」('I am even the natural fool of fortune.—4.6.186-7) と述懐する。リアは自らを「道化」(fool) と呼んでいる。リア王はパートナーとしての妻のない今、道化がリアと一心同体の盟友なのか。リア王はもはや正常な心をなくし裸の王様同然で、道化とケント伯爵を伴って旅を出たのであった。

  リア 風よ、吹け、お前の頬を吹き破れ！
    風よ、猛威をふるえ！
    滝のような暴風雨よ、豪雨の大洪水を噴出し、
    聳える塔を水浸しにしその天辺の風見を水没させろ！
  Lear Blow, winds, and crack your cheeks! Rage, blow!
    You cataracts and hurricanes, spout
    Till you have drenched our steeples, drowned the cocks!
             —*King Lear*, 3. 2. 1-3.

このように、リアは嵐の荒野に立って、憤懣やるかたなく、この世の不条理を呪って絶叫する。リアは気が狂って、かえって洞察力が鋭くなる。

一方、次女リーガンはグロスター伯爵の私生児エドマンドに好意を抱き、エドマンドが姉ゴネリルと好い仲なのを嫉妬している。エドマンドは狡猾に立ち回り腹黒く、ゴネリルとリーガンの両方に好い顔をし、二人に愛を誓っていたので、いわゆる恋愛のトライアングル（triangle）がそこにあった。ゴネリルとリーガンが異性エドマンドを取り合うさまは恐ろしいほどエロスの深層を覗かせる。ゴネリルは夫オールバニ公より権力があり、彼女の愛はエドマンドに傾き、彼と結婚したくて夫殺害を彼に依頼していた。エドマンドはフランスとの戦いのあいだはオールバニ公に協力していたが、戦いが終わると、陰険にもオールバニ公殺害を企むのであった。エドマンドの父グロスター伯爵は冷酷なゴネリルとリーガンの命令に背いたため、およびリア王を助けようと味方したために、リーガンの夫コーンウォール公に罵倒を浴びせられる。挙句の果てに、残虐にもグロスター伯は両眼を潰されてしまうのだ。トルストイはこの凄惨な光景を鑑賞するに耐えがたいと非難した。逃亡していたエドガーは両眼を潰された父グロスターに出会い、自分の名前を明かさずに父をドーバーへと案内する。しばらく歩くうちにボケ気味の老人リアに出会い、一緒にドーバーにいるフランス軍陣営のコーディリアに会いに行く。

コーディリアにリア王再会

　ブリテン軍（ゴネリルやリーガン側）とフランス軍（コーディリア側）との戦いはブリテン軍の勝利に終わった。この戦いが終わる以前にリアはコーディリアに会うことができ、束の間の喜びを分かち合った。リアは狂乱状態であり、ただ末娘コーディリアをかろうじて見分け、自分は愚かな老人にすぎないと過去を悔いる。結局、リアとコーディリアは勝者ブリテン軍の捕虜になってしまった。そしてコーディリアは処刑され、リアはこの娘の亡骸を抱いて息絶えてしまう。
　色恋は時に無慈悲を極める。愛に狂ったゴネリルは、恋敵の妹リーガンにエドマンドを取られたくないため、心は鬼と化し彼女を毒殺してしまう。そ

の悪事が露見すると、ゴネリルは絶望と自責の念に駆られて自ら命を絶ってしまった。

　一方、兄エドガーは弟エドマンドの数々の悪事に憤りを感じて、二人は決闘になり、悪党の弟が兄に刺されて倒れる。この後、エドマンドはリア王とコーディリアの殺害計画を練っていたことを白状したが、時すでに遅くコーディリアは絞首刑に処せられてしまったのである。

　コーディリアは根は実に優しい父親思いの娘であった。彼女が父親に再会した時の言葉に、父リアへの思いやりと私欲に目がくらんだ姉たちゴネリルとリーガンへの厳しい批判が噴出していた。コーディリアは父リア王に会えた時、二人の姉から虐待を受けた父の心の傷を癒してくださいと、神々に慈悲を乞い願った。彼女は愛と哀しみに満ちた心の女性であった。この劇の最後において、父リアが末娘コーディリアを抱擁するシーンは、すでに妻を亡くしているリアの孤独を癒すほんの一時の、性愛とは異なる、まことに清らかな親子の愛をしみじみと感じさせる。

　ジョンソン博士（Samuel Johnson, 1709-84）やトルストイ（Lev Nikolaevich Tolstoi, 1828-1910）などは、悲劇『リア王』は倫理的に見て、あまりにも残酷で、悲惨極まりないと批評している。作者シェイクスピアはこの芝居で人間を善玉・悪玉に二分法的には分けにくい場合があることを示唆しているのであろう。コーディリアをイエス・キリストになぞらえる人もある。リアは引退してから、自らの人間性に目覚めて、他者へのいたわりの情が表れている。人間は完全無欠ではない。癇癪持ちのリアは、むしろあの乞食のような生活を送っている時に、真の人間愛や寛容の精神が滲み出ている。リアもコーディリアも共にこの人間界の不条理の人生を生きたことになるであろう。

マクベス

8　野心家マクベスは唆(そそのか)されて

魔女の予言

　悲劇『マクベス』の舞台は、英国のスコットランドである。スコットランドの将軍マクベスとバンクォーは容易に制服できない反乱軍をようやく征伐して、凱旋する途中で、折しも気味の悪い3人の魔女に出会う。そして、マクベスは思いがけず超自然的な力を持つ魔女の予言をそこで聞かされる。キリスト教では魔女は〈運命の姉妹〉といわれる曰く付きの者どもだ。その予言では、マクベスは将来コーダの領主になるだろうということ、さらに、願ってもないスコットランドの王となる運命にあると告げられたのだ。魔女はどこか予言者めいており、マクベスに欠かせない助言者のように出現したのである。魔女はマクベスが野心的な行動を起こす原動力をもつ気配がしてくる。一方、バンクォー将軍も魔女の口から、将軍自身のことではなく、彼の子孫がいずれ王となるであろうと遠い未来の嬉しい予言を聞かされる。
　魔女（witch）は本来、ヨーロッパの民間伝説に古くから登場する妖女のことである。そして魔女は悪魔（Devil; Satan）とグルになって、魔法の薬を使ったり呪文を唱えたりして、人間に害毒を加えると言われてきた。しかしながら当面は幸いにも、マクベスは魔女の予言どおりにコーダの領主に抜擢された。マクベスは有頂天になり、この無法ともいえる超自然的な存在の魔女のいわば〈子分〉(follower; henchman) に成り下がって行動する。マクベスはその勢いに乗り、最大の夢である王位への野心を激しく燃やすことにな

る。彼の妻はその野心に輪をかけて煽りたて、野心は必要悪を伴うことを説き、もっと男らしくなるようにと夫にけしかけるのだ。夫婦は一心同体とはいうが、まさに凶悪な犯罪、黒い野望の〈ダンカン王殺害〉へと夫婦が結託して一途に向かうのである。

　こうして、マクベスは妻の後押しで勇気百倍、己のあくどい野心を実現すべく固い決意のもとに進む。将軍マクベスは残虐この上ない殺人鬼へと変貌・転落していくことになる。マクベスは将軍として戦果を挙げたことにより順調にコーダの領主を拝命する。これで魔女の予言の一つ目が実現したことになる。折しも、ダンカン王がマクベスの城に領主就任の祝いに来て宿泊するというのだ。マクベス夫妻にとって、陰険な王位簒奪の野望を実現するには、この機会は千載一遇のチャンスといえるかもしれない。好機到来というわけである。

　ダンカン王が一泊した夜、王殺害は首尾よく成し遂げられた。ダンカンはまことに理不尽な不条理の死に遭遇させられたのである。目的のために手段を選ばない悪辣な殺害行為によって、王位簒奪が実現した。スコットランド王候補者の一人の地位から最高権力の座である王位へ、マクベスは上り詰めることができたのだ。しかしながら、魔女の予言によれば、バンクォーの子孫がいずれ王になるというのであるから、マクベスにとっては気がかりでならない。マクベスは心が穏やかではなく、王位の存続に不安を抱かざるをえない。マクベスは安穏としていられず、刺客を起用してその根を絶やすべく、バンクォー（父）とその子を襲撃させるのだ。刺客は首尾よくバンクォーを殺害したが、その息子の殺害には失敗し逃げられてしまった。

　王の王たる威厳を誇示する宴席で、王の席に座っているバンクォーの亡霊に、マクベスは悩まされ苦しめられる。マクベスがもの言わずにちらつく亡霊に苛まれるということは、冷静に考えれば、幻覚症状であろう。この宴会に同席した貴族たちには、その亡霊が見えないのであるから。家臣であるゲストの貴族たちは、王が取り乱し気も狂わんばかりにしているのに、大変困惑する。王妃のマクベス夫人は夫が持病の発作を起こしているのだとその場を取り繕おうとして、宴会は中断される。件の亡霊は何の言葉もなく消失するが、宴会の中断によって家来の客人たちは周章狼狽し、不安に駆られるば

かりだ。

　ダンカン王が殺害された際、その第一発見者は貴族のマクダフであったが、彼はマクベスの宴会には何故か出席しなかったのである。マクベスはこのことが気にかかり激怒しているのだ。彼は不安が収まらず、再び例の洞窟へ魔女たちに会いに行く。彼女たちは大きな鍋に腐った臓物そのほかの異物を放り込んで、何やら呪文を唱えながら、鍋の周りを回っていた。マクベスは魔女たちにまた自分の未来を予言してほしいと依頼する。そうすると、大きな鍋から３人の幻の像が現れて、その１人は「マクダフに気を付けるのだ」と言い、次いで別の幻影は「怖がることはない、女から生まれた者に君を倒せる力はないのだ」と言う。３番目の幻影は「バーナムの森が動いてマクベスの立つダンシネーンの丘に進んで来ない限り、君が負けることはないのだ」と予言した。この〈森が動く〉という言葉は、自然界の大異変が起こることの比喩的表現である。その後結果的に判明したことには、敵軍と戦うさなかにまさしく「森が動いた」と言う報告が入ったが、その敵軍はふさふさした木の枝を掲げ頭上にかざし、カムフラージュした姿で進撃して来たのに対し、マクベス側が誤解しまんまと騙された形になっただけのことである。ちょっと面白い寓話的な話としか言いようがない。

　一方、マクベス夫人はダンカン王殺害の罪の意識から、彼女のあの強い気性はどこへやら、良心の呵責に苛まれて精神に異常をきたしてしまう。彼女にはいわゆる夢遊病者的行動が見られるようになり、すでに殺されたダンカン王やバンクォー将軍のことを口にし、手を洗うしぐさをするのだ。彼女は錯乱状態に陥り、すっかり気が狂ってしまった。ついに、夫人は自ら命を絶ったのである。こうしてマクベスは心の病に冒された妻に先立たれてしまう。やがて正道を逸れた英雄マクベスの野心に根ざす深慮遠謀や残虐行為は脆くも暴かれる。

　殺害されたスコットランド王ダンカンの息子マルカム王子が正義を掲げて、マクベスに妻を殺された貴族マクダフたちと軍を蜂起する。マクベスは魔女の予言を確信して、マクダフと一戦を交える。遂にマクベスはマクダフに敗れて命を奪われる。魔女の予言は外れたことになるのか。魔女の予言では「女から生まれた者」には、マクベスは倒されないはずであった。実はこ

こに〈落ち〉が付いているのだ。つまり、マクダフは普通の分娩ではなくいわゆる〈帝王切開〉によって母親の腹を切り、時が満ちる前に母親の胎内から引き出されて、この世に誕生したので、「女から生まれた者」という定義には当てはまらないというわけだ。いささか滑稽で、こじつけの感があるが、マクダフは女から〈自然分娩〉によって〈生まれた〉のではなく、母親の腹を割いて人工的にこの苦娑婆たる人間世界に引っ張り出されたのであった。例えば、「その女性は子供を産んだ」(The woman bore a child.) という場合、英語では他動詞 'bear'（子を生む）は 'give birth to'（子を生み出す）の意味で、目的語 'child'（子供）に働きかけているのである。もちろん、胎児自身の生まれ出ようとする生命力が大きく加担していることも確かである。帝王切開によって人工的に引っ張り出されたのだから、自然分娩によって「生まれた」のとはいささか異なるという論法である。

　マクベス側は森が突然動き出したことに驚きを隠せなかった。不動のはずの森が動いたのであるから。スコットランド軍のマクベス陣営は魔女の予言が外れて〈森が動いた〉という簡単には起こりえない天変地異を信じたのだ。先王ダンカンの息子マルカム王子の命令により、兵士たち全員（マクダフとイングランド軍）が近くにある森の木を切って、眼前に掲げて進軍し敵の目を欺き、その軍勢を森に見せかけて、敵軍マクベス側に対して〈森林トリック作戦〉を繰り広げた。そこで、マクベスは「バーナムの森が動いた」という青天の霹靂の情報を得たわけである。

　実はこのようなトリックはシェイクスピア時代より500年余り前、ウィリアム征服王（William the Conqueror, 1066-87）のころに似通った話が伝説（legend）的に存在する。また、現代では迷彩服などが戦略的には同様な例であろう。迷彩は戦闘服に限らず、戦車、大砲、飛行機、艦船、道路や建物などに緑・青・白・黒など数種の色を不規則に塗って、敵の目を欺く手段としている。現実問題として、自然の異変である〈森が動く〉という奇想天外なことをただちに信じさせることは難しいとしても、例えば緑が主調の迷彩服なら周りの森と同系色であり、自然界に埋没するであろうから、仮に迷彩服の軍隊の兵士の群れが木の枝を頭上にかざし、あたかも森の緑の大波のように彼らが動いて進撃して来れば、マクベス側の軍勢がパニックに陥ったとし

てもあながち不思議ではないであろう。

王位に野心と執着あり

　思えば、マクベス将軍はコーダの領主になってから、邪な野望の虜になり、正義への眼が眩んで道を踏み外し悪の道へと突っ走ってしまったのである。マクベスは末路において、報復をしようとする王党軍マルカム王子（ダンカン王の息子）と対決し、脆くも闘いに敗れて命を奪われる。マクベスの封建体制は終焉を迎える。マクベスは二枚舌の魔女の予言を信じた愚かな犠牲者だといえる。戯曲『マクベス』の観客や読者は社会正義と良識の倫理観から、このようなマクベスの末路を噛み締めて、勧善懲悪的にも満ち足りた心と安らぎを得ることであろう。

　ちなみに歴史的事実としては、スコットランドの将軍マクベス（？-1057）は西暦1040年ダンカン王（？-1040）に反逆してダンシネインの闘いでダンカンを破り勝利を収めた。そしてスコットランド王（1040-1057）となり17年間国を支配したのである。1057年、先王ダンカンの息子マルカム王子によって王位を奪い返されている。実在したマクベス王は政治的に優れた王様であったようだ。シェイクスピアが『マクベス』（1605-06）を書いたころはジェイムズ1世（1567-1625）が英国王（1603-25）の時代である。このジェイムズ王はマクベスが王位に就いて統治したことを正統と認めない立場を取っていたので、作者シェイクスピアは当時の国王がマクベスを快く思わないことを勘案して、野心家マクベスを殺人鬼として描き、悲劇の主人公に仕立て上げて芸術作品として成功を収めた。

　雷鳴が轟き稲妻が走る光景のなかで、3人の魔女が登場するところからこの劇は始まる。魔女たちは声を揃えて、「きれいはきたない、きたないはきれい」と謎めいたことを矛盾語法（oxymoron　オクシモロン）で語る。矛盾語法は両立しない、二つの対立的な意味の言葉を組み合わせて、それらの中間的な意味合いを出そうとして、修辞的な効果を挙げる語法である。例えば、「ああ、喧嘩しながらの恋、恋しながらの憎しみ」（O brawling love, loving hate.

141

—*Romeo and Jujiet*, 1. 1. 175）とか、「公然の秘密」（open secret）、「慇懃無礼」（polite discourtesy）、「嬉しい悲鳴」、「負けるが勝ち」、「痛し痒し」などである。魔女の言葉は論理的には矛盾している。「きれい」は「きれい」であり、「きたない」は「きたない」である。「きれい」と「きたない」は反意語（antonym）であるから。個々では〈清〉と〈濁〉とが合同し、価値の矛盾と転倒が起きている世界である。きれいに見えても汚い面がある。汚く見えてもきれいな面がある。魔女たちの価値観は人間のそれとは異なるのか。

　マクベス将軍はノルウェー軍との戦いで猛烈果敢に闘い、スコットランドに勝利をもたらした。この闘いでダンカン王の部下コーダ領主が主君を裏切り敵軍に加担したため、ダンカンは激怒し、即刻死刑を命じ、この闘いの功績によりマクベスがコーダ領主に任命されるのだ。ダンカン王は総領息子マルカムを王位継承者と定めて、カンバランド公の称号を授けると公言する。ところが、マクベスは徐々に今の領主の地位から王位への野望を燃やすようになる。男女同権主義のマクベス夫人は夫に「あなたは野心がないわけではないけれども、邪悪さが欠けているわ」と言い、恐ろしく凶悪な魂胆をあらわにして、彼に男らしさを要求する。彼には王位という大いなる地位への野心はあるが、妻から見て男らしさが足りないというわけである。夫人は目的のために手段を選ばずであり夫にダンカン王殺害をほのめかし、彼を叱咤激励するのだ。無邪気な花と見せかけて、実はその陰に潜む蛇になれと、夫マクベスに悪辣な行為を煽るのである。折しも、マクベスの城にダンカン王が泊まることになり、王暗殺のチャンスが訪れたのだ。マクベスは怖気づき、妻にいったんはダンカン王暗殺をやめようと言うが、彼女は断じて実行を迫るのである。第2幕第2場で、とうとうマクベスは妻の言うとおりにダンカン王殺害を成し遂げた。ついに、彼は王位に就いたが、悔恨の念に駆られ、罪の意識に苦悶・呻吟する。

焦りの殺人鬼に眠りはない

　マクベスは魔女の予言を確信し、その上妻にそそのかされて、とうとうダ

ンカン王を殺害して王位を簒奪した。だが、彼は底知れぬ不安に苛まれる。王を殺害した際に短剣を握ったその自分の手を見て、マクベスは次のように語る。

> マクベス　大海神ネプチューンが支配しているすべての大海の
> 水ならば、この私の手の血をすっかりきれいに
> 洗い流してくれるだろうか？　いやダメだ、
> 反対にこの手によって、大海原は
> 紅に染まり、青い海が
> 真っ赤な海になってしまうだろう。
> **Macbeth**　Will all great Neptune's ocean wash this blood
> 　Clean from my hand? No, this my hand will rather
> 　The multitudinous seas incarnadine,
> 　Making the green one red.　　　　　—*Macbeth*, 2. 2. 59-62.

マクベスは自分の手の血を大海原の水で洗い落とせるかと自問し、逆に大海を真っ赤に染めてしまうであろうと誇張表現（hyperbole）を用いて強調し、自答している。それほど凶悪なことをやってしまったのだ。マクベスの心の内奥に染みた悪の血は、どうにも洗い流すことのできない遺恨として残る。マクベスがいくら手を洗ってもその血痕まできれいに洗い落とすことが叶わず苦悩する。ダンカン王殺害という犯罪行為に手を染めて、愚かにも理性のある人間にあるまじき凶暴性を発揮してしまった。マクベスの〈身から出た錆〉というほかはない。マクベスは将軍の要職にあり、己の〈目的のために手段を選ばず〉の王位簒奪行為は支配層内部の政権移動であり、今日的には一種のクーデターといえるものである。マクベスは個人の野心に駆られた権力欲求から人道的に取り返しのつかない犯罪を犯したために、深い自責の念に駆られ、良心の呵責に苛まれる。この悪党マクベスが心の奥底で苦悩する生命力に観客（または読者）はなぜか心を惹き付けられるのである。彼がかつては自ら想像だにしなかった殺人鬼と化したのである。彼をそそのかしてその殺人行為の一翼を担ったのは、男勝りの個人主義者で悪知恵に長けたマク

ベス夫人である。マクベス夫人が彼と一心同体となって初めてこの悪行はなしえたといえる。

　マクベスは眠れない（'Sleep no more'—*Macbeth*, 2. 2. 40)、自ら眠りを殺したと懊悩するばかりである。マクベス夫人が良心を取り戻すと、殺人という残虐行為に加担したことに後ろめたさを強く感じ、実存の不安に取り憑かれる。マクベス夫人は偽装工作のために血塗られた短剣を殺害現場に放置しておく。したがって、彼女の手も血にまみれている。その上、疑惑を消し去る口封じのためにダンカン王の付き人2人も殺してしまう。目撃者はなかった。ダンカン王が殺されて、その2人の息子（王子）は身の危険を感じて逃走してしまっていた。そこで、この王子2人にこの殺人事件の嫌疑がかかる。

　マクベスはただひたすら物思いに沈む。マクベスがダンカン王を殺害したことで彼の野望は叶えられたが、マクベス夫人は望みが叶った後で、逆に虚しさを感じ、満足感どころではないのに気がつく。夫マクベスに対しては「取り返しのつかないことは悔やんでも無駄よ。すんだことはすんだことですもの」（'Things without all remedy / Should be without regard: waht's done is done. —3. 2. 11-12）と強気に意気を鼓舞して言う。そう言いながら、夫人も内心胸を痛め悩ませているのだ。まさに、〈後悔先に立たず〉である。

　マクベスは表向きは平穏な心を装ってスコットランド王となることができた。第3幕第1場で、スコットランドの将軍バンクォーはマクベス自身が王位に就くことは魔女の予言どおりだけれども、かなり汚い手口で王位に就いたようだと言う。先王ダンカンの息子ドナルベインは「微笑を浮かべながら、その裏に短剣を隠し持っているのだ。ダンカン王の側近にこそこの血なまぐさい行為の主がいるぞ」と言って、マクベスがダンカン王殺害の張本人であることを仄めかしている。しかし、ドナルベイン王子は当面大勢に順応し、日和見主義的なシニカル（cynical）な態度を取っている。ここで、観衆（もしくは読者）は第1幕第1場の魔女の言葉「きれいはきたない、きたないはきれい」（'Fair is foul, and foul is fair.'）を思い出す。マクベスの王殺害行為は常識的・道義的に汚い（foul）行為である。マクベスは〈汚い〉行為によって王位に就いていながら、〈きれい〉な行為によって王位に就いたように見せかけようとしたわけである。

当時の観客の側からすれば、庶民のあいだでは魔女とか悪魔とかがかなり現実味を帯びた存在として半ば信じられていたようだ。16世紀にわれわれ人類が棲息する地球を中心とする宇宙の秩序はコペルニクスによって、太陽中心の宇宙説が主唱され（1543）、地球は太陽の周りを巡っていることが、天文学上明らかとなった。しかし、一般民衆の意識のなかで魔女や悪魔がそうたやすく消え失せることはなく、悲劇『マクベス』の観客は、占い師のような魔女の登場にことのほか興味を抱いたに違いない。

　マクベスは魔女の予言どおり王になることができたが、ダンカン王殺害をバンクォー将軍がうすうす感ずいているようだとの疑いを抱き、今度はバンクォー暗殺を企てるのだ。マクベスは刺客を送り、バンクォーを殺害するが、その息子フリーアンスには逃げられてしまった。マクベスはひとたび殺害に手を染めると、その悪事を隠すためにまた新たな悪事を重ねるしかなくなる。彼自身が現実の次元を超越したまさに生き地獄のなかの悪魔と化してしまう。

　マクベスは宮殿の大広間で晩餐会を開くが、その時不可思議なことが起こる。縁起でもないことに、例の暗殺されたスコットランドの将軍バンクォーの亡霊が、血まみれの髪をして当のマクベスの席に着くのだ。この亡霊はマクベスにしか見えないものであり、彼の幻覚にすぎないのだ。マクベス夫人や居合わせた貴族たちから見れば、マクベスの席は空席であって誰もいないのである。やがて亡霊は消え失せる。こうして、殺人鬼マクベスはバンクォー将軍を暗殺したことに対する後ろめたさを強く感じているためにバンクォーの幻覚を見るのである。マクベスが語っているように、歴史上確かに殺人による流血の惨事は数多く繰り返し起きており、マクベスの自己中心的な慰めにはなるであろう。

　マクベスはまた予言者的な3人の魔女のところへ相談に行く。魔女は常にマクベスの心の支えであり、味方であり、良き助言者であもある。この芝居において一応、客観的存在と考えられるが、なぜか魔女は格好のアドバイザーなのだ。マクベスはいつの間にか大義名分を忘れて、己自身のために行動する自己中心主義者に堕落してしまった。その意味では彼は魔女の犠牲者といえよう。人間誰しも自分が可愛いに決まっているが、彼は知らず知らず

にうちに自信過剰になっているのに気づかない。

　マクベスは魔女たちに対面して異様な雰囲気に浸り、将来を占ってもらう。魔女たちは三つの幻影を呼び出す。幻影1はマクベスに「マクダフに警戒しなさい」と言われる。さらに幻影2は「女から生まれた者はマクベスを倒すことはできません」と珍妙なことを言う。「女から生まれた者」といえば一瞬、人間はすべて女から生まれた者に違いないではないかと思う。しかし、これには後で解ることであるが、駄洒落っぽい落ちがついているのだ。マクベスは幻影2からこのようなことを聞いて心が慰められ励まされるのであろう。幻影3は「マクベスは絶対に敗北しない。バーナムの大森林がダンシネインの丘の方に向かって攻めてこない限りは」と言う。スコットランドのバーナムの大森林からダンシネインの丘まで12マイル（約19キロ）離れているが、大森林が動き出すという表現はありえないことの喩えであり、天地がひっくり返るような天変地異の類である。これを聞いてマクベスは当然ながら喜ばずにはいられない。これでマクベスの政権は安泰であり、玉座の高みで天寿を全うできるというものだ。マクダフ夫人は、今の世のなかは悪事を働いた人間の方が賞賛されると皮肉を言い、マクダフは、悪事にかけてはマクベスほどの悪魔はいないと言って、マクベスを悪魔扱いしている。この物語の最初のところで、魔女たちの語った「きれいはきたない、きたないはきれい」という不気味な言葉をここで再び想起させられる。表向きの世間体は高貴な人と見られながら、その実は悪辣な汚らわしい輩に変身したマクベスが脳裡に浮かんでくる。

マルカム王子の復讐

　先王ダンカンの息子マルカム王子は「夜がどこまでも続くなら日の目を見ることはないぞ」（'The night is long that never finds the day.' —*Macbeth*, 4. 3. 240）と士気を鼓舞する。マクベスによって、マルカムは父ダンカンを殺害され、貴族マクダフは妻と子を惨殺されているので、この悲憤慷慨のトラウマを癒すためには、マルカムは復讐（revenge）しかないと「武器を取る」（put on the instruments.—*Macbeth*, 4. 3. 39）覚悟を決めたのである。

　一方、マルカム王子らの武力攻撃を受けて立たなければならないマクベスと王妃はどんな状態にあるのか。マクベス夫人は夫を唆しダンカン王殺害に導いたことで良心の呵責に苛まれる。マクベス夫人はマクベス王より現実的であるが、意外に夫に比べて傷つきやすい女性なのである。彼女は心身の釣り合いが激しく乱れて、夢遊状態で目は開いたまま歩き回ったりする。医師は自分の手に余る、自分の力の及ばない症状であり、心の病は患者（共犯者マクベス夫人）が自分で治す意欲を持たなければ駄目なのだと言う。ルネサンスの新しいタイプの女性であるマクベス夫人のような患者には医師よりも神父が必要なのだというわけだ。

　強大な権力を手に入れ暴君と化したマクベス王もその凶暴性を発揮して、ダンカン王を殺害したがゆえに悩み抜き、心の病が深まって気が狂ってしまった。「神よ、われらの罪をお赦しください」（‘God, forgive us all!'　—*Macbeth*, 5. 1. 72）と医師は祈る。医師はまた「自然にもとる行為は自然にもとる苦悩を生むのです」（‘...Unnatural deeds / Do breed unnatural troubles:—5. 1. 68-9）とも言う。こうして、新王マクベスとマクベス夫人は夫婦ともども精神面で正常さ（normality）が失われてきているのだ。

　ダンシネインの城のなかでマクベス王は、魔女に呼び出された幻影（apparition）3が予言したようにバーナムの森がこちらに向かって動いてくるまでは俺は平気だと自信ありげにうそぶく。「ダンシネインの森が動いてくるまでは」という隠喩（metaphor）にマクベスは不思議に勇気づけられる。ただし、この幻影3には〈二心がある〉（ambidextrous）と疑いを抱かせる点がある。ト書きに、「幻影3は子供であるが王冠を戴き、手には木の枝を持っている」（*Third Apparition, a child crowned, with a tree in his hand*）とあることに注目すれば、後に、マルカム王子（先王ダンカンの息子）が政権を奪還することを仄めかしているものと理解できよう。幻影2が「怖れることはない、マクベス、女から生まれた人間には誰もきみを打ち負かす力はないのだ」とマクベスを慰め激励したかに見えるが、「女から生まれた人間」は論理的・常識的にはすべての人間を意味するので、この言葉は滑稽であり眉唾物である。結局〈落ち〉がついていて、帝王切開で生まれた人間は人工的に赤ん坊

が引き出されるから「女から生まれた人間」には該当しないというのだ。ここで詭弁とも取れるが、赤ん坊が産道（膣）を通って生まれる自然分娩の場合が「女から生まれた人間」に該当するというのである。

　いよいよ、マクベス王は戦争を受けて立つことになる。マクベスの敵は先王ダンカンの息子マルカムとスコットランドの貴族メンティス、イングランドの将軍でノーサンバランド伯シーワードらの軍隊である。マルカム王子は兵士たち全員に彼らが木の枝を切断して眼前に掲げて進撃をするようにと命令を下した。これが功を奏して、マクベス側はダンシネインの大森林が動いたと誤認し、絶対にありえない事象が実際に起こったと信じてしまったのだ。マクベス側は上を下への大騒ぎとなった。マクベスの難攻不落の城が危うくなってきた。

マクベスは野心の犠牲者か

　マクベスはかつて優れた将軍として戦果を挙げ、コーダの領主に昇進した。そこまでは善良にして有能な軍人であり成功者であった。そのころ、怪しげな魔女の予言があったり、マクベス夫人の励ましがあったりして、マクベスに王位を目指す野心が湧いてきた。マクベスの野心はいよいよ燃え上がった。彼の野心は尋常のものであったのか。いわゆる野心（ambition）には主に三つの中身があるだろう。〈野心〉の中身の一つ目は成功（success）願望、二つ目は権力（power）願望、三つ目は富裕（riches; wealth）願望である。マクベスの場合、王位を狙うのは〈権力願望〉であろう。

　マクベスの心中には野心・野望が渦巻いていた。主君のダンカン王は世襲的に息子のマルカム王子を封建制における次世代の王位継承者とすることを公言していた。そんななか、マクベスはダンカン王に背き、身のほどを超えた野望を抱き、残虐にも王暗殺を果たして、自ら最高権力の座である王位に就いたのだ。

　マクベス王は王座に就いてからも、マルカム王子の動向が気にならないはずがない。マクベスは政権の座にありながら絶えず不安におののいていたの

であろう。そうこうするうちに、マルカム側は復讐を誓い、王位奪還を秘めて武器を取り攻撃を仕掛けてきたのである。宿敵マルカム側が軍を挙げ進撃を始めたころ、城の奥のほうで女性たちが叫び声を上げているとマクベスは従者シートンから聞かされる。そして「お妃（マクベス夫人）が命を絶った」('The Queen, my Lord, is dead.')とマクベスは告げられる。かけがえのないパートナーを亡くしたマクベスの悲嘆はいかばかりか察するに余りあることだ。そのとき、マクベスは一個に人間に還って、次のように感動的なせりふを語る。

マクベス　明日が来て、また明日が来て、さらに明日が来て、
　くる日もくる日もとぼとぼ小刻みに時の歩みを進めて行き、歴史の終わりを記す一語にいたる。
　昨日という日は皆愚かな人間が灰になる死への道に明かりを灯してきたのだ。
　消え失せろ、消え失せろ、束の間の明かりよ！
　人生はただうろちょろする影法師、
　哀れな役者なのだ、舞台に出ている時は
　大見得を切ったり、くよくよしたり、
　舞台を去れば役者の声はもうおしまいだ。
　それって能無しがしゃべる絵空事だ。
　わいわい、がやがや沸き立っているが、
　これといった意味なんかありはしない。

Macbeth　Tomorrow, and tomorrow, and tomorrow,
　　Creeps in this petty pace from day to day,
　　To the last syllable of recorded time;
　　And all our yesterdays have lighted fools
　　The way to the dusty death. Out, out, brief candle!
　　Life's but a walking shadow; a poor player,
　　That struts and frets his hour upon the stage,
　　And then is heard no more: it is a tale

> Told by an idiot, full of soud and fury,
> Signifying nothing.　　　　　　　　　—*Macbeth*, 5. 4. 19-28.

　ここで、マクベスは人生の無意味さを述懐している。英雄は孤独な存在である。絶対的な後ろ盾であるマクベス夫人（Lady Macbeth）に先立たれて栄光ある権力の座にありながらも、邪悪な手段によって奪取した、最高権力の座である王位はマクベスの心の虚しさを、彼の絶対的な孤独を癒してくれるものではなかった。ここで彼は一個の人間として未来を見つめ人生を省みて、心底から真情を吐露している。

　結局、マクベスはバーナムの森が動いたとの報せと、敵軍（先王ダンカンの息子マルカム王子らの軍とイギリスの将軍シーワードらの援軍）による攻撃を受け、マクベス自らが戦い、シーワードの息子はマクベスに殺されてしまう。マクベスは次にスコットランドの貴族マクダフと対戦することになる。実はマクダフは月足らずで帝王切開により生まれてきたので、魔女の言う「女から生まれた者」の定義には当てはまらないのだという。母親の産道を経て生まれてくる自然分娩ではないからだ。ついに、マクベスは悪運尽きてこのマクダフとの戦いに敗れ殺害されてスキャンダラスな生涯を閉じる。殺人鬼マクベスと鬼の妃はこの世界から消えた。こうして、マクベスの野心は滅亡し、彼の王政は束の間の夢に終わった。そしてマルカム新政権による平和が訪れるところでこの悲劇『マクベス』は終わる。

　先のマクベスのせりふでは、時を示す抽象名詞（abstract noun）'tomorrow'を主語に置き、擬人法（personification）により、マクベスを始め人間の持つ〈人生の時〉の未来が時々刻々と削られて行き、人生の最期の一瞬にまで辿り着く。幾多の昨日という過去が「愚かな人間ども」（fools）を、肉体の死により灰燼に帰するまで道案内し、明かりを照らしてきたのだ。命なんて消えてしまえばいい、ほんの一瞬の人生だ。この広大無辺の宇宙のなかにあって、人生はただうろちょろする影法師に過ぎない。全く哀れな役者稼業であり、人生という舞台の演技が終わるころには、人生はあっという間であったと気づく。一個の人間が生息する人生の舞台の外には未来永劫の時がある。人間が舞台に立つ以前には太古に、天地開闢にまで遡る無限の過去がある。

シェイクスピアは悲劇『マクベス』において、権力欲という〈人間の愚かさ〉に焦点を当てている。野望に燃えるマクベス将軍が卑劣かつ残虐な行為により王位を簒奪し、最高権力者にのし上がる姿を描き、野心を満たしたのも束の間、破滅の運命を辿るマクベスを反面教師として造型している。だが、マクベスの破滅は彼1個人の宿命とはいえない。マクベスはダンカン王殺害の加害者であったが、マクベスの背後には彼を唆した共犯者としての妻、かけがえのないパートナー、マクベス夫人の存在を忘れることはできない。この劇中で〈マクベス夫人〉とだけ紹介され、『オセロ』のデズデモーナのようには名前は出てこない。〈夫人〉というパブリックな面だけが重視されている。ダンカン王殺害を滞りなく実行した後、マクベスおよび夫人は双方とも良心の呵責に苛まれている。さらに、『マクベス』においては、魔女が超自然的な生き物として、マクベスを勇気づけかつ破滅させているのだ。マクベスは犠牲者（victim）でもある。魔女が現れて、曖昧な主張をし、人間世界の不条理を示唆して、この芝居を最後まで支配している。『マクベス』は殺人で始まって殺人で終わる残酷物語である。
　シェイクスピアはこの超自然的な魔女に対して一つのアンビヴァレンス（ambivalence　両面価値：矛盾する感情）を観衆と共有しているのである。

II
シェイクスピアの知恵袋
──心の琴線に触れる名せりふ

生きるか、死ぬか、そこが問題なんだよ
To be, or not to be, that is the question

❧

ハムレット　生きるか、死ぬか、そこが問題なのだよ。
どっちが雄々しい身の処し方なのか、
運命の残酷な打撃をじっと耐えるか、
どっと襲ってくる苦難に向かって、
剣を取り、決死の戦いをするか。
死ぬことは眠ること、それだけさ。眠ることによって、
胸も痛みも、体に宿る無数の苦しみも終わる。
それは願ってもない結末だよ。死ぬことは眠ること。……

Hamlet To be, or not to be, that is the question:
　　　Whether 'tis nobler in the mind to suffer
　　　The slings and arrows of outrageous fortune,
　　　Or to take arms against a sea of troubles,
　　　And, by opposing, end them. To die, to sleep—
　　　No more, and by a sleep to say we end
　　　The heartache and the thousand natural shocks
　　　That flesh is heir to—'tis a consummation
　　　Devoutly to be wished. To die, to sleep ....

Hamlet, Act 3, scene 1.

シェクスピアの四大悲劇の一つ『ハムレット』のなかで、デンマークの王子ハムレットは、父が叔父クローディアスの計略により暗殺され、叔父がハムレットの母と結婚して、デンマークの国王になりすましている。ハムレットは、母を売女だの、尻軽女だのと痛罵する。ハムレットも人の子、出生にあ

たって、母も父も選べなかった。彼は自分を母が産んでくれなかったらよかったのに、と母を恨む。生まれてきてしまった以上、そこが問題の根源である。「生きるか、死ぬか、そこが問題なんだよ」とハムレットは独白するが、若い彼は皮肉屋で反逆者なのだ。彼は必死の覚悟で、それこそ命を賭けて仇討の行為を実行に移すか否かで悩む。果敢に戦いに挑めば、命の保障はない。彼は、なかなか復讐（revenge）を実行に移せないでいる。もちろん、キリスト教的には復讐（殺人）は決して容認されるものではない。ここには何か深遠な哲学劇的なものが示唆されている。ハムレットは胸中にわだかまるこの世の理不尽さ、不条理というものを吐露している。

「生きるか、死ぬか」の二者択一ではあるが、いずれ人間はいつの日か死を迎える運命にある。人間（生物）が土から生まれ土に還るとするなら、生と死はいわば地続きともいえる。そして生死の二項対立の中間領域には無数の選択肢があるはずである。こうして、1人の人間の生命の発生から消滅への過程は複雑多岐にわたるものなのだ。死というものは、生というものと同様に不条理ではないのか。人間は不条理を生き不条理を死ぬのである。ハムレットはときに〈生きながら死んでいる男〉（living-dead man）のように意気消沈し、この世の営為（いとなみ）が我慢できず呪うのだ。

　英語の完全自動詞 be は、live や exist（生存する；生き延びる）、remain（とどまる；居残る）などの意味に用いる。そこで従来、一般にハムレットの 'to be, or not to be ....' のせりふは、この劇の全体的なコンテクストから判断して、be = live（生きる）の意味に解釈されてきた。さらに、be には remain（continue to exist = そのままであり続ける）の意味がある。シェイクスピアは live を用いずに be を用いたのであるから 'to live or not to live' と表現するのに比べて、意味が多少曖昧な、ぼかし表現になっている。ちなみに、be 動詞を完全自動詞（exist or live）の意味に用いた英文の類例が、次のウォルト・ホイットマン（Walt Whitman, 1819-92）の詩に見られる。

　　Enough to merely be!
　　Enough to breathe!
　　Joy! Joy! All over joy!
　　（ただ、この世にあるだけでいい！

呼吸するだけでいい！
歓喜！　歓喜！　全く歓喜だ！)
ここでは be の意味は exist（存在する）あるいは live（生きる）である。人間はこの世にあるだけで、存在するだけで喜ばしいことなのだ。嬉しいこと、幸せなことなのだ。

'to be or not to be' の or は論理的には二者択一（alternative）の等位接続詞である。文頭に 'Am I' を補って、'Am I to be or not to be'（= Should I be, or Should I not be）と考えられる。二分法（binary analysis）は切れ味は良いがハムレットの精神的な内面は、そう単純ではなく、かなり複雑である。「生きるか、死ぬか」は一種の誇張表現である。そこで小田島雄志氏は、be = remain の意味に解して、「このままでいいのか、いけないのか」と訳した。

そのせりふとおりに上演された際、ハムレットを演じた役者さんが、「このままでいいのか……」とやったのでは「生きるか、死ぬか……」というせりふほど迫力がないと感想をもらしたとのことである。

優柔不断ともとれるハムレットの悩みっぷりは、決断力に乏しく、じれったさを感じさせるが、ハムレットは思慮深い青年だから苦しむのである。ハムレットには不安や懐疑がある。ところで一方、彼はまた意志強固の面をも見せ、いささか謎めいたところがある。ともあれ、そこがこの青年の最大の魅力といえよう。不本意に命を奪われたハムレットの父（先王）が幽霊となって現れ、ハムレットに真実・真意を訴える。これがまさに天の声、天啓と感じられるのである。ハムレットには怒りと反抗心が湧き起こる。ハムレットの懊悩は深まるばかりだ。今、国王の座にある叔父クローディアスが仇敵であるから、この悪しき憎むべき王をこの世から抹殺することができるか否かである。だが、ハムレットは厭世人間的に振舞い、死の不安から仇討を実行する意志の力が弱く、迷うばかりである。

彼は欠点と長所が釣り合っている
His taints and honours Waged equal with him.

    ミシーナス　彼は欠点と長所が釣り合っている男だった。
    アグリッパ　たぐい稀な人類の指導者だった。けれども、神様たちは、わたしたちを人間にしておくため、何らかの欠点を与えるものなんだ。シーザーも心を打たれている。

Maecenas　His taints and honours
    Waged equal with him.
Agrippa　A rarer spirit never
    Did steer humanity; you gods will give us
    Some faults to make us men. Caesar is touched.
                   Antony and Cleopatra, Act 5, scene 1.

これは『アントニーとクレオパトラ』における終わりに近く、クレオパトラを愛するアントニーが死んだ場面である。クレオパトラもその後、毒蛇に胸を咬ませて自ら死にいたる。この劇では、アントニーの政治家としての公的な面と、クレオパトラの恋人としての私的な面とが対比して描かれており、これは政治劇であり、かつ恋愛劇でもある。また、風刺悲劇といわれることもある。アントニーは時に勇敢になり、時に落ち込む。シーザーの味方ミシーナスがアントニーのことを「欠点と長所が釣り合っている男だった」と評し、同じく味方のアグリッパは、「神様たちは、わたしたちを人間にしておくために、何らかの欠点を与えるものなんだ」と言っている。欠点と長所という対照表現（contrast; antithesis）を用いている。人間は神と動物の中間的な存在である。さらに、神と人間とのあいだには天使が介在することもある。人間は動物と肉体的・本能的に共通性を具有していて、理想や夢を描いて行

動するが、永遠に神にはなれない。ギリシャ神話やローマ神話の神々とか、キリスト教そのほかの宗教の神は一般に人間とは一線を画した存在であったり、絶対者であったりする。原文においては gods と g を小文字にし、複数の s をつけて神々を表し、相対的価値観を示している。キリスト教ならば一神教なので、God（神）と大文字の G で始め、単数である。一方、日本の神はどうであろうか。例えば、菅原道真は歴史上の人物であると同時に今日、学問の神様として祀られている。つまり、人間が神になるのだ。その点、西洋の神々の観念と多神教的な日本の神々とを同一視することはできない。われわれは、「生きよ、かつ生かせ」（Live and let live.）の精神で、自分が生きると同時に他人も生きてほしいと願う。人間らしく生きたいとか、人間らしくありたいとか願う。芸術を創作したり、鑑賞したりして、神にも近い崇高な面と、血腥い殺傷事件を起こすような残虐な面とが人間にはある。アグリッパのせりふにおける英語 rarer（より稀な）という形容詞の比較級と、強意の否定副詞（never）とを用いて、結局、最上級に等しい意味を表して、直訳的には、アントニーほどの精神の持ち主はいまだかつていなかった、となる。人間は誰しも長所があると同時に、何かしら欠点も生得的に神々から授けられている。欠点があればこそ、全能の神とは違って、まさに人間なのだ。アントニーという人間の総体も例に漏れず、欠点が半分、長所が半分の人格なのである。

　次に、現代英語における対照表現の例を挙げておく。

　　Thatcher and other conservatives are not preaching simply capitalism versus socialism but individualism versus collectivism.

　（サッチャー首相およびそのほかの保守主義者たちはただ単に資本主義対社会主義を説いているだけでなく、個人主義対集産主義をも説いている。）

ここでラテン語 versus（= against）は vs と書いて日本語中にも用いられる。

愚か者は自分が賢いと思い、賢い者は自分が愚かだと思う
The fool doth think he is wise, but the wise man knows himself to be a fool.

タッチストーン　きみって、頭がいいの？
ウイリアム　けっこう頓知がありますよ。
タッチストーン　おや、うまいことを言うね、「愚か者は自分が賢いと思い、賢い者は自分が愚かだと思う」という諺を思い出すよ。

Touchstone Art thou wise?
William Ay, sir, I have a pretty wit.
Touchstone Why, thou sayst well. I do now remember a saying: 'The fool doth think he is wise, but the wise man knows himself to be a fool.'

As You Like It, Act 5, scene 1.

『お気に召すまま』(*As You Like It,* 1600) は、アーデンの森の自然で伸びやかな、理想的で幸福な田園生活の物語である。道化のタッチストーンが、オードリに恋する田舎の若者ウィリアムに話している場面である。

世のなかには自分が頭がいい、利口だ、賢いのだとか、聡明で思慮分別に富むとか自負する人間もいるらしい。しかし、本当に賢い人は、人間として自分の愚かさを自覚し、自分は未熟だ、至らぬ者だと謙虚に思うであろう。ソクラテス流に「自分自身を知れ」、ということにもなる。タッチストーンは、'Art thou wise?' と be 動詞による yes-no question で質問している。この対話 (dialogue) では、一般に、'No, I am not.' と答えそうであるが、ウィリアムは、have 動詞を用いて、'I have a pretty wit.' と肯定的に答えている。'wise' な人とは、知的な考えや経験に基づいて、何かを決心したり、判断したりする人のことである。ウィリアムは、自分が 'wise' であると答える代わりに 'wit' を持っていると答えている。この 'wit' は利口で人を楽しませ

るようなことを言う能力（the ability to say things that are clever and amusing）のことである。'wit' は機知やユーモアを感じさせる賢さである。したがって、タッチストーンは「うまいことを言うね」（thou sayst well）と言っているのである。ただし、その後、'fool' と 'wise' を用いた対照表現の諺を引用し、皮肉っている。

　次に 'married' と 'unmarried' を用いた対照表現の英文を挙げる。

　Unmarried women are four to five times more likely to have an abortion than married women.
　（未婚女性の方が既婚女性より3倍から4倍多く人工妊娠中絶を行っている。）

人間てなんてすばらしい傑作なんだろう
What a piece of work is a man!

༄

ハムレット　人間てなんてすばらしい傑作なんだろう！
理性は崇高で、能力は無限で、姿や動作は見事で立派で、振舞は天使のようだ、理解力は神様のようだ、世界の美の最たるものだよ。命あるものの鑑だね！

Hamlet What a piece of work is a man! How noble in reason, how infinite in faculty, in form and moving how express and admirable, in action how like an angel, in apprehension how like a god—the beauty of the world, the paragon of animals!

Hamlet, Act 2, scene 2.

ハムレットは万物の霊長としての人間を信頼し、人間精神の美を称えている。まさに人間の讃歌であり、人間万歳である。シェイクスピアの時代は、宗教改革（Reformation）を経て、イギリス・ルネサンス期であり、中世の宗教的束縛から解放されて、プロテスタント教会が生まれ、人間の自由を謳歌した。人間の理性を信じ、人類は無限の発展を希求した。しかし、この劇のなかで、ハムレットは個人としては心にむらがあり、内心では人間は塵芥のような、ちっぽけな存在としか思えないのだ。人間の姿を見ても楽しくないし、女性も彼を楽しませてくれず、駄目男として存在している。人間不信に陥る。その反対にハムレットは人間不信を装うこともある。

モリエールの喜劇『人間嫌い』では、主人公の男は自分が接する相手の人間のあらゆる欠点を見つけては、片っ端から非難したり罵倒したりする。ところが、彼の恋人の女性セリメーヌだけは別だと言って、2人でどこか遠いところへ行ってしまう。この場合とは、ハムレットの心境は似て非なるもの

のようだ。

　原典では、まず、what＋名詞句で始まる典型的な感嘆文形式であり、かつ倒置文（inverted sentence）である。現代英語では一般に倒置せずに 'What a piece of work a man is!' と言う。例えば、'What an idea it is!'（何て途方もない考えなんだろう！）のごとく表現する。次いでハムレットは、how 感嘆文の並列（parallelism）形式で語っており、聞き手に整然とした感じを与えながら、相手の情感に訴えている。How＋形容詞（句）の感嘆文形式を4回も反復して用いているのだ。この文は how で始まり、最後に 'is a man'（v＋s）を補えるものである。いろいろな角度から人間を見つめて称賛している。例えば、'How crazy you are!'（君はなんて気違いじみているのだろう！）のごとく用いる。最後に名詞句（the beauty of the world; the paragon of animals）を二つとも N＋of＋N の形式の句でぽんと置き、節構造にせず、簡潔に表現している。実際に話す英語表現は、センテンス（sentence）の基本である主語＋述語（動詞）とばかり言えないのである。あえて主語を導入すれば、'A man is the beauty of the world, the paragon of animals!' となろう。

　ちなみに、本来、抽象名詞である 'beauty' を具体的な人間性名詞（human noun）に用いた現代英語の例を挙げる。

> His wife had been a great beauty and she was still a great beauty in Africa, but she was not a great enough beauty any more at home to be able to leave him and better herself and she knew it and he knew it.（彼の妻は大した美人だった。そして今でもアフリカでは大した美人であるが、本国では夫のもとを去ることができ自分を向上させることができるほどは、もはや大した美人ではなくなっていた。彼女はそれを承知していたし、彼もそれを承知していた。）

この世界はすべて舞台だよ
All the world's a atage,

⁂

 ジェイクイズ　この世界はすべて舞台だよ。
  男も女もすべて役者にすぎない。
  舞台に登場したり退場したり、
  1人の男が生涯にいろんな役を演じるのだ…
 Jaques All the world's a atage,
  And the men and women are merely players;
  They have their exits and their entrances,
  And one man in his time plays many parts, ...

As You Like It, Act 2, scene 7.

シェイクスピアは上流階級だけでなく、あらゆる階層の観客がいることを想定して劇を創作している。この『お気に召すまま』もその例に漏れない。この題名〈お気に召すまま〉という言葉自体が示唆するように、弟フレデリックに領地を奪れわれた前侯爵は、アーデンの森で悠々自適の生活をしている。この森は桃源郷である。森のなかでは、人間関係のしがらみや社会規範を排し、自由と解放を得て、自然にあるがままに、いきいきとした生活をしている。作者シェイクスピアもこの劇に役者として召使いアダム役で出演したらしいのだ。ドラマトゥルギーの点で、はっきりしたプロット（筋）らしいものがない、のどかな牧歌劇であり、この上なく理想的で幸福な物語の作品といえそうである。この作品の主要なテーマは恋愛である。牧歌的なロマンスでありながら、風刺が効いている文学である。ただ単なる世捨人の逃避文学ではない。
　ヒロインのロザリンド（追放された侯爵の娘）は聡明で人情味のある女性で

この世界はすべて舞台だよ

ある。若き騎士オーランドはロザリンドに恋をする。叔父フレデリックに追われるように、ロザリンドはフレデリックの娘シーリアとアーデンの森へ逃避する。

　すでにアーデンの森ではロザリンドの父・元侯爵が、弟に追放されて暮らしている。そこへやってきたロザリンドとシーリアも森の外れの牧場で暮らすようになる。やがてロザリンドは、騎士オーランドとの愛が成就し結婚式を挙げる。一方、オリヴァーも森にやってきて、シーリアに一目惚れして恋に落ち結婚する。さらに羊飼いのカップルも結婚式を挙げる。このように、アーデンの森は自然環境に恵まれ、平穏で幸せな生活が営まれている。この森は政治的亡命者や追放された恋人たち、羊飼いたちが理想的な住処としている。そんなある日、追放されている公爵が、「この広大な全世界という舞台は、現にいま自分たちが演じているこの場面よりもずっと悲惨な光景を見せている」と言ったのに対し、つむじ曲がりの貴族シェークィーズが、「この世界はすべて舞台だよ」と応じているのだ。'All the world's a stage' という文は、隠喩的な表現である。A（world）＝ B（stage）の等式において、A は B に等しいと述べているが、実際のところ、論理的に world（世界）と stage（舞台）とは全く異質なものでる。world は漠として広大なものであるが、それに比べれば舞台なんてまことに狭い限られた場所である。

　したがって、world と stage は厳密には別物であり、同一のものではない。ここではいわば意図的に文法違反を犯して表現しているのだ。world と stage の共通属性に着目し、比喩的に表現しているのだと気がつく。そしてこの文は正用法として容認されるのである。この世のなかで、波瀾万丈の生活を経験する人もあれば、傍観者的にこの世のできごとを芝居でも見ているかのように、達観して日常生活を送り、物事にくよくよせず動じることなく暮らして人もいる。夏目漱石のいわゆる高等遊民のような人たちもいる。かつて作家の伊藤整は傍観者の権威を主張したことがある。社会や世界の情勢を静観し中立的な立場をとる人たちがいるのだ。また、実人生の外にいて隠遁者（recluse）の暮らしをしている人もいないこともない。これとは対照的に、比較的広い世界に生き、社交的で交際の広い人もいる。ちなみに、湯川秀樹は親しい友人が少ない方だとエッセイのなかで語っている。世界は広し

といえども、人が円滑に交際できる範囲はせいぜい 100 人程度だとある社会学者は述べている。

　世のなかでいろいろのことが起こるので、人々は〈この世は舞台だよ〉（The world's a stage.）とシェイクスピアからその表現の骨子だけを格言のように口にする。舞台はまさに世界の縮図なのだ。シェイクスピアは〈舞台〉上で生涯演じる役割を七つに分けている。つまり、まず最初は赤ん坊、次は小学生、3 番目は恋する青年、4 番目は兵士、5 番目は裁判官、6 番目はボンクラ老人、最後は再び、老いた赤ん坊という次第である。巨視的には、待ちに待ったカーテンが開き舞台上に役者が登場するのは、いわば人がこの世にお目見えすること、つまり広義の人の誕生（birth）であり、人が舞台を演じ終えて、最後のカーテンが下りて、人生の最期（death）を迎える。

　『お気に召すまま』の最後では、弟のフレデリックが心を改めて、兄の公爵に領地を返して、めでたしめでたし（happy-ending）のうちに幕が下りる。劇は終わり、これがいわば人の死（death）を象徴する。人生の終焉である。私たちは人生において、時に役者として舞台に立つ側になり、時にドラマを鑑賞する観衆（audience）の側になる。人生という舞台に立っているあいだ、人生劇場から転落しないように無事に、より良く人生を演じようとする。私たちが観衆の立場にあるときには、見事な、感動的な演技を見れば拍手喝采して共感を精一杯表現する。人生というドラマは悲劇であったり、喜劇であったり、悲喜劇（tragi-comedy）であったりする。人生は晴れたり曇ったり、また風が吹いたり、雨が降ったり雪が降ったりする。しかし、どんなに厚い暗雲に覆われても、その雲の上はいつも晴れているのだ。これが人類の意思を肯定する思想というものであろう。

人生はただうろちょろする影法師
Life's but a walking shadow

マクベス　明日が来て、また明日が来て、さらに明日が来て、
　くる日もくる日もとぼとぼ小刻みに時の歩みを進めて行き、歴史の終わりを記す一語にいたる。
　昨日という日は皆愚かな人間が灰になる死への道に明かりを灯してきたのだ。
　消え失せろ、消え失せろ、束の間の明かりよ！
　人生はただうろちょろする影法師、
　哀れな役者なのだ、舞台に出ている時は
　大見得を切ったり、くよくよしたり、
　舞台を去れば役者の声はもうおしまいだ。
　それって能なしがしゃべる絵空事だ。
　わいわい、がやがや沸き立っているが、
　これといった意味なんかありはしない。

Macbeth Tomorrow, and tomorrow, and tomorrow,
　Creeps in this petty pace from day to day,
　To the last syllable of recorded time,
　And all our yesterdays have lighted fools
　The day to dusty death. Out, out, brief candle!
　Life's but a walking shadow, a poor player
　That struts and frets his hour upon the stage,
　And then is heard no more. It is a tale
　Told by an idiot, full of sound and fury,
　Signifying nothing.　　　　　　*Macbeth*, Act 5, scene 5.

これはマクベス夫人が死亡した直後のマクベス将軍のせりふであるが、彼が絶唱するこの名せりふは、短く儚い人生を見事表すに語っている。「明日、さらに明日、……」と未来へ向かう時の刻みと日々の命の歩みを重ねて、命の終焉にいたる。肉体は滅びて塵と化す。マクベスには人生が虚ろに見えてくる。人生は束の間に過ぎゆく夢のごとくなのだ (Life is like a swiftly passing dream.)。人間は永遠にこの世から消え去り、忘れ去られてしまうのである。人間は愚か者だと認めた上で、明日をも知れぬ命だと知り、いずれ死は避けられないのだと覚悟を決めて開き直ればかえって気が楽になる。そして1日1日を思い切り生きることだ。人生は喧騒と憤怒が満ちている。人生の意味は？　サマーセット・モームが述べているように、とりたてて人生に意味などありはしない。ただ、人生模様があるだけともいえる。
　人生最大の恐怖は死である、と瀬戸内寂聴は言う。その死を人間の定めとして受け入れて、常々その覚悟をして居直り、死の必然を諦観して、日々精一杯生きようと努力する。人生に不安はつきものである。せっかく、この世に生まれてきたのだから、できるだけ楽しく生きたいものである。マーガレット・ミッチェル (Margaret Mitchell, 1900-49) の小説『風とともに去りぬ』(Gone with the Wind, 1936) の最後の言葉、「明日は明日の風が吹く」(Tomorrow is another day.) という言葉が浮かぶ。明日を思い煩ったり、取り越し苦労をしたりせずに、明日のことは明日考えようというアメリカ人の楽観主義 (optimism) である。
　概して、シェイクスピア劇は口語英語 (spoken English) と文章英語 (written English) の中間的な英語を用いているが、主として、喜劇 (comedy) は散文 (prose) で書かれ、悲劇 (tragedy) は韻文 (verse) に散文が混じる文で書かれた。強弱のリズムの、1行10音節の無韻詩 (blank verse) であった。劇中において、王侯貴族には改まった英語 (formal English) を、道化や一般社会人にはくだけた英語 (informal English) を使わせている。
　時を表す抽象名詞 (abstract noun) の tomorrow を、自動詞 creep (時がたつ；迫る；忍び寄る) の主語として、畳みかけるように、3回繰り返し用いている。同一主語は語頭音における頭韻 (alliteration) の効果を挙げている。つ

まり、音楽的リズムとしての快音（euphony）をもたらしている。

'Life's but a walking shadow'（人間の一生はうろちょろする影法師）と言うとき、A（Life）= B（shadow）と隠喩的に表現している。shadow（影）はイメージの浮かぶ視覚的な言葉である。一般に life（実人生）と shadow（影法師）とは実と虚という対照的な言葉である。こうして比喩は論理を超越して、life と shadow の共通する属性に着目している。すなわち、リアの生は実体のない影のような、おぼろげな、幻のようなものに見えてくるのだ。まことに実存感が乏しいのである。ちなみに、D・H・ロレンスは、'To him now, life seemed a shadow, day a white shadow.'（彼にとり、生は影のように思われた。日中が白い影のように思われた。）と『息子と恋人』（*Sons and Lovers*, 1913）のなかで表現している。ここで不完全自動詞 seem は繋辞（copula）として be 動詞と同じ仲間であるから、A（life）= B（shadow）の等式になっている隠喩（metaphor）である。Tomorrow（明日）を反復し、時間的な未来志向を心して述べ、tomorrow の反意語（antonym）の yesterday（昨日）を主語に用いて、対照的に過去に言及している。これは tomorrow（未来）と yesterday（過去）との、修辞学（rhetoric）でいう対照法（antithesis; contrast）である。こうして、「明日」（tomorrow）と「昨日」（yesterday）の双方を浮き彫りにしている。アメリカのノーベル賞作家ソール・ベロウの小説『今をつかめ』（*Seize the Day*）では、「過去なんてわれわれには役に立ちませんよ。未来は不安でいっぱいなんです。現在だけが真実なんです、現時点がね。今をつかみなさいよ」（'The past is no good to us. The future is full of anxiety. Only the present is real——the here-and-now.　Seize the day.'）と言わしめている。現在を楽しめ（carpe diem）、されど快楽主義に陥らず、「今、ここ、このことを大切にせよ」（道元禅師）と言えよう。

楽しみながらやらないとものになりません
No profit grows where is no pleasure ta'en.

❦

  トラーニオ　音楽や詩は気分を爽やかにしてくれます。
   数学や形而上学は気が向いたらおやりください。
   楽しみながらやらないとものになりませんから。
   つまり最も好きな分野を勉強なさってください。
  Toranio　Music and poesy use to quicken you;
   The mathematics and the metaphysics,
   Fall to them as you find your stomach serves you.
   No profit grows where is no pleasure ta'en.
   In brief, sir, study what you most affect.
         The Taming of the Shrew, Act 1, scene 1.

『じゃじゃ馬ならし』のなかで、ピサの商人の息子ルーセンショーが学問をして徳を修得したいと召使いのトラーニオに言ったときの、この召使いの言葉である。ルーセンショーは学問的好奇心が旺盛で、あれもこれもいろいろと勉強したいのだ。しかし、学問研究は的を絞ることが必要である。二兎を追うもの一兎を得ずだ。楽しみながら快適な気持ちで学問をやれば身につくというわけである。それには一番好きな学問分野を勉強するに限る。だが実際には好きなものがなかなか見つからない人も多い。音楽や詩は芸術の分野であり、情操や情緒、感性に関わる。数学や形而上学は伝統的に重要であるが、難解である。そこで後者は気が向いたらやるが良いというわけである。要するに、「好きこそ物の上手なれ」である。好きであればこそ飽きることなく長続きする。むかし、ある人が一つのことに興味が湧いたら、その分野に関する本を3冊読み、そのうち一番気に入った本を3回読めば、その道

の通になれると言ったのを思い出す。人生はマラソンだと言われる。
　人間は小さい夢大きい夢を描きながら生きる。あちらの山こちらの山を征服するのが夢だとする。登山がいくら好きでも山に登る途中は辛いこと苦しいこともある。しかし頂上に辿り着いたとき、征服したときの喜びはひとしおである。苦しい思いをして山に登るが、やがてまた登りたくなる。誰でも毎日楽しく過ごしたいと思う。また楽しい1日とは言わないまでも、辛さ苦しさをも含めて、充実した1日を送りたいものである。D・H・ロレンスの小説『息子と恋人』(Sons and Lovers, 1916) のなかで、'So long as life's full, it doesn't matter whether it is happy or not.'（生活が充実している限り、幸せであるかどうかは問題ではないよ）と主人公のポールは母に語っている。結局、〈学問に王道なし〉(There is no royal road to learning.) である。
　原書では抽象概念の music（音楽）や poesy（詩）、mathematics（数学）、metaphysics（形而上学）、stomach（意欲）、profit（利得）、pleasure（楽しみ）を無生物主語 (inanimate subject) に用いて、客観的な記述をし、説得力のある表現にしている。また、'No profit grows where is no pleasure ta'en.'（楽しんでやらないとものにならない）は、文中に否定の形容詞 no を2回用いた二重否定 (double negative) の構文であり、この場合は全体として肯定の意味を強めている。類例として、'There's no smoke without fire.'（火のないところに煙は立たぬ）のような諺も二重否定構文である。これは因果関係を述べた文であり、基本的な意味は肯定文、'Where there's smoke there's fire.' に等しい。だが、一般的には次のように、婉曲で控え目な肯定の意味となる。例えば、'not uncommon'（普通でなくはない）とか、'not without some fear'（多少の恐れなしとしない）などがある。また、俗語では、'He didn't say nothing.'（= He didn't say anything. 彼は何も言わなかった）のように、二重否定でありながら、一個の否定語で表現する正用法と同じ意味に用いることがある。非常に砕けた、強意表現である。

自分自身に忠実になれ
to thine own self be true,

❦

ポローニアス 何より大切なことはだな、自分自身に忠実になれということ、そうすりゃ、夜が昼の後に続くように、おまえは、誰にでも忠実にならないわけにはいかなくなるよ。では、今言ったことを心に納めておくように。

レアティーズ それでは、行ってまいります。

Polonius This above all—to thine own self be true,
 And it must follow, as the night the day,
 Thou canst not then be false to any man.
 Farewell —my blessing season this in thee.
 Leartes Most humbly do I take my leave, my lord.

Hamlet, Act 1, scene 3.

これは、悲劇『ハムレット』のなかで、息子レアティーズがパリへ修業に出かける際、父ポローニアスが息子に言った言葉である。'to thine own self be true'（自分自身に忠実になれ）は逐語的に現代英語に置き換えれば、'be true to your own self' となるが、一般に、'be true to oneself' の形で用いる。つまり、〈自己に忠実で、柄にもないことはしない、分相応に振舞う、自己の本分を発揮する〉という意味である。地位や能力、性格などにふさわしい行動をとるのがよかろうというわけだ。当時は、thou が主格なので can の代わりに canst を用いる。true の反意語（antonym）は false（= untrue; disloyal）であり、例えば、'He is false to himself.'（彼は自己を欺いている）となろう。ハムレットはカーテンの陰に隠れていた内大臣ポローニアスをクローディアス王と誤って刺殺してしまう。ハムレットとポローニアスの息子レアティーズ

は、オフィーリアの埋葬された墓場で刃を交え、毒を塗った剣でハムレットを刺した。ハムレットの方も交戦中に取り代わったレアティーズの剣で相手に致命的な傷を負わせる。さらに、ハムレットは、クローディアス王(叔父)が企てた、毒を塗った剣と毒入りの酒を奪って、この新デンマーク王を殺し、復讐(revenge)を果たす。

レアティーズは、父をハムレットに殺され、自分もハムレットの毒剣によって致命傷を負った。すべてクローディアス王の奸計によるものである。悪人はただ1人この王のみである。レアティーズは、内大臣ポローニアスの息子として自己に忠実に、自己の本分を発揮しただけである。父クローディアスが 'Thou canst not then be false to any man.(おまえは誰にでも忠実にならないわけにはいかなくなるよ。)と言っている。ここでtrueの反意語falseを用いているが、not〜false = trueと否定副詞のnotを使っている。父にも他人に対しても忠実な行動をとったのである。

自己に忠実にならずに自分を裏切ればどうなるか。次に、そんな英語表現の一例を挙げる。

> He had destroyed his talent by not using it, by betrayals of himself and what he believed in, by drinking go much that he blunted the edge of his perception, by laziness, by sloth, and by snobbery, by pride and by prejudice.(彼は自分の才能を使わなかったことにより、自分自身を欺いたり、自分があると信じていたものを欺いたりしたことにより、また自分の知覚の鋭さを鈍らせてしまうほど大酒を飲んだことにより、怠惰と無精により、俗物根性により、高慢や偏見により、あたら自分の才能を駄目にしてしまったのだった。)

ここでは、あたら才能を自滅させた要因として数多く挙げたなかの一つに betray oneself(自己を欺く)が見られる。true = loyal(忠実な)の意味でシェイクスピアは用いている。コンテクストから離脱し独立して、'Be true to thine own self.'(自分自身に忠実になれ)が自己を認識する言葉として今日一人歩きしているのだ。さらに、父クローディアスは息子に「おまえは誰にでも忠実にならないわけにはいかなくなるよ」と言っている。他者に対して忠実になるということは、騎士道精神に通じるものだ。さらに敷衍すれば、イギ

リスにおける騎士道では、キリスト教の影響を受けて、敬神や忠誠、武勇、名誉、寛容、礼節、女性への奉仕などの徳（virtue）をを重んじ、他者を理解することへと意識が膨らんでいく。

　日本を愛し、日本の自然をこよなく愛したニコルさんというイギリス人は、日本に帰化して久しいが、むかし、祖父から騎士道の話を聞いたことがあり、日本の武士道とよく似ている面があると語っている。武士道では主君に対する忠誠を重視して、勇敢や尚武、礼儀、犠牲、質素、倹約、情愛などを尊重した。新渡戸稲造（1862-1933）は、英文で「武士道」を著して、海外とくに西欧における日本と日本人の理解に大きな貢献をした。

　次に、男女関係において、男性が女性に忠実（faithful）である例を挙げる。

> He came back to her. And in his soul was a feeling of the satisfaction of self-sacrifice because he was faithful to her.（彼は彼女のところに帰ってきた。そして、彼の心には自己犠牲の満足感があった、彼は彼女に忠実であったから。）

逆境ほど快いものはない
Sweet are the uses of adversity

❦

老公爵 逆境ほど快いものはないよ。
それはヒキガエルに似ていて、醜くて、毒を持っているけど、頭のなかには貴重な宝石を隠している。俗界から離れた、この私たちの生活は、木々の言葉を聞き、流れる小川の書物を読み、石の教えを汲み取り、森羅万象に価値を見出すんだ。

Duke Senior Sweet are the uses of adversity
 Which, like the toad, ugly and venomous,
 Wears yet a precious jewel in his head;
 And this our life, exempt from public haunt,
 Finds tongues in trees, books in the running brooks,
 Sermons in stones, and good in everything.

As You Like It, Act 2, scene 1.

この『お気に召すまま』(1600) は、恵まれた自然環境の牧歌劇である。豊かな自然に浸っていれば、自然に対する心からの親しみが湧く。ここに登場する公爵は、老境にあるがゆえになお一層自然に対して畏敬の念が生じるであろう。「逆境ほど快いものはない」と公爵は逆説（paradox）として語っているのだ。だれしも一般に逆境は快いものとは思っていないはずである。むしろ、逆境は辛く苦しいものであろう。ちなみに日本では1868年に第15代将軍徳川慶喜 (1837-1913) は江戸城を明け渡して水戸に退き、それから自然環境豊かな駿府（今日の静岡県）に隠棲している。後に、この徳川慶喜は公爵となっている。

〈逆説〉は人々が受け入れている通説に反対の説である。真理に反対した

り、矛盾したりしてはいるが、よく考えてみると一面の真理を穿ち、納得がいくような所説であり、提言である。表面的に不合理のように見えて、実はある意味で正鵠を得たことを表現しているものである。例えば、〈急がば回れ〉という諺は逆説である。つまり、危険が待ち構えている近道を行くよりも、安全で安心な、堂々たる本道を回った方が、結局は目指すところに早く到達するというわけだ。結果や成果を急ぐのであれば、逆に遠回りの道でも着実な道を選ぶ方が得策である。そこで、'Slow and steady wins the race.'（ゆっくり着実にやれば、競争に勝つ）という諺が思い出される。

ここで、〈逆説〉を含む現代英語の表現を挙げる。

(1) The child is the father of the man. (Wordsworth)
（子どもは大人の父である。）

(2) The only artists I have ever known, who are personally delightful, are bad artists. Good artists exist simply in what they make, and consequently are perfectly uninteresting in what they are. A great poet, a really great poet, is the most unpoetical of all creatures. But inferior poets are absolutely fascinaiting. (Wilde)
（私がこれまで知っている限りの芸術家は、個人的には好感が持てるが、良くない芸術家である。良い芸術家はその人の作品のなかにのみある。したがって、その作者の人となりは全く興味が湧かない。立派な詩人は、真に立派な詩人はすべての人間のうちで最も詩的でない人物である。ところが、うだつが上がらない詩人は、すごく魅力がある。）

(3) The eldest son of parents who are themselves poor, I had, fortunately, to begin to perform some useful work in the world while still very young in order to earn an honest livelihood, and was thus shown even in early boyhood that my duty was to assist my parents and, like them, become, as soon as possible, a bread winner in the family.
（そもそも貧しかった両親の長男である私は、まじめに生計の資を得るために、まだ幼いころに世のなかで何か役に立つ仕事をやり始めなければならなかったことは幸運であった。そうして、私の

任務は両親を助けて、彼らのように、できるだけ早く一家の稼ぎ
　　　手となることを教えられた。)

(1)では繋辞 (copula) の be 動詞により、child (A) = father (B) という表現形式の隠喩 (metaphor) で表現している。実際は father が child の parent (親) であるが、その逆の表現として、father を比喩的に源、本源、原型の意味に転化して用いている。〈三つ子の魂百まで〉がややこれに近い意味の諺である。(2)では、オスカー・ワイルドの知る芸術家は、人柄は好感が持ててても芸術家としては良くないという。つまり、芸術家というものは、その人の生み出した作品によってのみ評価されるからである。芸術家の個人的人柄は興味を惹かないという。真に立派な詩人はあらゆる人間のなかでいちばん詩的でない人物なのである。二流の詩人の方が、その人の作品は別として、人間的に全く魅力に富んでいるというのである。(3)では、貧しい両親のもとに長男として生まれたために、小さいころから働かされたことが、実業家として成功した今、後から振り返ってみれば、それがかえって幸運 (fortunate) であったと逆説的にいえる。苦労は買ってでもせよ、といわれるが、逆境を生かし、それがバネとなり、チャレンジ精神を燃やして成功することが大いにありうるのだ。これはアメリカによく見られる成功物語 (success story) である。むかし学生のころ、「人間は忙しい方がかえって勉強ができる」とある先生が言われた。また、仏教に沈潜していたある学者が、「人間、あまり金はない方がいい。贅沢せずに、粗食に甘んじていれば病気にならなくていい」とよく話しておられた。これらはいずれも逆説といえる。

哲学でジュリエットは作れないでしょ
Unless philosophy can make a Juliet.

❧

修道士ロレンス　逆境にある人に甘いミルク、悟りの哲学を与えよう。たとえ追放される身でも、心の安らぎのためにね。
ロミオ　ほらまた〈追放〉のことですか？　哲学なんてやめてくださいよ！　哲学でジュリエットは作れないでしょ。

Friar Lawrence Adversity's sweet milk, philosophy,
　　To comfort thee though thou art banished.
Romeo Yet 'banished'? Hang up philosophy!
　　Unless philosophy can make a Juliet.

Romeo and Juliet, Act 3, scene 3.

マーキューシオを殺したティボルトをロミオは刺し殺してしまい、ヴェローナの大公から追放を宣言される。そこでロレンス修道士はロミオを慰めようとして、ロミオに「逆境にある人に甘いミルク、悟りの哲学を与えよう」と言う。ロミオは追放されるのを覚悟してはいるものの、哲学めいたお説教はご免なのだ。しかし作者シェイクスピアは〈哲学〉というものの存在意義をロレンス修道士にうまく語らせている。

　philosophy はギリシャ語の philosophia（philo［= love］+ sophia［= wisdom］）が語源である。つまり、哲学とは知恵を愛することなのだ。日本語の〈哲学〉は明治時代の啓蒙思想家の西周（1829-1897）の訳語である。哲学者梅原猛は哲学と訳さずに、〈愛智学〉とでも訳した方が良かったろうと回顧している。哲学は宇宙や世界、人間についての知恵の原理を、この世の根本問題を理性的に究明しようとする。哲学では人間が存在する意味や人間の善悪

の行為とは何か、知とは何か、人間はいかに生きるべきか、などを考える。ロレンス修道士が哲学（philosophy）という言葉を使うのは、宗教というものが哲学と不即不離の関係にあるからだ。宗教論も哲学論も抽象的思弁的になされることが多い。文学も哲学や宗教と不即不離の関係にあるが、文学作品では理論を優先させるというよりは、具体的人間像を創造し、豊かな比喩やイメージにより、作中人物をいきいきと活躍させ、時にその人物たちに考えさせたりする。

ハムレットは「天と地とのあいだにはね、ホレーショ、哲学なんかでは夢にも考え及ばないことがいっぱいあるんだよ」（There are more things in heaven and earth, Horatio, / Than are dreamt of in our philosophy.）と言っている。天国（heaven）とは、宗教的には神の住む理想郷であろう。地上（earth）とは現世（娑婆）であり、現世には数多の人間たちの喜怒哀楽があり、具体的な個々の人物たちの理性や感情、本能が息づいているのだ。

次に、D・H・ロレンスの『虹』（The Rainbow, 1915）のなかの heaven と earth とを用いた対照法（antithesis）の表現例を挙げる。

"There's no marriage in heaven" went on Tom; "but on earth there is marriage."

"That's the difference between'em," said Alfred, mocking.

（「天国には結婚なんてないんだよ」ついでとトムは言った。「でも地上には結婚があるんだ。」

「それが天国と地上の違いだね。」とアルフレッドは嘲りながら言った。）

弱いものなんだなあ、女というのは
frailty, thy name is woman

❦

ハムレット　そうだ、母は情愛にますます満たされていくみたいに、父にしっかり寄り添っていた、それなのに1ヵ月で——もう考えない。弱いものなんだなあ、女というのは——

Hamlet Why, she would hang on him
　　As if increase of appetite had grown
　　By what it fed on, and yet within a month—
　　Let me not think on't; frailty, thy name is woman—

Hamlet, Act 1, scene 2.

父（先王）と母（王妃）は仲睦まじく、情愛深い夫婦であると息子のハムレットは信じていたが、それなのに、父が不義の弟（ハムレットの叔父）と母によって殺され、その叔父が現王の座に就いている。ハムレットの母が彼の叔父に同調した結果の悪事である。ハムレットが母を呪う気持ちもよく理解できる。しかし、亡霊（父）は母に危害を加えるなとハムレットに言う。ハムレットはもう考えないことにする。いわば思考の停止状態である。そうして、「弱いものなんだなあ、女というのは」(frailty, thy name is woman) というせりふを吐露する。これは女性一般を語る述べ方をして客観性を出している。frailty は呼格（vocative）であり、この抽象名詞を擬人化（personify）して thy (= your; frailty's) によって指示している。例えば、母個人に限定して、'Queen, Gertrude is thy name. The woman is frail.' などと言っているわけではない。これと対照的な表現は、「強いもの、あなたの名は男」(Strength, thy name is man.) となろう。そこで、母ガートルードは先王よりも現王（クローディアス）の強さにだまされ、誘惑されてしまった。少なくとも、ハムレッ

トの父はそう信じて、母をかばっているのだ。「弱き（もろき）者よ、汝の名は女なり」とか、「心弱きもの、おまえの名は女」などとも和訳されている。こうして、〈女は弱き者〉だという既成の固定観念が、今日までの長い歴史の過程において、文明社会に少なからざる影響を与えてきたのである。まず、人間というもの自体が弱いもの、壊れものなのである。人間社会には男と女と名づけられるものしか存在しない。男女両性からのみ成り立っている。しかしながら、世界人類の歴史においても、聖書においても、一般に男性優位の社会、父権制社会が2000年来、連綿と続いてきたのだ。

　イギリスのルネサンス期であるシェイクスピアのころもこの例に漏れない。ハムレットは、母が父を裏切り、叔父の誘惑に負けた弱点を衝き、貞節を守る意思が薄弱であった母に慨嘆して、「弱いものなんだなあ、女というのは」と表現したのだ。19世紀～20世紀にかけての作家で、国際小説を得意としたヘンリー・ジェイムズは彼の中期の作品『ある婦人の肖像』（*The Portrait of a Lady*, 1881）の序文のなかで、このせりふを引用し、その作品において、'Frailty, thy name is woman' を踏まえて女性の心理を追究している。

　とくにアメリカでは、男女平等の立場から、女性自身も男性と同様に意思や意見を持つようにと、昔から社会において期待されてきた。そこで、こうした女性に関して述べた英文例を次に挙げる。

> Like the mass of American girls Isabel had been encouraged to express herself; her remarks had been attended to; She had been expected to have emotions and opinions. （大方の若いアメリカ女性と同様に、イザベルは自己を表現するように勧められていたのだった。彼女の意見は配慮され、情緒や意見を抱くようにと期待されていたのだった。）

天使みたいな悪魔
fiend angelical!

> ジュリエット　花のようなお顔に隠れた蛇の心！
> ああ、こんなきれいな洞窟に、怖い竜が住んでいたなんて！
> きれいな暴君、天使みたいな悪魔！
> 鳩のような羽根の生えたカラス！
> 狼のように獰猛な小羊！
> 見た目は聖なる姿で、軽蔑すべき内面！
> まさに外見とは正反対の人だ！
> 呪わしい聖人、誉れ高い悪党！

Juliet　O serpent heart hid with a flow'ring face!
　　　　Did ever dragon keep so fair a cave?
　　　　Beautiful tyrant, fiend angelical!
　　　　Dove-feathered raven, wolvish-ravening lamb!
　　　　Despised substance of divinest show!
　　　　Just opposite to what thou justly seem'st
　　　　A damned saint, an honourable villain!

Romeo and Juliet, Act 3, scene 2.

ここは、恋人ロミオがティボルトを刺殺してしまったのを、ジュリエットが聞いて嘆いている場面である。「花のようなお顔に隠れた蛇の心」と言ってジュリエットはロミオを呪い、悲しむ。ロミオの顔は、花のようにきれいなのだが、その奥を覗けば、怖い蛇のような心を持っていると比喩的に語っている。ロミオという一個人が見かけによらず、人の命を奪うという罪を犯してしまったからだ。花と蛇の隠喩（metaphor）によって外面と内面を対照的に

表現している。ジュリエットはロミオを「天使みたいな悪魔」と呼んでいる。これは矛盾語法（oxymoron）である。天使と悪魔は矛盾した概念であるから。

矛盾語法は撞着語方とか逆喩ともいう。この比喩は、近代以前の古い時代から今日にいたるまで延々と作られてきた修辞法（rhetoric）である。シェイクスピアもこのある意味で面白い矛盾語法を頻繁に用いて、複雑な人間心理を表すのに少なからず表現効果を挙げている。矛盾語法は成句ないし諺として日常的にもけっこう用いられている。日本語で、〈嬉しい悲鳴〉とか、〈痛し痒し〉、〈有難迷惑〉、〈負けるが勝ち〉、〈大人子供〉（ませた子供）のような格言的な表現や慣用語法の例は、相矛盾した語句を結びつけた矛盾語法である。

シェイクスピアは矛盾語法を好んで用い、人間の矛盾した心境や、逆説、皮肉などを表現している。矛盾語法はときに真理を穿った表現にもなれば、また、詭弁や虚偽の表現になることさえある。文学は直接的に人生の指針としての明快な答を出さずにただ暗示して、読者にじっくり考えさせる材料を提供することがよくある。したがって、シェイクスピアが「天使みたいな悪魔」と表現することにより、〈天使〉のプラス・イメージの属性から、〈悪魔〉のマイナス・イメージの属性までの振幅において、無数のイメージをさまざまの読者の想像力に託しているのである。

ジュリエットの恋するロミオが殺人を犯してしまったのである。迷い悩む彼女はロミオへの愛を捨てられず、諦められないでいるのだ。精神分析（psychoanalysis）的には、アンビヴァレンス（ambivalence）な心理であり、ジュリエットの心には、相反する、矛盾する感情があり、彼女は両面価値を見ているのである。次に矛盾語法の一例、'open secret'（公然の秘密）を含む英文を挙げる。

> It was an open secret that the only thing keeping Premier Erhart in office was inability of his foes to agree on his successor.（エアハルト氏を首相の座にとどめておく唯一の理由は、彼の望む後継者について、彼に敵対する人たちが同意できないためであることは、公然の秘密となっていた。）

別れはとても甘くて切ない
Parting is such sweet sorrow

❦

ロミオ　あなたの小鳥になれたらいいのに。

ジュリエット　小鳥になってほしいわ。でも、あんまりかわいがりすぎて、死なせてしまうかもしれない。お休み、お休みなさい。別れはとても甘くて切ない。夜明けまで、お休みをずっと言っていたい。

Romeo　I would I were thy bird.

Juliet　Sweet, so would I.
　　　Yet I should kill thee with much cherishing.
　　　Good night, good night. Parting is such sweet sorrow
　　　That I shall say good night till it be morrow.

　　　　　　　　　　　　　　　Romeo and Juliet, Act 2, scene 1.

　ある夜のこと、ジュリエットがバルコニーにおり、ロミオが下から見上げながら、互いに恋を語り合う場面である。時間は瞬く間に過ぎ去ってゆく。このままでは朝になってしまう。ロミオが「あなたの小鳥になれたらいいのに」(I would I were thy bird. = I wish I were your bird.) は原文では願望文 (optative sentence) の形式であり、would は wish の意味に用いたものであり、were は仮定法過去の動詞形である。倒置文 'so would I' は、'I also wish you were my bird.' の意味である。「あんまりかわいがりすぎて、死なせてしまうかもしれない」といっている点、なにか悲劇の予感がする。別れを惜しんで、「お休み」を繰り返すジュリエット。「別れはとても甘くて切ない」のであるが、しばらく別れて過ごさなくてはならないのだ。

　［s］音の頭韻 (alliteration) を用いた 'Parting is such sweet sorrow.' の 'sweet sorrow' という表現は、sweet（甘美さ）と sorrow（悲しみ、切なさ）と

は意味が対照的で矛盾している。このような矛盾する概念の結合を矛盾語法または撞着語法（oxymoron）という。中間的な意味合いを出そうとする表現法である。矛盾語法には、例えば、'open secret'（公然の秘密）や 'living death'（生き地獄）、'polite discourtesy'（慇懃無礼）、'cruel kindness'（残酷な親切）、'wise fool'（利口馬鹿）、'harmonious discord'（調和のある不一致）などが見られる。

　次に、ロミオとジュリエットのバルコニーのシーンに多少似た英語表現の例を挙げる。

　　What was he standing there for, transfixed, looking up at the house like a love-sick male dog outside the house where the bitch is?（なんで彼はまるで牝犬のいる家の外で恋の病の牡犬のように、家を見上げて身動きもせずに、そこに立っていたのか。）

彼（人間）を牡犬（動物）に喩えている。直喩（simile）の例である。恋に悩んでいる男が盛りのついた犬に似ているという、いささか下品なユーモアを感じさせるものである。人は恋愛関係においてしばしば理性を失う。情緒に支配された男の、本能的に行動する動物との共通性に着目している。次の英文は女性側から見た男性への恋愛感情である。

　　She loved him so much!　More than that she hoped in him so much. Almost she lived by him.（彼女は彼をこよなく愛していたのだ！　それ以上に、彼女は彼を大変信頼していた。ほとんど、彼女は彼を頼りにして暮らしていた。）

こうして、男女の恋愛の究極的に良好な関係は愛の深まりと信頼であろう。恋とか愛とかは移ろいやすいものであるが、結婚となると、愛情の安定性、恒常性を求めねばならない。そこでさらに肝要となるのは、相手に対する心からの尊敬の念であろう。

ユダヤ人には目がないかよ
Hath not a jew eyes?

❧

シャイロック　おれはユダヤ人だ。ユダヤ人には眼がないかよ。ユダヤ人には手がないか、臓器や五体がないか、感覚や感情、情熱がないかよ。同じ食べ物を食い同じ刃物で負傷し、同じ病を患い、同じ治療で治り、同じ冬の寒さや夏の暑さを感じていないかよ、キリスト教徒と同じじゃないか？

Shylock　I am a Jew. Hath not a jew eyes? Hath not a Jew hands, organs, dimensions, senses, affections, passions; fed with the same food, hurt with the same weapons, subject to the same diseases, healed by the same means, warmed and cooled by the same winter and summer as a Christian is?

Merchant of Venice, Act 3, scene 1.

　これは金持ちのユダヤ人シャイロックが、キリスト教徒側からのユダヤ人に対する偏見に抗議している場面である。今日でも世にユダヤ資本という言葉があるように、アメリカやオーストラリアなど多くの国々においてユダヤ系の財界人が活躍している。ユダヤ人は聖書の時代から2000年来、幾多の迫害を受けてきた民として全世界とくにヨーロッパ全域の国々に散らばり、多くの苦難を克服しながら、生計を立てて生き延びてきている悲劇的民族であった。ユダヤ人には、長い年月にわたる忍耐、忍従の歴史があった。忍耐はユダヤ人にとり勲章であり、ユダヤ人の誇りになっている。

　シェイクスピアの時代とて同様の苦しみを彼らは味わうことがあった。シェイクスピアは非ユダヤ教徒（Gentiles）として、できうる限りユダヤ人を公平に偏見を排して描こうとしている。このシャイロックのせりふは、ルネッ

サンス精神としてのヒューマニズムが背景にあると思われる。新約聖書の神の子イエス・キリストはユダヤ人であるといわれる。また、20世紀においてドイツからアメリカへ移住した科学者アインシュタインやノーベル賞作家のソール・ベロウなど、ユダヤ系からは数多くの天才や偉人を輩出している。

この劇の面白さは、ユダヤ人シャイロックがアントニーに金を貸したとき、返済できない場合はアントニーの胸の肉1ポンドをもらうという誓約の証文を取っていることだ。シャイロックは悪役を演じてはいるが、物質的・金銭的欲望と精神的慈悲心、温情との絡みがあって、〈血も涙もない〉とは言い切れない人間性が描かれ、普遍的人間味さえ感じられる。シャイロックが訴えるせりふの否定疑問形式の表現は、肯定平叙文形式で断言するよりは相手に考えさせることになり、より効果的である。金貸しのシャイロックだけをとってみても、ただ単なる強欲な悪党として彼を描いてはいない。シャイロックは劇のなかで中心人物のように感じられるが、彼は金貸しであって、表題の〈ベニスの商人〉はアントニーである。

'Hath not a Jew eyes?' で始まる否定疑問形式で反語的に (ironically)、ユダヤ人はキリスト教徒と何ら人間として変わりがないことを強く訴えている。アントニーの友人サレーリオが、金貸しのシャイロックに、アントニーが約束の期限内に借金を返さなくても、本当に彼の肉1ポンドを取ったりはしないだろうと言ったのに対して、シャイロックはユダヤ人を軽蔑することはまかりならんというわけだ。そこで、「ユダヤ人には眼がないかよ？……」と抗議し始めたのである。

原文では、身体に関する名詞 hands（手）、organs（臓器）、dimensions（五体）や、人間の五感とか情緒の名詞 senses（感覚）、affections（感情）、passions（情熱）を並列（parallel）構造において整然と述べている。また、形容詞 same をそれぞれの名詞の直前に、3回用いて、ユダヤ人がキリスト教徒と人間的に差別があってはならないと強く主張している。過去分詞 fed や healed, warmed は直前に being を補うことができるもので、これらの分詞句は一種の分詞構文（participial construction）に相当する。

金を借りるな、貸すなよ
Neither a borrower nor a lender be

❦

ポローニアス　金は借りるな、貸すなよ
　　貸せば金だけでなく友人も失う
　　借りれば倹約する気持ちが鈍ってしまう
Polonius　Neither a borrower nor a lender be,
　　For loan oft loses both itself and friend,
　　And borrowing dulls the edge of husbandry.
　　　　　　　　　　　　　Hamlet, Act 1, scene 3.

　いつの世でもお金は必要であると同時に煩わしいものである。物質的・経済的に人並みの暮らしをしてゆくには、お金はないよりはある方がよいであろう。欲しいものがいろいろと買えるし、どこか遠くへ旅することもできる。内大臣ポローニアスは、息子レアティーズが、これからジェントルマンとしての修行のためパリへ旅立つ際に、この無鉄砲な息子に対し金銭のことについて忠告しているのだ。確かにお金は貸し借りしないですめばその方が良い。お金を貸した者はそのことをよく覚えていても、借りた者は借りたことを忘れがちである。借りた金であっても懐にあれば、現に所有しているという感覚から、心理的にまるで自分の金のような錯覚に陥ってしまうから怖い。錯覚を起こし気前が良くなり、倹約の精神がどこかへ行ってしまいがちである。友人に貸した場合にはその金銭のことが原因で友情を壊し友を失いかねない。
　D・H・ロレンスは小説『チャタレイ夫人の恋人』（*Lady Chatteley's Lover,* 1928）のなかで、次のように述べている。

　　Once you are alive, money is a necessity, and the only absolute necessity.

All the rest you can get along without, at a pinch. But not money.（いったんこの世に生まれてくると、お金はなくてはならないものである。それに唯一絶対になくてはならないものなのだ。いざという時、お金以外のものがなくてもなんとかやっていけるがお金は別だ。）

よく〈地獄の沙汰も金次第〉といわれるが、お金の奴隷になってしまってはおしまいである。そこで、お金にあまり執着しすぎて守銭奴にならずに、〈金は天下の回り物〉くらいに考えた方が暮らし易かろう。〈金持ちほど吝嗇〉だという逆説的な言葉もあるから。フランスのモリエールの喜劇『守銭奴』では、主人公はお金が何よりも大切だと信じている男であり、寝ても覚めても、どこへ行くにもあり金を全部肌身離さず持ち歩いているという変わり者である。当然、周りからは物笑いの対象になっているが、どこか可愛げのある御仁である。

次に、お金にまつわる現代英語の例を挙げる。

Dorothy was too beautiful for Charles to divorce her and he had too much money for Dorothy ever to leave him.（ドロシーがあまりにも美しかったので、チャールズは彼女と離婚することができなかった。そして、チャールズがあまりにもお金持ちだったので、ドロシーはずっと彼のもとを去ることができなかった。）

妻ドロシーと夫チャールズのいずれも、現実主義者で俗物同士なのが、いともユーモラスである。いつの世でも、お金は厄介な代物である。

懐の備えが豊かなら、着るものが貧相でもけっこう
Our purses shall be proud, our garments poor

    ペトルーチオ　懐の備えが豊かなら、着るものが貧相でもけっこう。肉体を麗しくするのは精神なんだからね。太陽の光が暗黒の雲を突き抜けるように、人徳はボロ服を着ていても自然に表れるものなんだよ。

  Petruccio　Our purses shall be proud, our garments poor,
    For'tis the mind that makes the body rich,
    And as the sun breaks through the dartkest clouds,
    So honour peereth in the meanest habit.
The Taming of the Shrew, Act 4, scene 3.

　『じゃじゃ馬馴らし』(1594) のなかで、ヴェローナの紳士ペトルーチオは、カタリーナ（ケイト）の求婚者である。これはペトルーチオがカタリーナに話しかけている場面である。そもそもカタリーナはわがままで、へそ曲がりのところがあるが、ペトルーチオのおかげで見違えるように従順にさせられてしまう、という喜劇である。21世紀的にはカタリーナはかなり虐げられた悲劇の人物ととれる。古来、聖書によれば妻は女性として伝統的に夫に仕える立場とされているけれども。

　上に引用したように、ペトルーチオは、夫人の衣服によって、その人の人格を決めつけてはならないのだ、人徳はボロ服を着ていても、おのずとどこかに滲み出るものだと考えている。人は本当に見かけによらぬものなのだ、と感じることがあるものである。とはいえ、〈馬子にも衣装〉という諺があるように、だれでも外面をオシャレに飾れば、立派に引き立つことはあるだろうが、馬脚を表さないように留意すべきであろう。ボロを出さないように、化けの皮を剥がされないようにしなくてはならない。肉体を麗しくする

のは精神であり、〈健全なる精神は健全なる身体に宿る〉（A sound mind in a sound body）といわれるように、先ずは体が健やかでなくてはならない。健康第一である。

　原文では、'it〜that...' の強調構文を用いて、mind（精神）を焦点に据えてこれを力説している。mind（精神）と body（肉体）とを対比（contrast）して表現することによって両者を浮き彫りにしている。どの語も強調しない普通の構文にすれば、'The mind makes the body rich.'（SVOC）となる。真理の把握には、対照法（contrast; antithesis）がまことに有効である。

　次に、第35代大統領ジョン・F・ケネディ（John F. Kennedy）の国際連合（the United Nations）における有名なスピーチの中の、対照表現の例を挙げる。

　Mankind must put an end to war, or war will put an end to mankind.（人類は戦争をなくさなければならない。さもなければ、戦争によって人類は滅びるであろう。）
ここで前半では mankind を主語に、war を to 目的語に置いている。後半では逆に war を主語に置き、to の目的語に mankind を置いている。見事なコントラストが見られ、明快で説得力がある。

患者自身が病気を治す気にならないと
Therein the patient must minister to himself

―――

マクベス　妻の病気を治してほしい。
　きみは病んだ心は治せないのか？
　深く根をおろした悲しみをその記憶から抜き去り、
　脳に記された心配ごとを消し去り、
　なにか甘い忘却の薬で、
　心を圧迫するあの危ない気持ちを、
　重苦しい胸から洗い清めることができないかね？
医師　それには、患者自身が病気を治す気にならないと。
マクベス　医者なんて犬にくれてやっちまえ、オレはもう用はない。

Macbeth Cure her of that.
　Canst thou not minister to a mind diseased,
　Pluck from the memory a rooted sorrow,
　Raze out the written troubles of the brain,
　And with some sweet oblivious antidote
　Cleanse the fraught bosom of that perilous stuff
　Which weighs upon the heart?
Doctor Therein the patient must minister to himself.
Macbeth Throw physic to the dogs I'll none of it.

Macbeth, Act 5, scene 3.

スコットランド王マクベスは、マクベス夫人がいわゆる夢遊病（夢中遊行症）者であることを気遣っている。マクベス夫人は心配事があり、日ごろ自分の心を責め苛んでいた。マクベスは医師を呼んで彼女を治療できないかと相談

する。しかし、医師は彼女を治療するのは難しいと考え、牧師に相談する方が良いとさえ思っているのだ。そこで医師は、このような症状の場合は、患者自身が病気を治す気にならないと駄目だと言う。〈患者というものは自分自身が医者である〉(The patient is his own doctor.) といわれるが、患者は自分のことを一番良く知っているので、まず第一に本人がしっかりして、治すように心配りをすることが大切である。マクベス王は医師不信に陥り、怒りまくる。マクベス夫人は睡眠の途中で寝床から起き上がり、何か妙な行動をしてから、また寝てしまい、翌朝にはその行動を覚えていないという病的な症状が見られるのだ。

　そこで昔の思い出がある。私が中学生のころ、ある先生が知人の夢遊病者の話をして、それは勉強のしすぎでなったようだと言った。私はその時それじゃあんまり勉強はしないようにしようと真剣に心に誓ったのだった。心の病もさまざまのようで、夏目漱石は神経衰弱になり、寺に籠もり、座禅の修行をして、無念無想の境地に入って、悟りを求めたことが効を奏して、快方に向かったそうだ。また、心を病むある患者があちこちの医者にかかった末、精神科医で作家の、なだいなだのところを訪ねた。そのとき、なだいなだは、あちこちの病院にかかって駄目だったのなら、ここに来ても駄目だという意味のことを言い渡して患者を帰した。それがかえって逆説的に効き目があって、その患者はこりゃ大変だ、自分がもっとしっかりしなきゃと思い始めて、快復していったとのことである。〈病は気から〉という言葉もあるが、人間、気の持ちようが大事なのかもしれない。合理主義の国、アメリカでは、ニューヨークと東京の人口がほぼ同じくらいと見て、ニューヨークには東京の20倍ほどの人数の精神分析をする医師がいるそうだ。

　次に現代の英語表現の類例を挙げる。医師と患者の対話である。

"I've been concerned with you, and for some time I've been treating you," said the doctor.

"Without my knowing it? I haven't felt you doing anything. What do you mean? I don't think I like being treated without my knowledge. Don't you think I'm normal?"

「わたしはあなたにずっと関わってきたんです。それに、しばらくのあ

いだ、あなたを治療してきたんですよ。」と医師は言った。
「わたしがそれを知らないうちにですか。私の知らないうちに治療されたくないと思いますね。私が正常ではないとでも思ってるんですか。」
医師が知らぬ間に治療を行ってきたことを患者の側が解せないでいる。狐につままれた感じなのだ。いったい、このようなことがありうるのだろうか。このように今日では、精神科医が精神分析（psychoanalysis）を行なう場合は、雑談や思い出話などで両者の信頼関係が生まれて、患者の知らないうちに自由連想法（free association）により、精神障害や情緒障害の治療行為につながっている場合があるようだ。自由連想法は、医師が患者に自然に自発的に（spontaneously）起こる思いを連想によって言葉で表現させることで、知らぬ間に無意識のうちに抑圧（pressure; oppression）されたものを見つける精神分析の方法である。

すんだことはすんだことですよ
What's done is done.

❦

マクベス夫人 まあ、どうしました、なぜ、ぽつんと独り寂しく物思いに沈んでいるんですか。相手が亡くなったのですから、死亡と同時にそんな物思いは消滅したはずよ、くよくよしないでね、取り返しがつかないことなんて考えない方がいいです。すんだことはすんだことですよ。

Lady Macbeth How now, my lord, why do you keep alone,
　　Of sorriest fancies your companions making,
　　Using those thoughts which should indeed have died
　　With them they think on? Things without all remedy
　　Should be without regard. What's done is done.

　　　　　　　　　　　　　　　Macbeth, Act 3, scene 2.

マクベス将軍は共犯者の妻にそそのかされ、魔女の予言とおり、自分が王になろうとする野心を燃やして、ダンカン王暗殺を企て、王殺害を成し遂げる。「おれはやってしまった」(I have done the deed.)とマクベスはマクベス夫人に言う。その後、不安と恐怖に襲われ、良心の呵責にさいなまれる日々を過ごす。マクベスは王殺しという罪深い悪行をなしたこと思い悩む。そこで、マクベス夫人が慰めの言葉をかける。"How now?" (= How is that? =「どういうわけか」、「それはどうしたことか」)と話しかけ問いかける。自分の犯したダンカン王殺しという悪辣で残虐な行為をマクベスは忘れられず、悶々と苦悩している。マクベス夫人は優しい言葉をかけて夫の気持ちを宥め平静にしようとする。「すんだことはすんだことですよ」(What's done is done.)と夫に言ってきかせる。過去に取り返しのつかないことをしてしまったのであり、元に戻すわけにはいかないし、もう忘れるしかないのである。〈後悔先に立

195

たず〉、〈覆水盆に返らず〉である。英語の諺では、"It is no use crying over spilt milk."（こぼれた牛乳を嘆いても仕方がない）である。人間は暮らしのなかで、すんだことを悔やんでくよくよしても仕方がない。後日、当のマクベス夫人の方も、夜、共謀の罪の意識が夢となって現れ、やはり悩み苦しむことになる。夜毎に、まさしく夢遊病を患い、うろちょろしながら、夫人は「やってしまったことは取り返しはつきませんよ」(What's done cannot be undone.) と言う。なんといっても、2人は共謀の罪を犯してしまったのだから、罪深くかつ悩みも深いのだ。

　ここで、「後悔」（regret）に触れた英文を挙げる。

　It is customary at the turn of the year to look back regretfully and ahead hopefully.（後悔して過去を振り返り、希望を抱いて前途を見つめることが、年の変わり目の慣わしである。）

世に最もむごく無慈悲を極めた一撃
This was the most unkindest cut of all.

アントニー　ご承知のように、ブルータスはシーザーを寵愛していた。神々もご覧ください、シーザーが、どれほどブルータスを愛していたことか！　これこそ、世に最もむごく無慈悲を極めた一撃だった。さすがに気高いシーザーも彼がシーザーを刺すのを見て、その恩知らずの行為にどの裏切り者の剣よりも強く、心を打ちひしがれてしまった。

Antony　For Brutus, as you know, was Caesar's angel.
　　Judge, O you gods how dearly Caesar loved him!
　　This was the most unkindest cut of all.
　　For when the noble Caesar saw him slab,
　　Ingratitude, more strong than traitors' arms,
　　Quite vanquished him.
　　　　　　　　　　　　　　Julius Caesar, Act 3, scene 2.

シーザーの親友アントニーの演説シーンである。ブルータスは実はシーザーを野心家と断じ、シーザー暗殺の陰謀に加担して、シーザーを刺したのだった。ブルータスに刺されたシーザーの肉体的な痛み苦しみもさることながら、「世に最もむごく無慈悲を極めた一撃」（the most unkindest cut of all）とアントニーが語るように、無情で非道な、非人間的な行為であった。

　この英語の most と unkindest は二重最上級（double superlative）であり、強意になっている。これは現代英語では正用法ではない。unkind は「無慈悲な」（cruel）、「苛酷な」（severe）の意味である。cut は「一撃」（blow）の意味である。of all の of は「部分の of」であり、最上級の後で 'of all'（こともあろうに、ほかにいろいろあろうに、数ある……のなかで、よりによって）を用いて、

意味を強めている。例えば、〈勇者のなかの勇者〉(the bravest of the brave [people]) のように用いる。ブルータスはシーザーの親友であるから、まさに恩知らずの仕打ちであったわけだ。

アントニーはここでまず「ブルータスはシーザーの寵児であった」(Brutus ... was Caesar's angel [favorite]) と言って、ブルータスを称賛したが、その恩知らずのブルータスらに、見事に裏切られて、シーザーは殺されたのだ。ブルータスはシーザーが野心家であることを妬んだ。そもそも野心 (ambition) の中身は主に三つほどある。野心の一つ目は成功 (success) 願望であり、何かを成し遂げたいという願望である。二つ目は権力 (power) 願望であり、人の上に立ち支配したいとの願望である。シーザーにはとくにこの権力志向があるとブルータスは見なしたのだ。野心の3つ目は富 (riches; wealth) を得たいとの願望である。お金持ちになりたいという願いであり、拝金主義とか金権主義、物質主義への傾向を持つ。

一般に、〈野心〉という言葉は〈野心作〉とか〈野心的〉という場合には良い意味で、プラスイメージの言葉として使われるが、日常的に〈野心〉といえば、今よりずっと高い名誉や権力、財力などを獲得しようとする心である。一口に言って、野心は心ひそかに抱く大いなる望みである。ブルータスは親友のシーザーの野心を憎み、反逆して、彼を暗殺するという裏切り行為を実行したのだ。裏切りは味方に背き、恩を仇で返す行為である。このようなブルータスの行為は、社会通念上赦されることではない。

次に、野心 (ambition) について述べた、ユーモラスな例を挙げる。

There slumbered in his dingy cabin ambition that soared far above his primitive wants.（彼の素朴な欲求よりはるか上空に飛翔する野心が、彼の暮らす薄汚い小屋にまどろんでいた。）

簡潔こそ機知の心髄
since brevity is the soul of wit,

❦

> **ポローニアス** 簡潔こそ機知の心髄、冗漫なところはその手足みたいなもので表面的な飾りです。簡単に話します。ハムレット王子は気違いです。ほんとに気違いです。と申しますのは、真の狂気を定義するなんて、気違い沙汰です。
>
> **Polonius** ..., since brevity is the soul of wit,
>   I will be brief. Your noble son is mad──
>   'Mad' call I it, for to define true madness,
>   What is't but to be nothing else but mad?
>
> *Hamlet,* Act 2, scene 2.

　悲劇『ハムレット』のなかで、内大臣ポローニアスが王と王妃に上記の言葉を述べる。そして、「王子ハムレットは気違いです、ほんとに気違いです」(Your noble son is mad— 'Mad' call I it.) と mad を反復し、念を押している。もともと、おしゃべりなポローニアスは延々とまくし立てているのが、まことにユーモラスである。今や、「簡潔こそは機知の心髄」というテーゼのみが独り歩きし、人口に膾炙している。
　世のなか、結婚披露宴や成人式などでスピーチをだらだらと長く話している人がいる。むかし中学生のころ、学校で朝礼があって、普段、生徒に話す機会の少ない校長先生が長々と話すので退屈したものだが、その後、教頭先生がごく短く話をしてくれて、ほっとした思い出がある。われわれは知恵を働かせて、簡潔にして要領を得た、聞き手を飽きさせない話し方を身につけたいものである。
　今日、書き言葉において、修辞学（rhetoric）や文体論（stylistics）、あるい

は文章心理学では、一つのパラグラフ（paragraph）のなかでは、一つのキーワードを中心に述べるようにし、枝葉末節に捉われすぎずに、ひどく脱線した迷文にならないようにと説いている。現代語では英語も日本語も、もっぱら簡潔を旨としている。テレビやビデオなどの映像文化の発達により、話し言葉はますます断片化の傾向が見られる。言葉を補って映像があるのではなく、映像を言葉が補足している。また、ケイタイ電話やメールの普及により、スピーディに言葉を発信したり、送信したりできるため、勢いコマ切れの文になったり、独特の記号や絵文字などが使われたりする。これは従来の口語表現とは違い、まして文章語でもない、新しい、中間的な言語表現の形式といえよう。簡潔な文は1つのセンテンスが短くなる傾向がある。一般に掉尾文（periodic sentence）よりは散列文（loose sentence）にする方が読者には容易に理解される。

　次に、簡潔な短い文による英語表現を挙げる。

　　Americans overspend. We buy more than we produce. And the Japanese underspend. They produce more than they buy. Consumer prices are higher in Japan. Typical homes and apartments are cramped.

　　（アメリカ人は消費しすぎる。アメリカ人は生産する以上に物を買っている。そして、日本人の方が控え目に消費する。日本人は購入する以上に生産している。消費者価格は日本の方が高い。典型的な住宅やアパートは狭苦しい。）

上記の英文の書き出し、'Americans overspend' は主語と動詞の2語から成る文である。センテンス形式の整った完全文（full sentence）の例としては最短の文であり、これ以上短い文は存在しない。

　こうして、〈過ぎたるは及ばざるがごとし〉で、話す場合と同様に、書く場合にも冗長（redundant）にならないように工夫を凝らし、読者がよく理解でき、読者の心証をよくする文章を目指し、エスプリ（esprit）の効いた、機知（wit）に富んだ日本語表現、英語表現を心懸けることになるのである。

III
シェイクスピアの文体もしくは筆癖

1　シェイクスピアの言語

1

　言語と文体を研究する場合、その研究資料となるものは文学作品や新聞・雑誌、書簡や歴史書そのほかさまざまである。なかでも文学作品の言語は、とくに推敲を重ねており、完成度の高いものと考えられる。狭義の文体論では、小説や詩、戯曲などの言語の表現構造の特徴を分析・考究する。

　シェイクスピアの言語と文体を研究する場合、その時代背景がシェイクスピアに影響を与える面と同時に、シェイクスピアの言語表現が時代を超越している面を認識する必要がある。

　したがって、シェイクスピアの言語には、その時代的特徴と個性的特徴があるといえる。例えばシェイクスピアの代表作であり、四大悲劇の一つである『ハムレット』(*Hamlet*, 1600) の言語を考察するとする。この作品の言語と文体を研究する場合、個々の語から出発して全体へと及ぶのではなく、戯曲『ハムレット』という一つの作品全体のドラマとしての体系を把握して、そこから出発しなくてはならない。『ハムレット』を一つの悲劇として鑑賞するなら、それなりの語彙や表現が多く見られるに違いない。劇作家の文体にも無意識的な言葉遣いの癖が見られる。

　言語の文体を研究する場合は、その言語自体の形式的特徴を把握し、言語の意味を吟味することが肝要である。例えば、『ハムレット』のなかに出てくる nature という1語についても「自然」という日本語に盛りきれないも

のがあろう。nature という語は order や fortune, reason などの語と深い関わりを持っている。しかし、翻訳する場合、nature は「自然」と訳される。そもそも「自然」という語は、明治時代に nature という語の訳語として用いられてきた経緯がある。それゆえ、nature という語にシェイクスピア的特徴があるにせよ、「自然」という日本語にその意味を込めて理解するしかないであろう。nature（自然）という語の意味は、シェイクスピアの作品中の文脈のなかで、その意味が決まってくるのである。

　シェイクスピアは偉大な劇作家であると同時に偉大な詩人でもある。詩から散文に入っていった芸術家である。シェイクスピアの作品には興味深い言語表現が数多く見られる。言葉遊びや多義性、逆説、風刺などさまざまである。例えば『ハムレット』の病のイメージを考えれば、このイメージが反復されていて、その型つまり文体的特徴を理解することができる。また、地口や猥褻語、ラテン語もシェイクスピアの言語的特徴として取り上げられる。

　俳優はいわばシニフィアン（signifiant: 意味するもの、記号表現、聴覚映像）であり、その役柄がシニフィエ（signifié: 意味されるもの、記号内容、概念）といえよう。俳優はそのシニフィエになりきり、一体化しようとしてその役を演じる。『ハムレット』には演劇観・芸術観を述べた言葉が少なくない。例えば「演技を言葉に合わせ、言葉を演技に合わせる」（"Suit the action to the word, the word to the action".) という言葉が出てくる。言葉と人物の演技の一体化を希求している。ハムレットは演技過剰になるのを恐れているのだ。演技と言葉、言葉と演技のハムレットは深い関心を持っている。ハムレットは言語遊戯にふけることすらある。また、シェイクスピアはリズミカルな響きのラテン語系の多音節語をよく用いている。

　シェイクスピアの戯曲の文体は当時の一般の人々が日常用いていた言語表現に基づいている。シェイクスピアは宮廷人や上流社会の人々が彼の劇を鑑賞することを念頭に置いて劇作をした。さまざまな階級の人々を登場させ、さまざまな英語を語らせた。『ハムレット』は戯曲であるから、人物中心であり、鮮明なイメージがおのずと浮かんでくることが多い。

　アングロ＝サクソン語（Anglo-Saxon）である古期英語（Old English: 700-1100）時代からある英語は、内容語（content word）として、平易な日常語が多く、

1 シェイクスピアの言語

単音節語（monosyllable）が多数を占めている。音節の少ない言葉を多く使えば、庶民的であり、多音節の語を多く使えばよそよそしくインテリぶった感じになる。シェイクスピアの文体は当時としては決して晦渋な文体ではなく、口語的な文体だったのである。およそ400年の歳月を経た今日の英語表現と比べた場合に多少なりとも現代的でない表現や語彙が見られるにすぎない。

シェイクスピアは時代的影響もあって、劇中の文体は、韻文（verse）を主に用いているが、そこへ散文（prose）を混ぜて用いている。せりふはときに韻を踏むことがある。いわば詩劇になっているのである。韻を踏むのはある語を強調したり、音調を整えたり、詩的な文章の型を良くするためである。幕（Act）や場（Scene）の終末部分が韻を踏むことが多い。さらに、金言や格言的な言葉や感動的な表現に韻を踏ませることがよくある。だが、シェイクスピア時代の発音を正しく推定するのは、はなはだ難しい。これはシェイクスピア時代に、今日の英語に見られる綴字法のような標準的なものがなかったことにもよる。

総じて、シェイクスピアの文体といえば、彼が劇作家として過ごしたおよそ20年間に、シェイクスピアが用いた、さまざまな韻律の表現がその一つである。彼は初期の作品では脚韻（rhyme）を多く用いている。韻をrhymeと呼び、脚韻はend rhymeと呼ぶが、rhymeといえば通常脚韻のことである。普通、詩行の末尾で、例えばfaceとcase, beautyとdutyのように、強勢（stress）のある母音とそのすぐ後の子音とが同一で、その強勢のある母音の直前の子音が異なっているものである。また、シェイクスピアは頭韻（alloteration）を用いている。これは快音（euphony）をもたらすものであるが、過度に用いると、きらびやかな、きざな表現となってしまう。

シェイクスピア時代には、スペリング中のアルファベットのg, k, lは発音していた（gnat, gnaw, knight, could, should, would）。また、rはすべて発音していた。逆に、スペリング中、fやvが脱落する（ne'er, o'er）。さらに、接尾辞の-tionや-sionをゆっくり発音するときは、2音節に発音する（na-ti-on）。シェイクスピアにおける句読点は音律を配慮しており、役者のせりふ回しの句切りを反映している。

2

　ここで、現代英語と異なるシェイクスピア時代の英語の語法を挙げる。an = if, and if = if, an if = if のように用いたり、when that = when のように用いたりする。また、指示代名詞の that が接続詞の that へと移行していった (he said *that*: he was ready)。even は just, exactly の意味、つまり強調の意味に用いたりする。また、brave = splendid, admirable (すばらしい) の意味になったりする。still = always, constantly (いつも、絶えず) のように用いる。go や come などの動作を表す動詞がしばしば省略される。いわゆる関係代名詞もときに省略される。動詞の原形 be を are と同じように用いる。また、'To be, or not to be,....' のなかの be は exist ないし live の意味に用いている。be は live よりも広い意味、つまり「このままでいる、生きながらえていく」の意味である。

　現代英語における独立所有代名詞 mine をシェイクスピアの場合は、所有格 my と同じように用いる。さらに、シェイクスピアは品詞を自由に転換して用いる。例えば、'O happy *fair*' (= a beautiful girl) のように、形容詞 fair を単数名詞として用いている。また、形容詞 instant を副詞として用いたりした。例えば、'Grow not *instant* old' の表現に見られるように、instant は形容詞 old を修飾している。いわゆる単純形副詞 (flat adverb) の用法である。また、二つの形容詞を結合し、childish-foolish のようにハイフン付きの複合形容詞を作ることもある。この場合、左側の形容詞 childish が副詞的に foolish を修飾している。

　シェイクスピア時代には、代名詞 you- 形は丁寧な表現に用いた。you は比較的上品な改まった表現に用いたが、相手を軽蔑するときにも用いることがあった。心性的与格 (ethical dative) といって、話者の関心を表し、虚辞的に動詞を添えることがある (She falls *me* thus about my neck)。thou- 形は打ち解けた表現とした用いた。愛情や親密さを抱く友人や愛人、親子、兄弟などに用いた。代名詞 you から thou に変わったときには愛情を示す場合がある。1 人称代名詞の主語 I が、日常の会話において省略されることがある (例：〔I〕 beseech you;〔I〕 prithee;〔I〕 pray you;〔I〕 would)。

また、現代英語と違って、関係代名詞 which の先行詞（antecedent）に生物名詞（animate noun）を用いたり、逆に who の先行詞に無生物名詞（inanimate noun）を用いたりした。現代英語では先行詞は普通主格か目的格であるが、シェイクスピアではしばしば属格の名詞を置いたり、代名詞を置いたりする。16世紀後半には人称代名詞の主格と目的格を混同して用いる傾向が見られる（I と me, we と us, thou と thee, ye と you, he と him, she と her）。have は hath と has, do は doth と does が共存した。また、文中のある要素を目立たせたり、韻律への配慮から、倒置（inversion）を行なう。

　シェイクスピアはせりふの英語表現に対照法（contrast; antithesis）や並列法（parallelism）、反復（repetition）を用いたり、比喩的表現（figures of speech）を巧みに用いたりしている。対照法は文学以外の芸術である絵画や音楽、建築にも見られ、真理の探求においてすら比較・対照する思考法は欠かせない。対照法は修辞法（rhetoric）の一種で、対立的な語句・節や思想を対照的に置き、表現効果を挙げようとするものである。並列法は文法構造の繰り返しであり、いくつかの語・句・節の統語的な機能を互いに対応させ、並列に置くことである。並列の要素には、対照や反復が含まれる。並列は整然としたバランスのとれた文を構成するので、意味上の印象を強めることができる。それゆえ、並列は文法的・文体的に重要な文章構成法である。並列には同一語句や文の反復ではなく、文章形式の反復が含まれている。シェイクスピアの戯曲のせりふは当時の口語表現を映し出そうとする面がある。口語表現というのは本来、反復が多く用いられる。相手に念を押したり強調したりする時に意識的・無意識的に同じ言葉を、同じ表現を反復することが起こる。

　一方では、同一語句反復忌避の原則というのがあって、なるべく繰り返しを避けようとする。繰り返しが多ければ言語表現は冗長になり、散漫になりがちである。それにもかかわらず、実際の言語表現には反復表現がときおり起こる。これは考えてみれば、言語の本質的な冗長性（redundancy）に起因するものである。反復は同一語句を2回連続して用いる復言（dilogy）と呼ばれるものが第1に挙げられる。さらに、文章英語では同一語句を間隔をおいて繰り返し表現する隔語句反復（epanalepsis）と呼ばれるものがよく用いられる。反復は並列や対照と並んで、文中で結合（cohesion）の働きをし、

隔語句反復や節の反復は、文章の一貫性（coherence）を作り出すのに役立つものである。

最も過不足なく言語表現をするには、不注意な不必要な語や概念の反復を避けることが原則として望ましい。だが、実際の言語表現は簡潔を旨としながらも、同一または類似の重要な語句や概念を繰り返すことによって、表現を効果的にしたり強調したりすることができる。

反復には、重要語句の反復と類似の語による重要概念の反復とがあるが、両方とも継続に役立っている。反復には音声だけの繰り返しである頭韻も含まれるが、これは英語の歴史において古くから見られる特色の一つであり、とくに韻文において快い音調（euphony）を作り出す。また、頭韻は散文においても時には意識的・無意識的に用いる。復言（dilogy）は文意を強調するために、同一語句を2度連続して繰り返し用いる方法であり、とくに口語表現に多く用いられる。畳語法（epizeuxis）によって3回以上連続して表現し、一層強調することもある。さらに、復言ほど目立つ表現ではないが、隔語句反復（epanalepsis）がある。

シェイクスピアが劇作家として活躍したころは、エリザベス女王在位の時代である。ちょうど、イギリスでは文芸復興（ルネサンス：the Renaissance）の時期に当り、とくにギリシャ・ローマの古典の芸術・文学・学問の復興期として、華やかな時代であった。当時、戯曲の言葉にも装飾的な、きらびやかな、どぎつい表現が多く見られ、シェイクスピアとて時代の児であり、言葉数の多い形容詞や副詞の使用頻度は決して低くはなかった。直喩や隠喩、換喩、提喩、擬人法などの比喩的表現をよく用いた。擬人法は隠喩の一種とも考えられ、直喩は隠喩に圧縮でき、隠喩は直喩に拡大できる。転置（hyperbaton）や矛盾語法（oxymoron）も多く見られる。

転置とは、代名詞の目的語を述語動詞の前に置く場合である（S + O + V）。矛盾語法は、意味上矛盾する言葉を組み合わせて表現効果をあげようとするものである。例えば、open secret（公然の秘密）、polite discourtesy（慇懃無礼）のような場合である。接辞省略（asyndeton）といって、文中の接続詞（and）を省略することがある。また、接触節（contact clause）が用いられる。とくに主格の関係代名詞の省略が行なわれる。これは、くだけた文型にな

り、いっそう緊密感のある文となる。さらに当時、二重否定（double negative）は否定の意味を強めるために用いた。語彙の面では、シェイクスピアは複合語（compound word）をよく作って用いた（*oak-cleaving* thunderbolts; *pity-pleading* eyes）。

戯曲のなかの登上人物の言葉は散文に韻文が混入したりする。散文は階層の低い人物が用い、また、喜劇やパロディに用いることが多い。これに対し、韻文は社会的に身分の高い人物が用いることが多い。

3

言語と文体との関りはいかなる英語の文章についてもいえることなのか。確かに、言語には文体がある。広義には記事文とか説明文、評論文などはそれぞれ特徴的な文体を持っている。だが、狭義には文体は作家（小説家、劇作家、詩人、エッセイスト）が芸術作品を書き上げたときに見られる文章構造や筆癖のようなものである。文章にはその作者自身をほかの人のものと区別する特徴が現れるはずである。

英語を母国語としない者が英語で書かれた文学作品の文体を分析・検討することは決して容易なことではない。英語の文体を考察するには英語に対する語感が働くことが肝要である。英文学者・坪内士行氏は、日本人としては劇詩人であるシェイクスピアの研究が大いに期待される分野だと述べ、シェイクスピアの文章・文体の研究や作中人物の研究、彼の思想・人生観の研究を示唆している。そして、とくにシェイクスピアの文章・文体の研究はまだ遅れている分野ではないかと考えられる。また、同じく英文学者・西脇順三郎氏は、シェイクスピアにはあらゆる考えられるだけの構文様式を見ることができると語り、シェイクスピアの英語は文語体でも口語体でもないと述べている。確かに、シェイクスピアの英語は初期近代英語（Early Modern English, 1500-1700）に属するだけに、およそ400年前であるから、現代英語（Present-day English）とは多少違うところがある。しかし、シェイクスピアは当時一般の人々が用いた口語を中心に戯曲としての諸作品を書いたわけである。し

たがって、英語そのものがいささか古いだけに、英語の語感という点では、現代英語よりは英語の母語話者（native sneakers of English）とほぼ同じレベルに立てるともいえよう。

　シェイクスピアの『ハムレット』を中心に省略について考察したが、以下では、『ロミオとジュリエット』における反復表現を分析・検討してゆくことにする。

　反復して表現することは口語英語にも文章英語にもよく現れる。ことに口語では同一語句を連続して用いる復言（dilogy）が多い。畳語法（epizeuxis）といって3回以上連続して表現し、一層強調することもある。言語表現は簡潔であることが原則的には望ましい。そこで、なるべく繰り返しを避けようとする同一語句反復忌避の原則が生まれる。繰り返しが多ければ言語表現は冗長になり、散漫になりがちである。それでも実際上は言語で表現するとき反復が起こる。ここに言語の本質を見るのである。口語とくに日常会話では意識的・無意識的に意味を強調するために語句の反復が起こる。いわゆる文章表現でもできるだけ話すように書くという口語化の傾向が見られるので、話す場合と同様の言葉の繰り返しが起こる。反復表現には同一語句を連続して用いる復言以外に、とくに文章表現では同一語句を間隔をおいて繰り返し用いる隔語句反復（epanalepsis）と呼ばれるものがある。これは間隔をおいて語句を繰り返すものであり、復言ほど目立つ表現ではない。

　反復（repetition）は、並列（parallelism）や対照（contrast）と並んで、文中で結合（cohesion）の働きをし、その流れというものを作り出す。隔語句反復や節の反復は文章の筋道を明瞭にする文章の一貫性（coherence）に役立つものである。英語でも日本語でも最も過不足なく表現するには、不注意な不必要な語や概念の反復を避けることが原則として望ましい。とはいえ、実際の言語表現は簡潔を旨としながらも、同一の語句や類似の重要な語句や概念を繰り返すことがある。言いたいことを強調したい気持ちの表れである。

　反復は同じ語句という同一要素を用いるので、実は並列に類似した技法なのである。並列が文法構造の繰り返しであるのに対し、反復は同一の重要な語句もしくは概念そのものを繰り返すものである。反復には同一の重要語句の反復と類似の語による重要概念の反復とがあるが、両方とも文章の継続的

1 シェイクスピアの言語

な流れに役立っている。

　反復には音声だけの繰り返しである頭韻（alliteration）も含まれる。頭韻は英語の歴史において古くから見られる特色の一つである。とくに韻文において快い音調（euphony）を作り出す。頭韻は散文においても時には意識的・無意識的に用いる。

　言語の構造には整然とした論理性がある。その反面、言語は変化するものであり、非論理性も慣用表現として存在する。言語を生み出す立場からすれば、日常語では当該言語の話者すべてがその言語の発展・行く末を担っている。言語はその意味で社会的存在である。

　並列法（parallelism）は言語表現の美の存在と関わる。言語の整然とした構造に託された美は文体の美といえよう。文体美学という言葉が使われることがあるが、その究極は詩において見られる。しかし、一般的な散文にも戯曲中の会話にも文体的な特徴は見られるものである。並列構文には文体美学的に構造的な均整美があるといえる。

　一般に文中において、並列はいくつかの語・句・節の統語的な機能を互いに対応させ、並列に置くことである。同じ資格で、語・句・節を並べるので、いわば電池の並列のようなものである。言い換えれば、文法関係における反復がそこにある。並列の要素には対照（contrast）や反復（repetition）が合まれる。並列は整然としたバランスのとれた文を構成するので、意味上の印象を強めることができる。それゆえ、並列は文法的・文体的に重要な文章構成法である。広義では時に、文と文の関係（intersentential）にも並列は見られる。その場合、文の連続性を維持する働きがある。こうして、ここでは並列は同一の語・句・節の繰り返しである反復とは区別される。

　並列には名詞句（noun phrase）や動詞句（verb phrase）、形容詞類（adjectivals）や副詞類（adverbials）などが見られる。まず、内容語（contentword）として重要な名詞句の例から考察する。名詞句は主語（subject）や目的語（object）、補語（complement）などとなる。対照法（antithesis; contrast）はいわゆる修辞法（rhetoric）の一種と見られ、対立する語句・節を用いたり、思想を対照させておき、文意の表現効果を高めようとするものである。対比の感じを印象づける方法であり、時にも散文にも見られる。例えば、'It is better to live rich than to die rich.' — *Samuel Johnson* では接続詞 *than* を境にして両側に不定詞 to live rich を置いて比較している。このように並列構造 (parallel construction) によって対比する表現がよく見られる。シェイクスピアの場合にも対照表現は巧みに用いられている。

4

　言語表現には文体がある。シェイクスピアは、英国のエリザベス朝の劇作家であり、英国のルネサンス期に活躍した。当時は一般に華やかな文体が多く見られた。シェイクスピアもそうした時代的背景の影響は否めない。だが、シェイクスピアには時代を超えた表現力の豊かさがある。その一つが比喩的表現の駆使である。
　そもそも比喩は伝統的な修辞法 (rhetoric) の一種として、言語表現に彩りを添えるという点でとくに重要である。人は言語によってある事物を表現しようとするとき、筆者 (writer) または話者 (speaker) は意識的・無意識的に、その状況に適した表現形式を自分で選んでいる。その表現形式の選び方は、ある意味内容を表現するのに、いくつかの表現形式があるなかで、ただ一つの表現形式を選ぶのである。
　古来、修辞とはとくに文学表現において、言葉を上手に用いて、美しく巧みに表現することである。また、その表現技術でもある。もともと修辞学は言語表現の効果を十分に挙げるための技法であり、一つの体系的に独立した重要な学問であった。これがあまりに技巧的・表面的な小手先の器用さによる美辞麗句の羅列になりかねない傾向が見られるようになったために、一時19世紀末ごろ下火になった。20世紀も終わろうとしていた昨今、修辞学は、新修辞学 (new rhetoric) と称したり、文章表現論や文章構造論、文体論 (stylistics) の名のもとに研究されることが多く、言語学者が関心を持つようになり、言語学の一部門として扱われる傾向になっている。文体論学者ペリン (P. Perrin) は rhetoric というものを話し言葉 (spoken language) と書き言葉 (written language) 双方の文章構成と実践の研究と解釈し、恣意的・印象主義

的な文章構造の理解の仕方を排除している。

　修辞的表現（rhetorical expression）がさまざまあるなかで、とくに比喩表現として重要なのは直喩（simile）と隠喩（metaphor）である。

　これら2種類の比喩表現は言語表現において大変よく用いられる。比喩は事物の比較が中心にあり、その比較により喩えをそこに表現する。こうして、物事を深く理解する上で、事物の説明や記述にほかの事物（とくに具体的な物、自然界の物など）を借りて、印象強くイメージが浮かぶように表現するものである。

　直喩と隠喩を比較すると、直喩の方がわかりやすい面がある。それは、標識（marker）としてlikeや（as）... as 〜を用いた比喩なので表現形式上明瞭だからである。なにか物事を述べる場合に別のなにか、主に可視的なものに喩えて、like 〜（〜のよう、〜のごとき）という風に表現するものである。例えば、(1) 'Dick is *like* a bear on the dance floor.' とか、(2) 'He was *like* a flask that is smashed to atoms.' のように表現する。(1)ではDick（A）をa bear（B）に喩えている。A is like B の形式で、人間と動物の共通する属性に注目し、熊（bear）は人間のようには踊れないことから、Dickの踊り方がぶざまな、ぎこちない（clumsy）のを比喩的に表現している。このように人間を動物に喩えることはよくあり、ユーモラスである。(2)ではHe（A）をflask（B）に喩えている。彼が壊れやすいガラス製品のフラスコに似ている点に着目し、粉々になったフラスコに喩えて、彼が身も心もくたくた、へとへとであることを比喩的に表現している。

　また、(as)... as を用いた比喩も同様に直喩と呼ばれる。例えば、先のlikeを用いたbearによる比喩をas ... asを用いて、'Dick is *as* clumsy *as* a bear on the dance floor.' と表現することもできる。この場合、形容詞clumsyによって、われわれ日本人には一層わかり良い比喩といえる。ただし、説明的で簡潔性がいくぶん乏しい。また、asを接続詞としてではなく、前置詞としてas 1語を用いて、(1) 'The doctor lived *as* a saint.' とか、(2) 'The students rose *as* one man.' などと表現することがある。(1)ではdoctorを知徳が非常に優れた理想的な人物であるsaintに喩えて述べている。(2)ではstudentsを単数の唯一人の人間であるone manに喩えている。

もう一つの比喩である隠喩は直喩と違って比喩とすぐに理解できる形式は備えていない。形式が明示されないのでわかりにくい場合があるが、成功した優れた隠喩は直喩以上に暗示的で深みさえ持つことがある。
　隠喩は比喩のなかで最も重要なものである。なぜなら、文学的表現とくに詩的表現において不可欠のものだからである。これは詩的隠喩 (poetic metaphor) とか美学的隠喩 (aesthetic metaphor) と呼ばれるものである。文学作品においては、いきいきと描写する上で、隠喩の役割は計り知れない。一般に隠喩は互いに比較する意味を含むが、直喩と違い前置詞 like や接続詞 as のような比較を表す標識を使わないで単刀直入に A = B の形式で表現する大胆な比喩である。
　普通、言語で表現する場合の誤りは、意図しない文法上の違反であるが、隠喩の場合は意図的に文法上の誤りを犯すものである。例えば、The merchant is *like* a skunk. という代わりに、端的には前置詞 like を省いて、The merchant is a skunk. と表現するものである。主語の merchant (A) と連結動詞 (linking verb) be の後に補語として生物名詞 (animate noun) の skunk (B) を置いて、商人と動物のスカンクとの共通の属性に注目して A = B とずばり比喩している。
　隠喩の場合は直喩と違って、補語の位置にある動物 skunk の性質や特性を主語の人間名詞 (human noun) merchant に全面的に移転を行なっている。merchant が skunk のすべての性質や特性を持っているという表現形式である。商人は人間であり、スカンクは動物であるから、商人＝スカンクという形式は一種の文法違反である。聞き手または読者が比喩だと理解すれば、The merchant is a skunk. という表現は英文として容認されるのである。こうして、skunk は口語ないし俗語では、mean, despicable, offensive person という意味に比喩として解される。
　直喩で Dick is *like* a bear on the dance floor. と述べる代りに、隠喩では簡潔に Dick is a bear on the dance floor. と表現する。別の例を挙げれば、Publicity is *like* a two-edged sword. と述べる代わりに前置詞 like を消去して、Publicity is a two-edged sword. と表現すれば隠喩となる。このように、隠喩は like を使う直喩よりもいわば大胆な比喩であり、等価物を敏活に照らし

出すものである。適切で効果的な隠喩を造り出すのは頭のなかで一ひねりするので、直喩よりある意味で難しいといえる。

　言語は詩的表現が慣用化し化石となったもの、つまり死隠喩 (dead metaphor) に満ちている。例えば、the foot of the mountain (山のふもと) と言うが、foot はもともと足 (部) であり、山の最下部を foot と隠喩的に表現したことに始まり日常語として定着したものである。このように日常語には無数の死隠喩が使われて言語表現が成り立っている。

5

　言語には文体がある。いかなる言語においてもその言語の使用目的によって文体がある。さらに実用的文体と芸術的文体がある。言葉はコミュニケーションの手段であると一口に言われるが、コミュニケーションの手段とは狭義には日常生活において言葉を話したり書いたりすることによって、相手や他者に意思や感情を伝達し、お互いに通じ合うことである。昔から詩を作るよりは田を作れと実社会では言われてきたように、言語はまず実用目的に用いられる。しかし、人類は有史以前から実用目的とは別に表現欲求、美的欲求があり、アルタミラの壁画をはじめとして絵画や彫刻に表現することに精神的な満足を得てきたのである。言葉表現においてもしかりである。

　そもそも形容詞は名詞・代名詞を修飾する語で、人または物の性質・数量を表したり、意味を限定したりする語である。形容詞は意味上から性質形容詞 (qualifying adjective)、数量形容詞 (quantitative adjective)、代名詞形容詞 (pronominal adjective) の3種に分けられる。そのほか関係形容詞 (relative adjective) や冠詞 (article) も形容詞の種類に含まれる。さらに機能上から、限定形容詞 (attributive adjective) と叙述形容詞 (predicative adjective) に分けられる。

　性質形容詞 (beautiful, high, hot, idle, etc.) は性質・種類・状態などを表す形容詞である。数量形容詞 (many, much, some, few, several, little, etc.) は数・量・程度を表す形容詞で、数詞 (one, two, three, first, sec-ond, third, etc.) もここに含まれ

る。代名詞的形容詞（this, these, that, those; my, our, your, his, her, its, their）は指示形容詞や人称代名詞の所有格などである。関係形容詞（which, what, etc.）は関係代名詞が形容詞として用いられるものである。冠詞（the, a〔an〕）は名詞に結びついて弱い限定詞の働きをするものである。限定形容詞（former, elder, inner, etc.）は名詞の前か後に直接添えて修飾する場合の形容詞である。つまり、Adj + N または N + Adj である。日本語の形容詞の連体形に当たる。叙述形容詞（afraid, alive, alone, etc.）は動詞または目的語の後に置かれ、主語または目的語を修飾する場合の形容詞である。いわゆる主格補語または目的格補語に用いられるものである。すなわち、NP + be（Vc）+ Adj のネクサス（nexus）を構成する形容詞である。大部分の形容詞は限定用法にも叙述用法にも用いられる。前者の Adj + N の内部構造は N + be + Adj である。後者は日本語の終止形または連用形に当たる。

　悲劇作品である『リア王』や『ハムレット』にはマイナス・イメージの形容詞が多く見られるが、それがプラス・イメージの形容詞と対照的に用いられることがよくある。また、意味の同一の形容詞を反復したり、意味の類似した形容詞を羅列したり、間隔をおいて用いることもある。さらにさまざまの複合形容詞を駆使している。擬人化した名詞の前に限定的用法として形容詞を置き、新鮮な表現を作り出している。とくに『リア王』中のキーワード的形容詞は mad である。呼びかけ語（vocative）に前置する形容詞は比較的限定された特徴が見られる。

　そもそも副詞は形容詞と並んで修飾語（modifiers）として文中で機能している。形容詞と副詞とを比較すると、シェイクスピアは形容詞の方を多く用いている。形容詞の方が文に彩りを添える点で上回るであろう。ただし、副詞は文を活性化する効用を持つといえる。いずれにしても形容詞と副詞が相俟って表現豊かな文体を生成する。

　副詞（adverb）は機能上から、単純副詞（simple adverb）、文副詞（sentence adverb）、接続副詞（conjunctive adverb）、疑問副詞（interrogative adverb）に分けられる。また、意味上から、時の副詞（adverb of time）、場所の副詞（adverb of place）、様態の副詞（adverb of manner）、原因・理由の副詞（adverb of cause）、程度の副詞（adverb of degree）に分けられる。単純副詞は語や語群を修飾す

る副詞で、例えば、now, yesterday, very, quickly などである。文副詞は文全体を修飾する副詞で、例えば、perhaps, certainly, possibly, not などである。接続副詞は等位接続副詞、例えば、so, then, still, therefore, else, nevertheless などと、従位接続副詞、例えば、where, when, how, why などに分けられる。疑問副詞は疑問節を導くのに用いられるもので、例えば、how, why, when, where などである。

時の副詞には、soon, early, before, today, tomorrow, yet, ago, recently, late などがある。場所の副詞には、here, there, far, near, in, out, under, beneath, above, on などがある。様態の副詞には、slowly, quickly, well, thus, gladly, fast, so, badly, skillfully などがある。程度の副詞には、very, only, almost, nearly, quite, pretty, fairly, exceedingly などがある。確言の副詞には、yes, no, not, surely, certainly などがある。原因・理由の副詞には、therefore, why, because などがある。シェイクスピアは、とくに様態の副詞や程度の副詞を巧みに用いて表現豊かな文体を生成している。

言語表現において接続詞は8品詞の一つとして頻繁に使用される。接続詞はコミュニケーションを円滑に行なうのに役立つ。語（word）を大別すると、内容語（content word）と機能語（function word）に分けられるが、接続詞（conjunction）は機能語の代表的な語である。機能語にはそのほか、前置詞や冠詞、副詞の一部分が含まれる。内容語は名詞や動詞、形容詞、副詞の大部分である。

そもそも接続詞は語・句・節を結ぶ語である。前置詞や副詞、間投詞と同様に、語形変化をしないので、形態論（morphology）上、不変化詞（particle）と呼ばれる。接続詞には等位接続詞（co-ordinate conjunction）と従位接続詞（subordinate conjunction）とがある。等位接続詞は、語・句・節を対等の関係で結びつけ、従位接続詞はそれらを従属関係で結びつける。等位接続詞は、and, but, for, or, nor, yet, so があり、従位接続詞には、after, before, because, if, till, until, when, while などがある。そのほか、群接続詞（as soon as, even if, in order that, ...）や相関接続詞（so ~ that ..., such ~ that ..., ...）などがある。接続詞を用いることによって、文を拡張することができる。すなわち、一般に subject + predicate + conjunction + subject + predicate に拡張し、さらに

217

いくつも subject + predicate を追加することが可能である。

　シェイクスピア時代はエリザベス朝であり、イギリスにおけるルネサンス期であったので、比較的華やかな文体が多く見られた。簡潔な表現より接続詞で結びつけた長めの文章が用いられる傾向があった。

　シェイクスピアはおよそ 400 年前に活躍した劇作家なので、当時の代名詞としては、例えば今日では古風になっている thou や thy, thee が用いられている。構文上の用法としては、語順の点で倒置が結構用いられているが、文章構造は今日とほとんど変わりがない。初期近代英語（early modem English）といわれるゆえんである。

　そもそも代名詞は、名詞の代わりをしたり、文中には現れないが周囲の事情つまり文脈や慣用によって推察されるものを指したり、あるいは未知の人や物を尋ねたりする場合に用いる語である。機能上、主語・目的語・補語となる点では名詞と同様である。また、限定詞（determiner）を普通付けない特徴がある。代名詞は用法や意味などに基づき、人称代名詞（personal pronoun）、指示代名詞（demonstrative pronoun）、不定代名詞（indefinite pronoun）、疑問代名詞（interrogative pronoun）、関係代名詞（relative pronoun）の 5 種に分類される。

　人称代名詞（I, we, you, be, she, it, they; mine, ours, yours, his, hers, theirs）は、話し手・聞き手・それ以外の人や事物の別を示す代名詞である。指示代名詞（this, these, that, those）は、事物を指示したり、前述あるいは後述の語句や話の内容を指示する語である。this/these は時間的・空間的にだけでなく、心理的に近いものにも用いられる。that/those はその逆に遠いものを指す。不定代名詞（all, each, some, everybody, anyone, nothing, either, ...）は、特定のものを指さないで漠然と人や物などを示す語である。ほかの種類の代名詞に属さないものが、すべてこれに含まれる。疑問代名詞（who, which, what）は、疑問を表す代名詞で、性数の区別はないが、who だけは格による語形変化がある。関係代名詞（who, which, that, what, ...）は、代名詞と接続詞とを兼ねた働きをするものである。両機能を持つ語なので、関係副詞（relative adverb）や接続詞（conjunction）と一緒に連結詞（connective）ということもある。関係代名詞と関係副詞とを合わせて関係詞（relative）と呼ぶ。

以上述べてきたことを踏まえて、次章より各論として実証的にシェイクスピアの英語と文体を分析・検討していくことにする。

2　省略法

　省略（Ellipsis）は口語的文体の特徴である。言葉の経済（economy of language）の観点から最小限の言葉ですめばそれに越したことはない。省略は文章を軽快にする。軽やかな簡潔な文章は平易な文体（plain style）を構成する。
　シェイクスピアの英語は、当時の日常の口語体が主であるから、そこには初期近代英語（early Modern English）の口語的特徴が見られる。以下、『ハムレット』（*Hamlet*, 1600）の英語における省略を考察する。

　（1）　*Francisco.* Not a mouse〔was〕stirring.　（1.1.11）
　　　フランシスコ　ねずみ1匹出はしなかった。

この場合、繋辞（copula）としてのbe動詞が省かれている。動詞中、最も省略されやすいのはbe動詞である。日本語では、「この花は美しい」（This flower is beautiful.）のように必ずしも繋辞を必要としない。

　（2）　*Hamlet.*〔I〕Would the night were come.　（1.2.256）
　　　ハムレット　待ち遠しいな、夜が。

（2）の文の主語としてIを補える。そして、'I would' は名詞節を目的語として 'I wish' の意味で用いている。類例を挙げれば、'I would it were true'（そ

220

れが事実であればよいと思う)、'Would he were here'（彼がここにいればなあ)、'Would that I were young again'（もう一度若くなれるとよいがなあ）などがある。

(3) *Hamlet.* Who calls me villain? 〔Who〕 breaks my pate across? 〔Who〕 Plucks off my beard, and blows it in my face? 〔Who〕 Tweaks me by the nose? 〔Who〕 gives me the lie i' the throat. As deep as to lungs? Who does me this?　(2.2.566-70)

ハムレット　誰だ、おれを悪者呼ばわりするのは？　おれの頭を叩き割り、ひげをむしり取り、それを顔面に吹きかけ、おれの鼻を引っ張り、大嘘つきだと罵るのは誰だ？　そんなことをするやつは誰だ？

(3)では疑問詞の主語 who を第 1 文と第 7 文に省略せずに用い、残りの第 2 文から第 6 文までは who を省いている。このような省略は比較的稀である。

(4) *Hamlet.* What a piece of a work is a man! how noble 〔is he〕 in reason! how infinite 〔is he〕 in faculty! in form and moving how express and admirable 〔is he〕! in action how like an angel 〔is he〕! in appreciation how like a god 〔is he〕! the beauty of the world 〔is he〕! the paragon of animals 〔is he〕!

(2.2.303-7)

ハムレット　人間はなんてすばらしい傑作なのだろう！　なんて理性は気高く、なんて能力は限りなく、なんて表現豊かな容姿や動作なのだろう！　天使のように振舞い、神にも似たすばらしい理解力、この世の美しきものの典型、生きとし生けるもののお手本！

(4)は倒置 (inversion) の形式をとった感嘆文 (exclamatory sentence) の反復であり、第 1 文で '... is a man!' と述べ、第 2 文からはこれを省略して簡潔な文としている。主語と be 動詞の省略である。

(5) *Horatio.* I have words to speak in thine ear 〔which〕 will make thee dumb;　(4.6.22-3)
　　ホレイショ　話したいことがあります。聞けば唖然とすることでしょう。

この文においては主格の関係代名詞 which を省いている。現代英語では there-be 構文や it-be 構文の場合、主格の who や which の省略がよく見られる。いわゆる接触節（contact clause）と呼ばれるものである。例を挙げると、'There was a man named Bosch〔who〕could paint pretty well.'「かなりうまく絵の描けるボッシュという名の男がいた」'It was Roderick〔who〕thought of it.'「それを思いついたのはロデリックだった」などがある。

(6) *Polonius.* Come, go with me, I will go〔and〕seek the king.　(2.1.101)
　　ポローニアス　さあ、一緒に王様のもとに出かけるぞ。

これは等位接続詞 and を導入することができる。口語的な表現である。

(7) *Horatio.* By heaven I charge thee（= you）〔to〕speak!　(1.1.52)
　　ホレイショ　天にかけて、君に命令する、答えたまえ。

(7)では speak は原形不定詞（bare infinitive）であり、to をその直前に導入できる。現代英語では、例えば、I charge you to be silent.（静粛にしてもらいたい）のように用いる。

　英語における省略はいつの時代でも口語表現に特徴的に見られる。狭義の省略と呼べるのは、一般にこれしかないと思われる 1 語ないし 2 語程度補って省略のない文を構成することのできる場合である。補い方が幾とおりかある場合や補いようのない場合は、無定形文（amorphous sentence）もしくは断片文（fragmentary sentence）と呼ぶのが適切であろう。
　次に Hamlet のなかの語用論的省略の例を分析・検討する。

(8) *Polonius.* Give him this money and these notes, Reynaldo.
　　　Reynaldo. I will 〔give hime this money and these notes〕.
(2.1.1-2)
　　　ポローニアス　レナルド、この金と手紙を届けてくれ。
　　　レナルド　はい、かしこまりました。

ポローニアスが命令文でレナルドに指示しているのに対し、レナルドは主語と未来の助動詞で 'I will' と簡潔に応答している。しかもこれが自然な会話である。

(9) *Polonius.* Observe his inclination in yourself.
　　　Reynaldo. I shall 〔observe his inclination in myself〕, my lord.
(2.1.71-2)
　　　ポローニアス　せがれの様子をその眼で確かめてくれ。
　　　レナルド　かしこまりました。

(9)の場合も(8)と同様に命令文に対し、'I shall' と簡単に答えている。これで十分である。相手のポロニアスの言葉が了解事項として前提になっているからである。また、1人称の will と shall が同じように使われている。

(10) *Hamlet.* Have you a daughter?
　　　Polonius. I have 〔a daughter〕, my lord.　(2.2.182-3)
　　　ハムレット　きみには娘がおるね？
　　　ポローニアス　はあ、おりますが。

(10)の場合は主語＋所有の have 動詞のみで答え、目的語 (a daughter) を省略している。

(11) *King.* Where is Polonius?
　　　Hamlet. 〔He is〕 In heaven; send thither to see; if your messenger

223

find him not there, see him i' the other place yourself. (4.3.33-5)
　王　ポローニアスはどこだ？
　ハムレット　天国にいます。使いを見にやってください。そこに見当たらなければ、ご自分でもう一箇所を探してください。

(11)では尋ねているのは、どこの場所 (where) かであり、答えは簡単に 'In heaven' と答えている。完全文で答えれば、'He is in heaven' である。

　(12) *Polonius.* I'll speak to him again. What do you read, my lord?
　　　Hamlet. 〔I read〕 Words, words, words. (2.2.190-2)
　　　ポローニアス　もう一度話しかけてみよう。ハムレット様、何をお読みです？
　　　ハムレット　言葉、ことば、コトバ。

(12)では、ハムレットは名詞 words の1語だけ繰り返して答えている。ポローニアスの問いに、目的語として疑問詞 What があることから、これで簡単に会話が成り立つ。

　(13) *Horatio.* My lord, I think I saw him yesternight.
　　　Hamlet. 〔You〕 Saw? 〔You saw〕 Who? (1.2.188-9)
　　　ホレイショ　ゆうべ見かけた気がしますが。
　　　ハムレット　見かけたの？　誰をだ？

(13)ではホレイショウが 'I saw him' と述べていることから、ハムレットの1語文は主語 You と述語動詞 saw を補うことができる。当時でも口語でwho を目的格の意味に用いている。

　(14) *Hamlet.* Do you see nothing there?
　　　Queen. 〔I see〕 Nothing at all; (3.4.132-3)
　　　ハムレット　そこに何も見えません？

王妃　全然何も。

(14)では、ハムレットの発話 (utterance) のなかに目的語 nothing を用いているのに呼応して、王妃が Nothing に強意語句 'at all' を付加して答えている。

(15) *Polonius.* What do you think of me?
　　　King. 〔I think of you〕As of a man faithful and honourable.
　　　　　　　　　　　　　　　　　　　　　　　　(2.2.29-30)
　　ポローニアス　この私をどうお思いですか？
　　王　立派で忠実な男だと思っている。

(15)の対話 (dialogue) では、'think of ～ as' (= regard ～ as) の句動詞 (phrasal verb) の形式が想定され、ポローニアスの問いに対して、王が as 以下のみで断片的に答えて、十分コミュニケーションが成り立っている。

(16) *Polonius.* Do you know me, my lord?
　　　Hamlet. Excellent well; you are a fishmonger.
　　　Polonius. Not I 〔am〕〔a fishmonger〕, my lord.　(2.2.171-3)
　　ポローニアス　私がおわかりでしょうか？
　　ハムレット　よくわかっているよ。魚屋だろ。
　　ポローニアス　いえ、違いますよ。

(16)ではハムレットの 'you are a fishmonger' という言葉を否定し、'Not I' と倒置で述べ会話が成り立っている。be 動詞と主格補語の省略である。

(17) *Hamlet.* I know the good king and queen have sent for you.
　　　Rosencrantz. 〔Have they sent for me〕To what end, my lord?　(2.2.280-2)
　　ハムレット　立派な王と王妃にきみは呼ばれたんだよ。
　　ローゼングランツ　何のためにですか。

(17)では副詞句（To what end）のみの疑問文で尋ねている。これは語用論的省略であると同時に、ローゼンクランツの言葉は主語も動詞も含まない断片的な文である。

以上、各種の省略文形式について分析・検討してきたが、次に省略と呼ぶにはあまりにも大幅な省略を行なっている文、つまり広義の省略文ではあるが、補って完全にすることが不可能であったり、補える幾とおりも補い方のある場合を挙げる。これはイェスペルセン（J.O.H. Jespersen, 1860-1943）が無定形文（amorphous sentence）と呼んだものが主であるが、それ以外のこま切れの文も含めて、断片文（fragmentary sentence）と呼べるものを検討する。

(18) *Francisco.* For this relief much thanks. (1.1.8)
　　フランシスコ　交代、本当にありがとう。

(18)の文では、thanks は名詞であり、動詞を含まないだけでなく、主語＋述語という完全文（full sentence）に構築することは不可能な断片的な文である。しかも自然な会話文である。

(19) *King.* So much for him. (1.2.25)
　　王　彼のことはこれくらいにしよう。

(19)の 'So much for ～' は現代英語でも 'So *much* for this topic.'（この話題はこれくらいにしよう）のように用いる断片文である。主語＋述語の形式に整えることはできない。ついでながら、現代英語の例を次に挙げておく。
'What's the matter, you think I'm exaggerating? You haven't seen him.〔Take *or* Get〕One look at him and it would't sound so impossible.'
　「どうしたんだい？　ぼくが大げさに言っているとでも思うのかい？
　　きみは彼に会っていないんだ。一目彼を見てごらん。そうすれば、それ
　　がそんなに不可能だとは思わないでしょう。」
これは 'take a look at ～' あるいは 'get a look at ～' という他動詞相当表現があることから、'One look at him' は命令文の意味であると解せる。また、

'You take a look at him' という文も想定される。このように、補おうとすれば幾とおりかの語句が考えられる。

　以上のように、シェイクスピアの『ハムレット』においては、主語の省略とくに 1 人称の単数代名詞 I の省略や主格の関係代名詞 who, which の省略が見られる。繋辞としての be 動詞の省略もある。次いで、主語 + be 動詞（Do I am; he is; you are）の省略が見られる。さらに、会話の相手の言葉（Do you see ～?）に応答して、'Nothing' とだけ述べて簡潔にすませた例もある。戯曲なので、語用論的な省略がよく用いられている。そのほか、口語的な断片文もけっこう用いられている。

3　反復法

　反復法（Repetition）は同一語句を繰り返し用いるので、2で検討した省略法とは対照的な英語表現法である。反復には同一語を連続して用いる復言（dilogy）と同一語句を間隔をおいて繰り返し用いる隔語句反復（epanalepsis）とがある。反復は文章英語にも口語英語にも見られる。以下、シェイクスピアの『ロミオとジュリエット』（*Romeo and Juliet*, 1594-95 ごろ）における反復表現を分析・検討する。

1　名詞の反復

（1）　*Lady Capulet.*　Marry, that marry is the very theme I came to taik of.
　　　　Tell me, daughter Juliet,
　　　　How stands your disposition to be married?
　　Juliet.　It is an *honour* that I drearm not of.
　　Nurse. An honour.　Where not I thine only nurse I would say thou
　　　　hadst suck'd wisdom from thy teat.　（1.3.63-68）
　キャピュレット夫人　そう、そのお嫁入りのことよ、私がお話しに
　　　　来たのは。ねえ、ジュリエット、あなたは結婚する気があるの、どうなの？
　ジュリエット　そんなおもはゆいこと、考えたこともないわ。

乳母　おもはゆいことよね、もっぱら私のお乳でお育ちになられたので、お嬢さまのその知恵はお乳で身についたと言いたいところですがねえ。

(1)ではジュリエットが honour を用いたのに対し、語用論 (pragmatics) 的に名詞だけで断片的に簡潔に答えて同意を示し、対話 (dialogue) を成立させている。つまり、相手ジュリエットとの honour という言葉があって初めて乳母の honour が交わす言葉として成り立っている。

(2)　*Nurse.* A man, young lady. Lady, such a man
　　　　　As all the world — why he's a man of wax.
　　　　Lady Capulet. Verona's summer hath not such a *flower*.
　　　　Nurse. Nay, he's *a flower,* in faith a very *flower.*　 (1.3.75-8)
　　　乳母　お嬢さま、ご立派な方よ、もう世界で一番。すてきな、申し分のない方ですよ。
　　　キャピュレット夫人　ヴェローナの夏でさえ、あんなすばらしい花は見られません。
　　　乳母　そうですとも、あの方こそ花のなかの花、ほんとうに立派な。

(2)では flower を3回使っている。しかも男性を花に喩えている。そして flower による隠喩は見事な、美しい人のイメージである。キャピュレット夫人が一度 flower という言葉を使ったのを受けて、語用論的に乳母は flower を2回使い、2回目には形容詞 very を限定詞 (determiner) としておき強調している。

(3)　*Friar Lawrence.* The earth that's nature's mother is her tomb:
　　　　　What is her burying grave, that is her *womb*;
　　　　　And from her *womb* children of divers kind
　　　　　We sucking on her natural bosom find.
　　　　　Many for many virtues excellent,

229

None but for some, and yet all different. （2.3.5-10）
ロレンス修道士　大地は自然の母であり、また自然の墓場でもあります。すべてを葬る墓場、それがそのまま母胎ともなります。その母胎から生まれるさまざまの子供たちである草木が、また自然の胸から乳房を吸うのです。多くの草木には数々の効力があります。なんらかの効力を持たないものはなく、しかもその効力はみな異なっているのです。

(3)の場合、名詞 womb を2回用いている。2回目の 'from her womb' は 'from it' とも表現できるところであるが、代名詞 it ではなく名詞 womb を繰り返し用いることによって、その意味を強めて聞き手（読者）に強く印象づけることになる。

 (4) *Mercutio.* Romeo, will you come to your father? We'll to dinner thither.
  Romeo. I will follow you.
  Mercutio. Farewell, ancient *lady*, farewell, *lady, lady, lady.* (2.4.138-40)
  マキューシオ　ロミオ、親父さんのところへ帰るかい？　そこで一緒に食事をいただくかな。
  ロミオ　僕は後から行くよ。
  マキューシオ　さよなら、おばさん、じゃあね、おばさん。

(4)では名詞 lady を4回用いているが、これらはすべて呼びかけ（vocative）の用法である。ついでながら、間投詞 farewell も2回繰り返して用い強調している。別れの気持ちを相手に明確に伝えようとする反復使用である。

 (5) *Benvolio.* What, art thou hurt?
  Mercutio. Ay, ay, *a scratch, a scratch.* Marry, 'tis enough.
   Where is my page? Go villain, fetch a surgeon.
  Romeo. Courage, man, the hurt cannot be much. (3.1.93-6)

> ベンヴォーリオ　ええっ、傷つけられたのか。
> マキューシオ　かすり傷だ、かすり傷だよ。でも、まいったよ。小僧はどこだ？　おい、医者を呼びに行って来い！
> ロミオ　おい、しっかりしろよ、傷は大したことはないさ。

(5)ではマキューシオが a acratch という言葉を続けて2回繰り返し、この語を強調している。これは復言の例である。

(6)　　*Friar Lawrence.* Too familiar
　　　　Is my dear son with such sour company.
　　　　I bring thee tidings of Prince's *doom.*
　　Romeo. What less than *doomsday* is the Prince's *doom*?
　　Friar Lawrence. A gentler judgement *vanished* from his lips.
　　　　Not *body's death* but *body's banishment!*
　　Romeo. Ha! *Banishment!* Be merciful, say '*death*'.
　　　　For exile hath more terror in his look,
　　　　Much more than *death*. Do not say '*banishment*'.
　　Friar Lawrence. Hence from Verona art thou *banished.*
　　　　Be patient, for the world is broad and wide.　(3.3.7-17)

> ロレンス修道士　あなたはそういう不幸な子供たちと親しくなりすぎです。大公さまの宣告をお知らせしましょう。
> ロミオ　死刑より軽い宣告は考えられないでしょ。
> ロレンス修道士　大公の唇からは、もっと寛大な宣告でして、追放です。死刑ではなく身柄を追放せよとのことです。
> ロミオ　ええ！　追放か！　哀れみがおありなら、死刑と言ってください。追放の方が死刑より恐ろしい思いなんです。「追放」なんて言わないでください。
> ロレンス修道士　このヴェローナから追放の身となったのですぞ。我慢しなされ、世界は果てしなく広いのですから。

231

(6) はロレンス修道士とロミオの対話 (dialogue) である。ロレンス修道士が 'Prince's doom' という語句を使えば、その語句を受けて、ロミオも同一語句 'Prince's doom' を使っている。また、ロミオは複合語 (compound word) の doomsday (= the day of doom; the day of death) を用いている。ロレンス修道士は body の所有格を 2 回用い、宣告内容における death と banishment を対比させている。話題は doom や death という語を用いて、ロミオにとり重要な本人の死刑をめぐっての問題であることがわかる。さらに、ロミオはロレンス修道士の言葉 banishment (追放) を受けて繰り返している。ロミオは追放よりは死刑を望むという。彼は banishment を否定し、death を待望するのだ。ロレンス修道士は動詞 banish を受身に用い、banishment との類語反復を行なっている。

(7)　　*Friar Lawrence.* O *deadly* sin, O rude unthankfulness.
　　　　　　Thy fault our law calls *death,* but the kind Prince,
　　　　　　Taking thy part, hath rush'd aside the law
　　　　　　And turn'd that black word '*death*' to banishment.
　　　　　　This is dear mercy and thou seest it not.　(3.3.24-28)
　　ロレンス修道士　ああ、罪深いことを、なんという無礼な恩知らずなことを。あなたの罪は法に照らせば死刑ですが、寛大な大公があなたに味方し、法を曲げてくれて、「死刑」という恐ろしい宣告を追放に変えてくださったのです。これは願ってもないご慈悲ですぞ、それがあなたはわかっていないのです。

(7) では (6) の場合に続いてロレンス修道士が death という言葉を繰り返している場合である。彼は常識的に banishment を death より軽い宣告と考えている。確かに追放の方が寛大な宣告である。

(8)　　*Romeo.* O, thou wilt speak again of banishment.
　　　Friar Lawrence.　　I'll give thee armour to keep off that word,

>   Adversity's sweet milk, *philosophy*,
>   To comfort thee though thou art banished.
>   *Romeo.* Yet 'banished'? Hang up philosophy.
>   Unless *philosophy* can make a Juliet.
>   Displlant a town, reverse a Prince's doom,
>   It helps not, it prevails not. Talk not more.　（3.3.53-60）

ロミオ　ああ、また追放の話をなさるのでしょう。
ロレンス修道士　その言葉を寄せつけない鎧をあげましょう。逆境にあっての甘いミルクの哲学をあげましょう。たとえ追放される身であっても心が慰められますように。
ロミオ　ほらまた「追放」ですか。哲学なんて御免こうむります。哲学でジュリエットは作れないでしょ。町を丸ごと変えるとか、大公の宣告をご破算にするとかはどだい無理な相談です。至難の業ですよ。お話はもう結構です。

(8)では philosophy という言葉をまずロレンス修道士が使っている。次いで、ロミオが philosophy を2回使い、philosophy という言葉への不信感を表現している。O. E. D. によればこの場面における philosophy の意味は、study of principles of human action on conduct; ethics（人間行為の原理の研究。倫理学）である。philosophy はいわゆる人生観というよりは、人間の理性や知性によって倫理的に考えることである。ロミオに「哲学なんて御免こうむります」(Hang up philosophy)、「哲学でジュリエットは作れないでしょ」(Unless philosophy can make a Juliet) と言わせることによって、シェイクスピアは哲学では生身の人間はどうしようもないのだ、情念、情熱 (passion) といったものが人間を動かすのだということを暗示している。

2　代名詞の反復

(9)　*Prince.* The sun for sorrow will not show his head

> Go hence to have more talk of these sad things.
> *Some* shall be pardon'd and *some* punished,
> For never was a story of more woe
> Than this of Juliet and her Romeo.　(5.3.305-9)

　大公　太陽も悲しみのあまり顔を出さないな。さあ、行きましょう。この悲しい出来事を話し合いましょう。許すべきものは許して、罰すべきものは罰することにしよう。ジュリエットとその恋人ロミオの悲恋ほど悲痛な物語はいまだかつてなかったのだから。

(9)では不定代名詞 some を 2 回繰り返し用いている。some は all と対照的に全体の一部を表すので、さらに 3 回、4 回と反復使用できる語である。

(10)　*Friar Lawrence.* Who's there?
　　　Balthasar. Here's *one*, a friend, and *one* that knows you well.
　　　　　　　　　　　　　　　　　　　　　　　　　(5.3.123-3)

　ロレンス修道士　だあれ？
　バルサザー　怪しいものではございません。神父さまをよく存じておる者です。

(10)では不定代名詞 one を 2 回用い、a friend を one の同格に置いている。結局、one は話者（speaker）自身のことを暗示している。

3　動詞の反復

(11)　*Benvolio.* Romeo, away, be gone.
　　　　　　The citizens are up, and Tybalt slain!
　　　　　　Stand not amazed. The Prince will doom thee death
　　　　　　If thou are taken. Hence, *be gone*, away!

> *Romeo.* O, I am fortune's fool!
> *Benvolio.* Why dost thou stay? (3.1.134-9)
>
> ベンヴォーリオ　ロミオ、逃げて！　逃げてよ！　町の人たちが騒ぎ出したぞ。ティボルトが殺されたんだ！ぼうっとしてちゃ駄目だよ。もし捕まったら、大公から死刑の宣告を受けるぞ！　だから、逃げたまえ！　逃げるんだ！
> ロミオ　ああ、ぼくは運命に翻弄されている愚か者だ！
> ベンヴォーリオ　なんでぐずぐずしてるの？

(11)ではベンボリオが 'be gone'（逃げろ）を2回命令文に用いて、逃げることが重要かつ緊急であることを強調している。また、away は 'go away' と補って考えるとやはり命令の意味を込めて使っていることがわかる。

> (12) *Juliet.* O *break*, my heart. Poor bankrupt, *break* at once. (3.2.57)
> ジュリエット　この私の心よ、裂けてしまえ！　哀れな破産した心よ、すぐに避けてしまうがいい！

(12)では命令文として break を2回用いて、ロミオを失うことはすべての富を失うようなものであるための悲惨さを強調している。

> (13) *Capulet.* Go waken Juliet, go and trim her up.
> 　　　　I'll go and chat with Paris. Hie, *make haste*,
> 　　　　*Make haste*! The bridegroom he is come already.
> 　　　　*Make haste* I say. (4.5.24-27)
> キャピュレット　ジュリエットを起こしてきて、晴れ着を着せてください。わたしがパリスと話をするよ。さあ、急いで、急ぐのだ！　花婿はもう見えているぞ。さあ、急げって言うのに。

(13)ではキャピュレットがジュリエットに 'make haste'（急いで）と3回も言って命令の意味を強調している。

235

以上、名詞と動詞の反復使用を検討してきた。内容語（content word）として、また文の構成要素として、名詞は主語や目的語になり、動詞は述語の中心となる重要な品詞だからである。
　次いで修飾語（modifier）である形容詞（adjective）や副詞（adverb）の反復を考察してゆくことにする。形容詞は名詞を修飾したり限定したりして文に彩りを添えるものである。一般に簡潔な文では修飾語は極力使用を抑え、装飾的な、きらびやかな文体になるのを避ける傾向がある。

4　形容詞の反復

(14) *Romeo.*　But soft, what light through yonder window breaks?
　　　　　　It is the east and Juliet is the sun!
　　　　　　Arise *fair* sun and kill the *envious* moon
　　　　　　Who is already *sick* pale with grief
　　　　　　That thou her maid art far more *fair* than she.
　　　　　　Be not her maid since she is *envious*,
　　　　　　Her vestal livery is but sick and green
　　　　　　And none but fools do wear it; cast it off.　(2.2.2-9)
　　ロミオ　待てよ、向こうの窓から射してくる光は何だろう。あの窓は東方向、だからジュリエットは太陽だ！　美しい太陽よ、昇れ、嫉妬する月の女神を抹殺してくれ。月はもう悲しみに病んで青ざめている。月の女神に仕えるあなたの方が美しい。処女神の月は嫉妬深いから、この女神に仕えて貞節を守るのはやめなさい。月の女神に献身する乙女の服は病的な緑色だから、脱ぎ捨ててほしい。そんなのはアホの道化しか着ないんだよ。

　(14)でロミオは fair と envious と sick をそれぞれ 2 回用いている。形容詞 fair は名詞 sun を修飾し、envious は moon を修飾して太陽や月を擬人化（personify）してジュリエットを太陽にたとえ、ロミオの元の恋人ロザライン

（Rosaline）を月に喩えている。その月が sick で青ざめている（pale）のである。月の装いも病的な緑色（sick and green; pale green）なのである。

(15) *Romeo.* O *blessed blessed* night. I am afeard
　　　　Being in night, all this is but a dream,
　　　　Too flattering sweet to be substantial.
　　　　　　　　　　　　　　　　　　　　　　(2.2.139-41)
　　ロミオ　ああ、幸せな恵み深い夜！　夜なので、まさか、これはみな夢ではないだろうな。あまりにも心地良いので、この世のこととは思えない。

(15)では分詞形容詞（participial adjective）の blessed を続けて 2 回用いて強調している。この blessed は名詞 night を修飾し頓呼法（apostrophe）を構成している。これは一般に詩において、呼格（vocative）により詠嘆的に述べるものである。その場にいない人、この世にいない人、または擬人化した物や観念に呼びかけるものである。

(16) *Juliet.* I' faith I am sorry that thou art not well.
　　　　Sweet, sweet, sweet nurse, tell me, what says my love?　(2.5.53-4)
　　ジュリエット　具合がよくないのね、ほんとにかわいそうに。優しい、とても優しいばあや、あの恋しい方が何て言ったのか教えてちょうだい。

(16)では形容詞 sweet を 3 回も用い、話相手 nurse を修飾して強調している。

(17) *Nurse.* There's *no* trust,
　　　　No faith, *no* honesty in men. All perjur'd,
　　　　All forsworn, *all* naught, *all* dissemblers.
　　　　Ah, where's my man?　Give some aqua vitae.
　　　　These griefs, *these* woes, *these* sorrows make me old.

Shame come to Romeo. (3.2.85-90)

  乳母 男たちは信用も誠意も正直さもないの。みんな嘘つき者で、誓いなんか破っちゃうし、みんな辛辣者で偽善者なのよ。あれ、わたしの召使いはいる？　お酒を持ってきてちょうだい。こんなに嘆き、苦しみ、悲しんだので、あたしも老け込んじゃうわ。ロミオは恥を知ればいいのよ。

(17)では形容詞用法の no を 3 回、all を 4 回、these を 3 回用いている。no, all, these などは一括して限定詞（determiner）と呼ばれるものである。no が修飾する名詞は trust や faith, honesty という意味の似た言葉つまり類語を使い、不信感を強めている。さらに、それぞれの all の次に are を補ってみれば、主格補語には類語の分詞形容詞 perjur'd と forsworn と概念が類似した語である。指示形容詞 these はそれぞれ類語の griefs（嘆き）や wose（苦しみ）、sorrows（悲しみ）を用いて、これらの無生物主語（inanimate subject）が白髪の増える原因になっている。

 (18) *Juliet.* O *Fortune, Fortune*! All men call thee *fickle,*
    If thou art *fickle,* what dost thou with him
    That is renow'd for faith? Be *fickle, Fortune,*
    For then I hope thou wilt not keep him long,
    But send him back. (3.5.60-4)

  ジュリエット ああ、運命の女神さま！　みんながあなたのことを気まぐれ者だと言います。もしあなたが気まぐれでしたら、誠実で知られたあの人とは何の関わりももたないでしょ。運命の女神よ、気まぐれ者でいてちょうだい。そうしたら、あなたはあの人を長く引き止めずに、わたしのところに送り返してくれるでしょうね。

(18)では運命の女神（Fortune）に関して、形容詞 fickle（移り気の）を 3 回補語に用い、心が変らないことで知られるロミオと対照させ、神の移り気の性

質を逆手にとり、ジュリエットは再会できることを願っている。

(19) *Nurse.* O woe! O *woeful, woeful, woeful* day!
　　　Most lamentable day, most *woeful* day,
　　　That ever, ever I did yet behold!
　　　O day! O day! O day! O hateful day!
　　　Never was seen so black day as this:
　　　O *woeful* day, O *woeful* day!　(4.5.49-54)
　　乳母　ああ、ひどいわ！　悲しくてたまらないわ！　とっても嘆かわしい、とっても悲しい日ね、生まれて初めてだわ！　何てひどい日、悲しい日、忌まわしい日なんでしょう！　こんな悲惨な日はいまだかつてなかった。おお、ひどい、おお、ひどい日だわ！

(19)では形容詞 woeful を5回も名詞 day を修飾してその前に用いている。ジュリエットが死去したとき、乳母はこの言葉（woeful）の反復によって極度の悲しみを表している。溢れ出る悲しみの情を表すような場合には、思わず同一語（句）を繰り返すことになるのが口語的特徴である。
　次に、修飾語の形容詞の反復に続いて、副詞の反復について分析・検討してゆく。

5　副詞の反復

(20) *Romeo.* For fear of that I still will stay with thee,
　　　And never from this palace of dim night
　　　Depart again. *Here, here,* will I remain
　　　With worms that are thy chamber maids. O *here*
　　　Will I set up my everlasting rest
　　　And shake the yoke of inauspicious stars
　　　From this world-wearied flesh.　(5.3.160-12)
　　ロミオ　それが気がかりなので、ぼくはきみと一緒にここにいる

よ。この薄暗い夜の宮殿から、二度と離れはしないぞ。絶対ここにいるよ。きみの侍女の蛆虫どもとも一緒にね。ああ、ここをぼくの永遠の安らぎの場所と定めて、不運の星のくびきを、この世に疲れ果てた肉体から振り落とすぞ！

(20)では場所の副詞 here を 3 回用いている。here（ここに）は死亡したジュリエットが横たわる場所であり、そこでロミオはジュリエットに付き添っていようと言っているのである。それゆえ、here を 3 回も強調して用いたのである。

（21）*Mercutio.* The pox of such antic lisping affecting phantasimes, these new tuners of accent. By Jesu, a very good blade, a very tall man, a very good whore! (2.4.28-30)

マキューシオ　くそ野郎め、舌っ足らずのしゃべり方をする、きざっぽい、へんてこ野郎だ。新しがりやの口の利き方ときたらどうだ。イエスさまにかけて申します、すばらしい剣の使い方でございますね、実に勇ましいお方、とても立派な売女なんてぬかしやがって！

(21)では強意語（intensive）の副詞 very を 2 度用いている。いずれも性質形容詞 good や tall を修飾して、その度合いを強調している。その意味で very は程度の副詞（adverb of degree）でもある。

（22）*Capulet.* Or *never* after look me in the face
　　　　Speak *not*, reply *not*, do *not* answer me.　(3.5.162-3)

キャピュレット　今後、決してわしの顔を見るんじゃないよ。何もしゃべるな、返事はいらない、口答えはするな。

(22)では最初は強意の否定副詞 never を使った後、普通の強意副詞 not を 3 回反復的に用いて否定の意味を強調している。not の位置は現代英語では、Don't speak, don't reply となるところである。シェイクスピアは『ロミオとジュリエット』では副詞の反復を形容詞の場合ほど用いていない。

(23) *Nurse.* O holy Friar, O, tell me, holy Friar,
　　　　Where is my lady's lord, *where's* Romeo?　(3.3.81-2)
　　乳母　ああ、神父さま、お教えください、神父さま、お嬢さまのご主人のロミオさまは、どこですか？

(23)では疑問副詞 where を2回用いて、ロミオの居所を知りたい気持ちを強く表している。

(24) *Friar Lawrence.* God pardon me. Wast thou *with Rosaline?*
　　　　Romeo. With Rosaline! My ghostly father, no.
　　　　I have forgot that name and that name's woe.　(2.3.40-42)
　　ロレンス修道士　神さま、罪をお赦しください。ロザラインと一緒だったのね？
　　ロミオ　ロザラインとですか。とんでもないです、お父さま。そういう名前も、その名前による切なさも忘れました。

(24)はロレンス修道士が副詞句 'with Rosaline' を用いたのを受けて、Romeo もこの同一語句を繰り返している。これは言語的コミュニケーション（verbal communication）の基本となる対話形式である。語用論的な反復である。相手の言った言葉を繰り返すことによって会話が流れるわけである。

6　接続詞の反復

(25) *Nurse.* O, she says nothing, sir but weeps *and* weeps.
　　　　And now falls on her bed, *and* then stars up,
　　　　And Tybalt calls, *and* then on Romeo cries,
　　　　And then down falls again.　(3.3.88-91)
　　乳母　ジュリエットは何も言わず、ただ泣くばかりです。ベッドに身を投げ出したり、また立ち上がったり、ティボルトって呼んだ

241

り、ロミオって叫んだりして、またベッド倒れてしまうんです。

(25)では等位接続詞 and を6回用いている。主語は she (Juliet) であり、and の後の動詞がジュリエットのさまざまな動作を表している動詞中心の述べ方、つまり動詞的文体 (verbal style) である。このような文は散列文 (loose sentence) と呼ばれる。欽定訳聖書 (*The Authorized Version of the Bible*, 1611) によく用いられている。さらに、現代英語では、ヘミングウェイや D・H・ロレンスの文章によく見られるもので、口語的な文体を構成している。

次に、節の反復を分析・検討してゆく。

7　節の反復

(26)　*Capulet.*　Welcome, gentlemen. I have seen the day that I have worn a visor and could tell
　　　　A whispering tale in a fair lady's ear.
　　　　Such as would please. *'Tis gone, 'tis gone, 'tis gone.*　　(1.5.24-8)
　キャピュレット　やあ、よく来てくれました、皆さん。仮面を着けて、美しい女性の耳にこっそり、心をくすぐるように話した日もありました。むかしむかしの古い話ですよ。

(26)では 'tis gone という節を続けて3回繰り返し用いている。過ぎ去ったむかしのことであることを強調している。言葉の経済 (economy of language) といって、言語表現は原則的には同一語句を繰り返すことなく、一回だけでコミュニケーションは成り立つはずである。しかし、実際の表現ではこのように反復することが時折ある。これは文意を強く訴えたくて意識的・無意識的に繰り返しているわけである。

(27)　*Nurse.*　Ah, well-a-day! *he's dead, he's dead, he's dead!*
　　　　We are undone, lady, we are undone.

3　反復法

　　　Alack the day, he's gone, he's kill'd, *he's dead.*　（3.2.37-9）
　　乳母　ああ、悲しいわ、あの人が死んでしまった。死んだの、死んだのよ。もうおしまい、お嬢さま、もう終わりです。ああ悲しいわ、死んだのですよ、殺されました、死んでしまいました。

(27)では 'he's dead' を4回も反復して用いている。乳母がティボルトの死をひどく悲しんでいるための反復表現である。その上、類語表現として、'he's gone' と 'he's killed' を用いて悲嘆に暮れている気持ちを強く表している。さらに、'we are undone'（= ruined）を2回繰り返して、もう駄目である、お終いであるという気持ちを強調している。

　(27)　*Juliet.*　O God!　Did Romeo's hand shed Tybalt's blood?
　　　　Nurse.　It did, it did, alas the day, *it did.*　（3.2.71-2）
　　ジュリエット　ロミオが手を下してティボルトの血を流したのかい？
　　乳母　そうです、そうなんです。ああ、悲しいわ、そうなんです。

(28)では 'it did' を3回繰り返している。it は 'Romeo's hand' であり、ロミオを動作の主体とせずに、ロミオの体の一部（hand）を主語にした一種の無生物主語（inanimate subject）の表現である。これはロミオを主語にした場合より行為中心の表現となり、客観性を帯び、いわば罪を憎んで人を憎まずをある意味で暗示しているといえよう。

　以上、シェイクスピアの『ロミオとジュリエット』における反復表現について分析・検討してきたように、名詞や形容詞の反復が多く見られる。とくに乳母（nurse）の発話の形容詞や節の反復には情緒的な雰囲気が十分にかもし出されている。また、ロミオがジュリエットを太陽に喩えているのが印象的である。キリスト教的には男性が太陽、女性が月のような存在に喩えられるのとは対照的といえよう。

4　並列法

　並列法 'Parallelism' は文体美学的観点から、形式面での反復を行なうものである。並列は文章構成上、バランスの取れた文構造を成し、文体美が存在する。以下、ここでは『オセロ』(*Othello*, 1604) における劇的な英語表現のなかから並列構造のものを見出し、分析・検討してゆく。

1　名詞句 (Non phrase) の並列

(1)　*Iago* Look where he comes, not *poppy*, nor *mandragora*,
　　　 Nor *all the drowsy syrups* of the world,
　　　 Shall ever medicine thee to that sweet sleep
　　　 Which thou owedst yesterday.　(3.1.335-7)
　　イアーゴ　見ろよ、オセロがやってくるぞ！　これでケシの実でも、マンドラゴラでも、この世のすべての眠り薬でも、快適な眠りにひたることなんて、もうできやしないぞ、きのうまでのあんたの眠りはおしまいだ。

　(1)の場合、名詞 poppy（芥子の実）や mandragora（催眠剤としてのマンドラゴラの根）、名詞句 'all the drowsy syrups of the world'（そのほかのありとあらゆる眠り薬）の三つが動詞 medicine（薬で～に引き入れる）の主語として並列にな

っている。その主語に相関語句 'not 〜 nor ...' が関わり、否定文を構成している。not や nor は他動詞 medicine を否定するまで及ぶ。一種の無生物主語の表現である。目的語に人称代名詞（personal pronoun）thee を置き、薬が人間に働きかけている構文である。つまり、催眠作用という点で類似する意味の主語 poppy, mandragora, the drowsy syrups が原因・理由となっている。この物主表現は I（人称代名詞の1人称）や you（2人称）のような人間主語（human subject）の構文に比べてより客観性が出る表現となろう。

(2)　*Emilia.* I will be hang'd, if *some eternal villain,*
　　　　　Some busy and insinuating rogue,
　　　　　Some cogging, cozening slave, to get some office,
　　　　　Have not devised this slander, I'll be hang'd else.　(4.2.132-5)
　　エミリア　わたしの首を賭けるわ。たぶんどこかの、とことん徹底した悪党が、おせっかいの、心にもないことをいう悪戯者が、嘘つきの、いかさま野郎が、出世を狙って、こんな悪口、誹謗中傷をでっち上げたんだわ。そうでなかったら、わたしの首をあげますよ。

ここでは条件節のなかの三つの類語 villain（悪党）、rogue（悪漢）、slave（卑劣な奴）を他動詞 devise の主語として並列に置いている。三つの主語がみな some ＋形容詞＋名詞の構造で並列になっている。some（ある）だけを考えれば反復が3回あるが、名詞（villain, rogue, slave）を主語として同じ資格で並列構造に並べ、動作主（agent）である、中傷した男を強調している。聞き手に強く訴える言葉になっている。品を変え類語を反復して表現効果を狙ったものである。villain は 'a thoroughly wicked man who harms others' であり、rogue は 'very dishonest person' であり、slave は 'one who is completely subject to a specified influence'（figurative）であることからも、これら三つの名詞はマイナス・イメージの意味を持つ点で共通性がある。

(3)　*Lodovico* You must forsake this room, and go with us,

245

　　　　Your power and your command is taken off.　（5.2.331-2）
　　　　ロドヴィーゴ　あなたはこの部屋から立ち退き、われわれにご同行
　　　　願います。あなたの権限、指揮権は剥奪されます。

(3)では名詞 power と command を並列にして、受動態の主語に置いている。2人称代名詞の所有格 your を2回用いている。この代名詞的形容詞 (pronominal adjective) your を power と command それぞれの名詞の前に置きながら、単数動詞 is で受けている。この場合、power の意味は、'the ability to do something or produce a certain effect' であり、command の意味は、'the ability to control and use' であり、意味上の共通性が見られるからである。

　　(4)　*Cassio.* What ho, *no watch, no passage*? murder, murder!　（5.1.37）
　　　　キャシオ　おい、夜警はいないかね？　誰かいないか？　人殺しだ！　人殺しだ！

(4)では断片節 (fragmentary clause) no + noun を二つ並列に置いている。'there's no watch, there's no passage?' と補充して考えることができよう。劇中の会話文なので、往々にして主語＋動詞の完全文の形式をとらないことが起こる。とっさの発話 (utterance) は断片的であってむしろ自然な英語表現といえる。

　　(5)　*Roderigo.* What should I do? I confess *it is*
　　　　　　my shame *to be so fond*, but it is not in my
　　　　　　virtue *to amend it.*　（1.3.317-8）
　　　　ロダリーゴ　おれ、どうしようかな？　こんなに女に夢中になっているなんて恥ずかしい、でもおれは意気地がなくてどうしようもないんだ。

(5)では形式主語 (formal subject) it 対真主語 (real subject) to 不定詞 (infinitive)

をbutを境に前半と後半に並列に用いている。整然とした印象を与える表現である。

(6)　Duke. We lack'd *your counsel* and *your help* to-night.　(1.3.)

公爵　今夜はあなたの意見と助力を望んでいたところだ。

(6)ではlack'dの目的語としてyour＋Nを2回並列に用いている。所有格yourが標識（marker）となって繰り返し現れるので、パラレルの文の構造・流れを示唆している。

(7)　Emilia. Has she forsook *so many noble matches,*
　　　　　Her father, and *her country, all her friends,* to be
　　　　　called whore? would it not make one weep?　(4.2.127-9)

エミリア　奥さまはあんなにたくさんの縁談を次々と断り、親も国も友達も捨てたんですよ。あげくのはてに売女呼ばわりをされて。ほんとに泣けてきちゃうわ！

(7)では他動詞forsake（abandon）の目的語として、四つの名詞matchesやfather, country, friendsを並列にしている。抽象概念matches以外はそれぞれの名詞の前に代名詞の所有格herを置いている。

(8)　Iago. ...if thou canst cuckold him, thou doest
　　　　　thyself a pleasure, and *me a sport.*　(1.3.368-9)

イアーゴ　きみがオセロの女房を寝取れば、きみにとっては悦びだ、おれにとっては気晴らしってところだ。

(8)の場合、他動詞doが二重目的語をとり、それぞれ人称代名詞thyselfとmeが間接目的語として、pleasureとsportが直接目的語として並列になっている。

(9)　Iago. ...; therefore make money, ... a pox o'drowning, 'tis clean out of

the way: seek thou rather to *be hand'd* in compassing thy joy, then *to be drown'd,* and go without her.　(1.3.359-62)
　　イアーゴ　だから金を用意しなさいよ、……身投げだって、とんでもない。女の味も知らないで、身投げをするくらいなら、たんまり楽しんでから縛り首になる方がましだよ。

(9)では than を境に他動詞 seek の目的語として不定詞 'to be hang'd' と 'to be drown'd' を並列に置いている。

(10) *Cassio.* I will rather sue *to be despis'd* than *to deceive so good a commander,* with so light, so drunken, and so indiscreet an officer.　(2.3.269-71)
　　キャシオ　いっそのこと軽蔑してくださいとお願いしたいですね、あんな立派な将軍を欺いて、こんな軽はずみな、こんな酔っ払いの、こんな無分別な部下を引き立ててくださいとお願いするよりはね。

(10)も than を境にして他動詞 sue の目的語として、'to be despised' と 'to deceive...' を並列に置いている。

(11) Iago. But we have reason to cool *our raging motions, Our carnal stings, our unbitted lusts;* ...　(1.3.330-2)
　　イアーゴ　われわれには理性があるから、激しい欲望も、うずく情欲も、抑えの利かない肉欲も冷やしてくれるよ。

(11)では不定詞 cool（冷やす）の目的語として our ＋ NP を 3 回並列に用いている。代名詞の所有格 our に導かれた名詞句なのでパラレルであることが明白である。

(12) *Desdemona.* And to *his honours,* and *his valiant parts*

  Did I my soul and fortunes consecrate: (1.3.235-4)
  デズデモーナ それでこの人の名誉と勇気にわたしの魂と運命を捧げたのですよ。

(12)では to + NP の副詞句において、to の目的語として 'his honours' と 'his valiant parts' を並列に置いている。ここでも所有格 his を 2 回用いて、統語上、二つの his + NP が同一の前置詞 to の目的語であることを明確にしている。この to + NP は伝統的には与格 (dative) に相当する。

 (13) *Iago*. I protest, in *the sincerity of love* and *honest kindness*.
                (2.3.318-9)
  イアーゴ 任してくれ、私の真の友情と率直な親切心から言っているんです。

(13)では前置詞 in の目的語として 'the sincerity of love' と 'honest kindness' を並列に置き副詞節を構成している。

 (14) *Emilia*. The Moor's abus'd by *some outrageous knave,*
    Some base notorious knave, some scurvy fellow, ... (4.2.141-2)
  エミリア どこかの悪党に騙されてるんです。どこかの下劣な悪党に、どこかの卑しい奴に。

(14)では some + NP を 3 回、前置詞 by の後に動作主 (agent) として並列に置いている。この三つの名詞句は意味上は類義語表現であり、反復して同様のことを並べて、その意味を確かにし強調している。

 (15) *Cassio*. For mine own part, no offence to the general,
    nor any man of quality, *I hope to be saved.*
  Iago. And *so do I*, lieutenant. (2.3.100-2)
  キャシオ このぼくはだね、将軍やほかのお歴々には申し訳ないけれど、ぼくは救われる方だと思う。

　　　　イアーゴ　私もそうありたいですよ、副官。

(15)では同一人物の発話のなかに並列構文を含むものではない。キャシオが述べたことを受けて、イアーゴが同一構造の文を用いて話している。つまり、イアーゴは 'so do I'（= I also hope to be saved）と同調しているのである。

(16) *Iago.* For Michael Cassio,
　　　I dare presume, I think *that he is honest.*
　　Othello. I think *so*, too.　(3.3.127-9)
　　イアーゴ　キャシオに関しましては、実直な男だと誓って申します。
　　オセロ　私もそう思う。

(16)では Iago が 'I think that *he is honest.*' と述べたのに対し、オセロは 'I think so, too.' と同一構文（SVO）で答えて意志を示している。名詞節の目的語 'that he is honest.' と述べる代わりに代名詞 so 一語ですませている。so が目的語として 'that he is honest' と並列である。

(17) *Desdemona.* If any such there be, heaven pardon him!
　　　Emilia. A halter pardon him, and hell gnaw his bones!
　　　　Why should he call her whore? who keeps her company?
　　　What place, what time, what form, what likelihood?　(4.2.137-40)
　　デズデモーナ　そんな男がいるとしても、天の神さまがお許しくださいますように。
　　エミリア　絞首刑にするのが彼を許すことですよ。彼は地獄で骨までかじられるがいいわ。どうして奥さまを売女呼ばわりするの？　相手は誰なのよ？　どこで、いつ、どういうふうに？　根拠は何なのさ？

(17)では最後に疑問詞＋Nの句を四つ並列に置いている。これらは what ＋名詞で副詞的に機能している。オセロが自分の妻を淫売女呼ばわりしたこと

に対して、エミリアは不信感を表し、どこで、いつ、どんなふうに、どんな証拠があって、そんなことを言っているのか、と反論しているのである。

2 動詞句（Verb phrase）の並列

(18) *Brabantio.* she is *abus'd, stol'n* from me and *corrupted,*
　　　　By spells and medicines, bought of mountebanks,
　　　　For nature so preposterously to err,
　　　（Being not deficient, blind, or lame of sense,）
　　　　Sans witchcraft could not. (1.3.60-4)
　ブラバンショ　私としては、娘は騙され、さらわれ、汚されたんです。ペテン師から買ったマジナイと薬によってね。人がこんなとんでもない過ちを犯すなんて、魔法にかかったとしか考えられないですよ（不道徳でもなく、盲目でもなく、無分別でもない人が）。

(18)では三つの動詞の過去分詞 abus'd と stol'n, corrupted を並列に置き、受動構文に用いている。彼女（she）が呪文や麻薬でいろいろと被害を受けていることを表現している。

(19) *First Senator.* But, Othello, speak,
　　　　Did you by indirect and forced courses
　　　Subdue and poison this young maid's affections? (1.3.110-2)
　議員1　しかし、オセロ、答えてほしい。狡猾な手段で、強引にその若い娘の愛をものにし、汚したのか。

(19)では他動詞 subdue と poison を並列に置いている。この動詞の共通の主語 you が目的語 'this young maid's affections' に働きかけている構文である。

(20) *Othello.* Her father *lov'd* me, oft *invited* me,

251

> Still *question'd* me the story of my life,
> From year to year, the battles, sieges, fortunes,
> That I have pass'd.... (1.3.128-31)

　オセロ　彼女の父親が私に好感をもってくれ、邸によく招いてくれて、私の身の上話を聞きたがりました。毎年のように、私が体験してきた戦争や城攻め、運命の浮き沈みの話をですね。

(20)では三つの他動詞（lov'd, invited, question'd）を並列に置いている。そして、love と invite の目的を語には人称代名詞 me を置いて me の直後に接続詞 and を置くことなく、コンマで区切るだけにしている。動詞 ques-tion の場合は直接目的語 'the story of my life' と間接目的語 me を用いている。

(21) *Desdemona.* ...; therefore be merry, Cassio,
　　　For thy solicitor shall rather *die*
　　　Than *give* thy cause away. (3.3.26-8)

　デズデモーナ　ですから元気を出してね、キャシオ、あなたの弁護を任されたからには、これを訴えて負けるくらいなら、わたしは死んだ方がましだわ。

(21)では接続詞 than の前後に動詞 die と give を並列に置いている。二つの動詞を比較させ、'give away'（= abandon）より die を選ぶという誇張表現である。

(22) *Iago. Come.* be a man; drown thyself?
　　　　drown cats and blind dogs: .... (1.3.336-7)

　イアーゴ　おい、男だろ、しっかりしてくれ！身投げだって？　猫か目の見えない犬でも投げ込むんだな。

(22)では自動詞 come、be と、他動詞 drown の 2 度目の用法が命令の意味で並列になっている。

(23) *Second Gentleman.* The chidden billow seems to pelt the clouds,
　　　　　　　The wind-shak'd surge, with high and monstrous main,
　　　　　　　Seems to cast water on the burning Bear,
　　　　　　　And quench the guards of the ever-fixed pole;.... （2.1.12-15）
　　紳士2 猛り狂う大波が雲をも打つかのようです。風に煽られた大波は、巨大なたてがみを振り乱して、燃えるように輝く小熊座に水しぶきを上げ、北極星を守る星たちの光をも消してしまいそうです。

(23)ではS（主語）＋ seems to ＋ Vt（他動詞）の構造の節を2回並列に用いている。自動詞 seem だけに注目すれば、同一語の反復であり、同意語の主語 billow と surge を用いている点、かなり反復的要素が顕著である。

(24) *Othello.* If *it were now to die,*
　　　　　　'Twere now to be most happy,.... （2.1.189-190）
　　オセロ 今死ねるならば、この上ない幸せであろう。

(24)では従説と主節の 'it were now to' 不定詞（自動詞）が並列構造になっている。仮定法過去の構文である。

(25) *Cassio.* Do not think, gentleman, I am drunk, *this is*
　　　　　　my ancient, this is my right hand, and *this is my left hand:* I am
　　　　　　not drunk now, I can stand well enough, and speak well enough.
　　　　　　　　　　　　　　　　　　　　　　　　　　（2.3.160-110）
　　キャシオ ぼくは酔ってなんかいないぞ。これはぼくの旗手だよ。これはぼくの右手で、これはぼくの左手だよ。もう、ぼくは酔ってなんかいないぞ。ちゃんと立っていられるし、ちゃんとしゃべれるんだから。

(25)では this is my ＋ NP を3回用いている。S＋V＋Cの構文の並列である。

253

(26) *Cassio.* Reputation, reputation, *I ha' lost my reputation!*
　　　I ha' lost the immortal part, sir, of myself, and what remains is bestial;
　　　my reputation, Iago, my reputation.　(2.3.254-6)
　キャシオ　名誉、名誉、名誉をね、ぼくは失くしてしまったのだ！ ぼくの名前を不滅をするものをなくしてしまったのだ。ここにいるぼくは、もぬけの殻の畜生だ。イアーゴ、ぼくは自分の名誉を失してしまったんだよ、自分の名誉を。

(26)ではI ha' lost + NPの構文を2回並列に用いている。1回目の目的語reputationを2回目には 'the immortal part of myself' と言い換えている。Cassioは不滅の名誉を求めていたことがわかる。

(27) *Othello.* O cursed slave!
　　　whip me, you devils,
　　　From the possession of this heavenly sight,
　　　Blow me about in winds, *roast me* in sulphur,
　　　Wash me in steep-down gulfs of liquid fire!
　　　O Desdemona, Desdemona dead,
　　　Oh, oh, oh.　(5.2.277-83)
　オセロ　呪わしい人でなしめ！　悪魔どもよ、おれをむち打って、この神々しい天使のような妻の姿の、見えないところへ、おれを追い払ってくれ！　地獄の火の海のような、切り立った淵に、おれをぶち込んでくれ！　ああ、デスデモーナ、デスデモーナは死んでしまったのか、ああ、ああ、ああ！

(27)では他動詞（whip, blow, roast, wash）+ meを命令文形式で並列に4回用い、強い意志を表現している。オセロは動詞の目的語にmeを繰り返し自分を激しく責めている。

3　形容詞類（Adjectivals）の並列

(28) *Brabantio.* O thou foul thief, where has thou stow'd my daughter?
　　　　Damn'd as thou art, thou hast enchanted her,
　　　　For I'll refer me to all things of sense.
　　　　(If she in chains of magic were not bound)
　　　　Whether a maid, *so tender, fair, and happy,*
　　　　So opposite to marriage, that she shunn'd
　　　　The wealthy curled darlungs of our nation,
　　　　Would ever have (to incur a general mock)
　　　　Run from her guardage to the sooty bosom
　　　　Of such a thing as thou? to fear, not to delight.　(1.2.62-71)
　　ブラバンンショ　ええい、この汚らわしい泥棒め！　娘をどこに隠したんだ？　この地獄行きの罰当たりめが、きさまは娘を魔法でたぶらかしたんだな。分別のある人たちに訴えてやるからな。もし娘が魔法の鎖に縛られたんでなけりゃ、あんなに優しくて、美しくて、幸せな娘が、おまけに結婚を嫌い、この国の裕福な貴公子にさえそっぽを向いてきた娘が、世間の物笑いの種になるのを承知の上で、親元から抜け出して貴様のような男の黒い胸に飛び込むことがあるものか？　悦びどころか恐怖を感じさせるその黒い胸にだな。

(28)では66行目から四つの形容詞（tender, fair, happy, opposite）を並列にして名詞 maid（娘）を後置修飾している。後置修飾としての限定用法に形容詞を用いることは、現代英語ではあまり多用されない。

(29)　Iago. The Moor, howbe't that I endure him not,
　　　　Is of a *constant, noble,* loving nature;　(2.1.283-4)
　　イアーゴ　ムーア人のオセロはおれには我慢ならない男だけれども、節操の堅い、高潔な、愛情深い男だよ。

(29)では三つの形容詞（constant, noble, loving）を名詞 nature 修飾の限定用法（attributive use）として用いる。

> (30) *Iago.* What shall I say? where's satisfaction?
> It is impossible you should see this,
> Were they as *prime* as goats, as *hot* as monkeys,
> As *salt* as wolves, in pride; and fools as gross
> As ignorance made drunk: .... (3.3.407-411)
> イアーゴ　何と申し上げたらよろしいのか？　どうしたら納得していただけますかね？　ご自分の目で確かめたいといわれましても、それはできない相談ですね。2人がヤギのように淫らで、猿のように興奮し、盛りのついた狼のように欲情まるだしで、飲んだくれたアホみたいに馬鹿くさいときたら、見ちゃあいられませんよ。

(30)では同意語の形容詞 prime（lustful）, hot, salt を並列にし、叙述的用法（predicative use）として主語 they（= Cassio and Desdemona）を修飾している。

> (31) Iago. ...she is *so free, so kind, so apt,*
> So blessed a disposition, that she holds it
> a vice in her goodness not to do more than
> She is requested. (2.3.310-3)
> イアーゴ　彼女は心が広く、親切で、思いやりがあり、気立てがいいので、頼まれたこと以上のことをしないと、良心にもとると思う人なんですよ。

(31)では主格補語（subjective complement）として、性質形容詞 free, kind, apt を並列に用いている。

> (32) *Iago.* You have lost no reputation at all,
> unless you repute yourself such a loser,

>what man, there are ways to recover
>the general again: you are but now cast
>in his mood, a punishment more *in policy*
>than *in malice*, even so, as one would beat
>his defenceless dog, to affright an imperious lion:
>sue to him again, and he's yours.　(2.3.262-8)
>
>　イアーゴ　あなたは全然名誉を失くしていませんよ。自分で名誉を失くしたと思い込んでいるだけです。なんとも情けない、将軍の機嫌をとりなす手立てはいくらでもあります。あなたを解任したのは一時的に機嫌を損ねただけですよ。悪気からではなく、政治的な思惑から見せしめの罰なんですね。獣の帝王ライオンを恐れさせるために、罪もない犬を殴るようにね。もう一度お願いしてみてください。それでうまく行きますよ。

(32)では 'in policy' と 'in malice' は接続詞 than を介して並列的に先行する名詞 punishment を修飾している。

>(33)　*Othello.*　Come, Desdemona, I have but an hour
>　　　　*Of love, of worldly matters, and direction,*
>　　　　To spend with thee; we must obey the time.　(1.3.298-300)
>
>　オセロ　さあ、おいで、デズデモーナ、1時間しか一緒に過ごせない、愛を語り、雑事をすませ、指示を出すのに。時は待ってくれないよ。

(33)では of + NP（of love, of worldly matters, and direction）が2つ名詞 hour を修飾している。of-phrase はこの場合、形容詞句である。

4　副詞類（Adverbials）の並列

(34) *Othello.* 'Tis well I am found by you:
　　　　I will but spend a word *here in the house,*
　　　　And go with you.　(1.2.46-9)
　　オセロ　見つけてくれてよかった。ここの家の人にひとこと言い伝えておきたいことがある。それから一緒に行こうよ。

(34)では副詞 here と副詞句 'in the house' は、動詞 spend を修飾という点で並列に置いている。here も 'in the house' も場所を表す副詞類であり、同じ場所を指している。

(35) *Othello.* Keep up your bright swords, for the dew will rust 'em;
　　　　Good signor, you shall more command *with years*
　　　　Than *with your weapons.*　(1.2.68)
　　オセロ　きらめく剣をおさめたまえ、夜露で剣が錆びるから。閣下、ご命令でしたら、剣に頼るより、お年にものを言わせる方がよいでしょう。

(35)では than を境に両側に with + NP を副詞句として並列にし command を修飾している。

(36) *Cassio.* He speaks home, madam, you may relish him
　　　　more *in the soldier* than *in the scholars.*　(2.1.165-6)
　　キャシオ　彼は思ったことをずけずけ言う男なんですよ、奥さま、学者としてよりも軍人としての人間味を認めてください。

(36)でも than を境に両側に in + NP を副詞句として並列にし、relish を修飾している。

258

シェイクスピアの悲劇『オセロ』（*Othello*）において、名詞（句）の並列や動詞（句）の並列、形容詞や副詞類の並列を分析・検討してきたが、これらは内容語（content word）に属するものである。内容語は意味自体が重要な語である。とくに名詞類と動詞類は文の主要素を構成するものであり、この名詞類や動詞類を並列にすることによって、相手に言わんとすることを十分に理解させる形式として役立っている。また、内容語のうち、形容詞類や副詞類はいわゆる修飾語（modifier）であり、文に彩りを添えるものである。『オセロ』では、こうして、修飾語（形容詞類や副詞類）を並列に用い、表現効果を高めている。

　このように、並列は文法構造上の反復を行なうものである。同一語句を繰り返し用いるいわゆる「反復」とは違って、同じ資格で語句を並べて表現してゆくものである。したがって、そこに形式上の美つまり文体美があり、聞き手（読者）に深い印象を与えるのに役立っているのである。

5　対照法

　物事を論理的に考究する場合、比較・対照するということはよく行なわれる。修辞法（rhetoric）の一種として対照法（Antithesis）がある。意味の相対立する語や句、節を文章中に用いて、思想や感情を対照させ、伝達内容を的確に表現しようとする。

1　名詞の対照

(1)　*Lady Macbeth.*　What beast was't then,
　　　　　　That made you break this enterprise to me?
　　　　　　When you durst do it, then you were a man;
　　　　　　And, to be more than what you were, you would
　　　　　　Be so much more the man. Nor time, nor place,
　　　　　　Did then adhere, and yet you would make both:
　　　　　　They have made themselves, and that their fitness now
　　　　　　Does unmake you.　　　　　　　—*Macbeth*, 1. 7. 48-53.
　マクベス夫人　では、どんな獣だったのかしら、こんな計画を私に打ち明けた人は？　あんな勇気があったからこそ、あなたはまさに男でしたよ。それ以上のことをやり抜けば、あなたはなお一層男らしい人間になるんですもの。いつどこで実行できるか、あの

時、皆目見当もつかなかった。それなのに、時と所の両方とも目安が立った今、かえって自分からへっぴり腰になっちゃうのね。

(1)では time（時間）と place（場所）をともに動詞 adhere の主語に置き対比して、否定文を構成している。時間と空間は人間存在の基本概念であり、説得力がある。

(2) *Lady Macbeth.* The doors are open; and the surfeited grooms
　　　　Do mock their charge with snores: I have drugg'd their possets,
　　　　That Death and Nature do contend about them.
　　　　Whether they live, or die.　　　　　　—*Macbeth*, 2.2.5-8.

マクベス夫人　ドアは開いているわ、酔いつぶれた2人の付き人は、任務をこばかにしたかのように、高いびきをかいている。彼らが飲んだ酒には、わたしが麻薬を入れておいたので、今、2人のなかで生と死が葛藤していて、2人の生殺与奪を争っているのでしょう。

(2)では死（Death）と生（Nature）を擬人化（personify）して主語に置き、対比されている面白い表現である。また、動詞 live と die も対比させて使用している。マクベス夫人は生と死という人間の宿命的な本質を巧みに語っている。

(3) *Macbeth.* I am setted and bend up
　　　　Each corporal agent to this terrible feat
　　　　Away, and mock the time with fairest show:
　　　　False face must hide what the false heart doth know.
　　　　　　　　　　　　　　　　　　—*Macbeth*, 1.7.80-83.

マクベス　腹は決まったぞ、全身の力を振り絞って、この恐ろしい行為にとりかかるぞ。さあ、奥の方へ、明るい顔をしてあたりの人たちを欺くのだ。偽りの顔をして、偽りの心のたくらみを隠す

しかないんだ。

(3)でも2つの主語 face と heart の対比がある。face は可視的・外面的な身体の一部であるのに対し、heart は非可視的・内面的な精神作用であって、情緒や愛情の働きである。face と heart を同一の形容詞 false で修飾することにより、内面が外面に表れることをマクベスは示唆している。

(4) *Roderigo.* Faith, I have heard too much, for your words and
     performance are not kin together. *—Othello*, 4. 2. 184-85.

 ロダリーゴ　いやもう、君の言うことは聞き飽きたよ。君は言うこととなすことがちぐはぐなんだよな。

(4)では主語 words と performance は人の言動であり、前者 words とは言葉を話すことであるのに対し、後者 performance はことをなすこと、つまり動作の一種である。「言うは易く、行なうは難し」との諺があるが、イアーゴ (Iago) の言うことと行ないとの不一致を非難しているところである。人間の言行一致の難しさを洞察している。

(5) *Lady Macbeth.* O! never
    Shall sun that morrow see!
    Your face, my Thane, is a book, where men
    May read strange matters. To beguile the time,
    Look like the time; bear welcome in your eye,
    Your hand, your tongue: look like th'innocent flower,
    But be the serpent under't. *—Macbeth*, 1. 5. 60-66.

 マクベス夫人　ああそう、明日は決して日の目を見ることはないでしょう！　領主さま、あなたのお顔は不思議なことが読み取れる本みたいですわ。世間を騙すためには、世間に似合う顔つきをしなくてはね。眼にも手にも歓迎の意を表して。無心な花のように

見せかけておいて、その陰に潜む蛇になるのよ。

(5)ではflowerとserpentが対照的である。花と見せかけて、その陰に蛇が潜んでいるということである。夫婦は互いに演技をしている。

(6)　*Iago.*　I follow him to serve my turn upon him.
　　　　　We cannot be all masters, nor all masters
　　　　　Cannot be truly follow'd.　　　　　—*Othello*, 1. 1. 42-44.
　　イアーゴ　おれがあの男の家来になっているのは、彼をうまく動かすためなんだ。人間て誰でも主人になれるとは限らないし、主人がみんな忠実な家来に恵まれるってわけにはいかないんだ。

(6)では初出のmastersは補語に用い、2番目のmastersは主語に用いている。同一語のmastersを機能的に主語と補語という対照的位置に使っている。大将になることの難しさ、また、大将として支持され続けることの難しさを物語っている。

(7)　*Desdemona.*　You may indeed say so.
　　　　　　　　For 'twas that hand that gave away my heart.
　　　Othello.　A liberal hand; the hearts of old gave hands,
　　　　　　　　But our new heraldry is hands, not hearts.
　　　　　　　　　　　　　　　　　　　—*Othello,* 3. 4. 40-43.
　　デズデモーナ　全く、おっしゃるとおりですよ。この手にこそ、私の心を差し上げたいですわ。
　　オセロ　気前がいい手だよな。昔は心を籠めて手を差し伸べたのに、今は形だけ手を差し出して、心を伴わないんだ。

(7)ではオセロの言葉 'our new heraldry is hands, not hearts' において、補語hands（手）とhearts（心）が対比されている。結婚を表すのに、肉体の一部であるhandsの方が優先され、心が籠っていないのではないかとオセロ

は嘆くのである。デズデモーナに対する不信感を示している。

(8)　*Desdemona.* ..., we must think
　　　　Men are not gods; ...　　　　　　　　　　—*Othello,* 3. 4. 145-46.
　　デズデモーナ　男の人だって神さまじゃないですものね。

(8)では主語 Men は補語 gods と対照的な意味の語である。男性も人間として死すべき運命にあるのに対し、神々は不死の存在であり、永久不滅である。

(9)　*Othello.* Dost thou mock me?
　　Iago. I mock you?　no, by heaven. Would you would bear your fortunes like a man!
　　Othello. A horned man's a monster, and a beast.
　　Iago. There's many a beast then in a populous city, And many a civil monster.　　　　　　　—*Othello,* 4. 1. 59-63.
　　オセロ　おれをからかうのかい？
　　イアーゴ　あなたをからかうですって？　とんでもないです。男らしく運命に耐えてほしいのです！
　　オセロ　妻を寝取られた男は頭痛がひどくて、角が生えるんだ。化け物だあ、獣だよ。
　　イアーゴ　それでは都会はけだものでにぎわい、紳士然とした化け物だらけになりますよ。

(9)では62行目のオセロの言葉 man は monster や beast と対照的な意味であるが、man を形容詞 horned が修飾することによって、'horned man' には隠喩的な意味作用が生じ、'horned man' はすなわち be 動詞を介して monster や beast となるのである。

(10)　*Desdemona.* Upon my knees, what does your speech import?
　　　　I understand a fury in your words.

       But not the words.　　　　　　　　　　—*Othello*, 4. 2. 31-33.
　　デズデモーナ　お願いですから教えてください。何をおっしゃりたいのですか？　あなたの言葉から、怒っていらっしゃるのがわかりますが、でも、その言葉の意味がわかりません。

(10)では動詞 understand の目的語に 'a fury in your words' という語句と 'the words' とを置き対比している。つまり、語調で怒り（fury）がわかるが words そのものの意味は解せないことをデズデモーナが述べている。

　　(11) *Iago.*　I never knew a woman loves man so.　　—*Othello*, 4. 1. 1. 110.
　　　　イアーゴ　あんなに男にぞっこん惚れている女は初めてだ。

(11)では、knew の目的語 woman と目的格補語 love man がネクサス（nexus 主語述語関係）を成し、woman と man を対比させている。行為を受ける側が man（男性）である。女性の方が男性に惚れているという表現である。'A man loves a woman.' ではない。

　　(12) *Othello.*　Get me some poison, Iago, this night; I'll not expostulate with her, lest her body and beauty unprovide my mind again, this night, Iago.　　　　　　　　—*Othello*, 4. 1. 200-202.
　　　　オセロ　毒物を手に入れてくれよ、イアーゴ、今夜な。妻とは話し合わない。彼女の美しい体を見て、おれの決心が鈍るといけないからな。今夜だぞ、イアーゴ。

(12)では主語の可視的な body（身体）と目的語の非可視的な mind（心）との対比がある。彼女の身体とその美しさがオセロの決心を鈍らせている。

　　(13) *Rosse.*　Farewell, Father.
　　　　old Mon.　God's benison go with you; and with those
　　　　　　That would make good of bad, and friend of foes!

265

—*Macbeth*, 2.4.39-41.

　　ロス　失礼します。ご老人。
　　老人　あなたがたに神の恵みがありますように！
　　　　悪を善とし、敵とも仲良しになる人々の上にもね。

(13) では good は of の目的語 bad と対照的であり、friend は of の目的語 foes と対照的である。悪を善となし、敵を友となすわけである。敵を憎むのが人の常であるところを逆説的に「汝の敵を愛せ」と新約聖書が説くその精神の表れである。

(14)　*Iago.*　O villainous! I ha' look'd upon the world for four times seven years, and since I could distinguish between a benefit and injury, I never found a man that knew how to love himself:
—*Othello*, 1.3.311-14.

　　イアーゴ　なんだい、みっともないことを言って！　おれは47の28年間、この世のなかを見てきたけれど、損か得か判断できるようになってからは、自分をいかに愛するかを心得た奴にお目にかかったことがないよ。

(14) では前置詞 between の目的語として対照的な意味の名詞 benefit と injury を置いている。人間は利害関係を考慮し、意識的・無意識的に自己の損得を計算に入れるものなのであろう。

(15)　*Montano.*　What from the cape can you discern at sea?
　　　First Gentleman　Nothing at all, it is a high wrought flood, I cannot
　　　　'twixt the heaven and the main
　　　Descry a sail.　　　　　　　　　　　　　　—*Othello*, 2.1.1-4.

　　モンターノ　岬から海上に何か見えるかね？
　　紳士1　全然、何も。荒れ狂った高波ばかりです。大空と大海とのあいだに、船の帆一つ見当たりません。

(15)では同様に前置詞'twixt の目的語に対照的な名詞 heaven と main を置いている。空と海とのあいだという風に場所を指定して、イメージを鮮明にしている。

 (16) *Duke.* Be it, as you shall privately determine,
     Either for stay or going, the affairs cry haste,
     And speed must answer, you must away tonight.
              —*Othello,* 1. 3. 2. 275-77.
 公爵 あなたの考えで決めるがいい、妻を残して行くのも連れて行くのもね。急を要することだから急いでもらわなくては。今夜、出発してもらわなくてはね。

(16)では前置詞 for の目的語として対照的な（動）名詞 stay と going を置いている。staya は動詞から品詞を転換使用したものであり、going は動名詞（gerund）である。この stay と going の意味主語（sense subject）は you である。残して行くのも、連れて行くのも you の考え次第なのである。

 (17) *Cassio.* The great contention of the sea and skies parted our
     fellowship: but hark! a sail. —*Othello,* 2. 1. 85-86.
 キャシオ 海と空とのすごい大荒れによって、われわれは引き離されてしまったのです。お聞きください！ 船ですよ。

(17)では名詞 sea と skies とが対照的で、海と空の天候の大荒れを擬人化して述べ、この大荒れが原因で fellowship（親交）が解体してしまったことをキャシオは語っている。

 (18) *Montano.* Perhaps he sees it not, or his good nature
     Praises the virtues that appear in Cassio,
     And looks not on his evils: is not this true?
              —*Othello,* 2. 3. 126-28.

モンターノ　おそらく将軍は気がついていないのでしょう。それとも、お人好しだから、キャシオに見られる美徳ばかり評価して、悪徳は見落としているのでしょう。そうじゃないでしょうか。

(18)では名詞 virtue（長所）と evils（邪悪な点）が対照的である。動詞 Praises の目的語に virtues を置き、句動詞 'look ～ on' の目的語に evils を置いている。

(19) *Othello.* Why, anything,
　　　　An honourable murderer, if you will:
　　　　For nought did I in hate, but all in honour.
　　　　　　　　　　　　　　　　　　—*Othello,* 5. 2. 295-96.

オセロ　どうぞ、なんとでも。名誉の殺人犯とでも呼んでください。わたしは憎しみからではなく、すべて名誉のためだったのですから。

(19)では等位接続詞 but の両側に並列して、二つの前置詞 in の目的語にそれぞれ、名詞 hate（憎悪）と honour（名誉）を対比させ、副詞句を構成している。

(20) *Macbeth.* I go, and it is done: the bell invites me.
　　　　Hear it not, Duncan; for it is a knell
　　　　That summons thee to Heaven, or to Hell.
　　　　　　　　　　　　　　　　　　—*Macbeth,* 2. 1. 62-64.

マクベス　行くぞ、それでことはすむのだ。鐘がおれを呼んでいるぞ。聞くなよ、ダンカン。あれは貴様を天国か地獄へ招いている鐘だよ。

(20)では Heaven と Hell がそれぞれ前置詞 to の目的語として対照的である。ダンカンはマクベスに殺害されれば天国へ行くのか地獄へ行くのか、野心家マクベスにはわからない。

(21) *Malcolm.* What will you do? Let's not consort with them:
　　　　　　To show an unfelt sorrow is an office
　　　　　　Which the false man does easy. I'll to England.
　　　Donalbain. To Ireland, I: our separated fortune
　　　　　　Shall keep us both the safer; where we are,
　　　　　　There's daggers in men's smiles: the near in blood,
　　　　　　The nearer bloody.　　　　　　—*Macbeth,* 2. 3. 133-38.
　　マルカム　お前はどうする気なのだ？　あの連中と付き合わない方がいい。心にもない悲しみを装うのは、裏切り者にはお手のものだよ。おれはイングランドへ行くよ。
　　ドナルベイン　おれはアイルランドへ。別々の未知の方がお互いに安全だろうね。ここでは、人々の微笑の陰に短剣が隠されている。血縁が誓いほど血なまぐさいことをやるかもね。

(21)ではマルコムが 'I'll to England' と言えば、ドナルベインが 'to Ireland' と述べている。前置詞の目的語 England と Ireland とが対照的である。さらに、ドナルベインは daggers（剣）と smiles（微笑）を対照的に用いている。にこやかな雰囲気に満ちていると思いきや、殺伐とした血なまぐさい険悪な状況に変りかねないのである。

(22) *Rosse.* Ha, good Father, Thou seest the heavens, as troubled with man's act,
　　　　　　Threatens his bloody stage: by th'clock 'tis day,
　　　　　　And yet dark night strangles the travelling lamp.
　　　　　　Is't night's predominance, or the day's shame,
　　　　　　That darkness does the face of earth entomb,
　　　　　　When living light should kiss it?　　—*Macbeth,* 2. 4. 5-9.
　　ロ　ス　やあ、ご老人、あの空をごらんなさい。天は人間がやることに心がいらだち、血なまぐさい舞台を暗黒模様にしています。時計だとまだ真昼なのに、暗い夜のように、空の陽光がさえぎられています。夜の力がのさばったせいか、昼が恥ずかしがったせ

いか、大地の表面は暗闇に覆われています。いきいきとした光が大地に口づけをすべきなのに。

(22)では day と night の対照的表現を用いている。'tis day'では day を補語に、'the day's shame' では補語の一部に day を使っている。'dark night' の night は主語に、'night's predominance' では補語の一部に night を用いている。さらに、darkness と light の対照もある。darkness も light も主語である。ロスは実際の時間は昼であるのに、夜と同様の人の世の暗さを比喩的に語っている。明暗の色彩語使用による対比である。

(23) *Rosse.* You know not,
　　　Whether it was his wisdom, or his fear.
　　Lady Macduff. Wisdom! To leave his wife, to leave his babes,
　　　His mansion, and his titles, in a place.
　　　From whence himself does fly? He loves us not:
　　　He wants the natural touch; for the poor wren,
　　　The most diminitive of birds, will flight,
　　　Her young ones in her nest, against the owl.
　　　All is fear, and nothing is the love:
　　　As little is the wisdon, where the flight
　　　So runs against all reason.
　　　　　　　　　　　　　　　—*Macbeth*, 4.2.4-13.

　ロス　分別を働かせて逃げたのか、恐れをなして逃げたのか、一概にどちらとも言えませんよ。

　マクダフ夫人　分別ですって！　妻や赤ん坊を捨て、家屋敷や財産を捨てて、自分だけ逃げてしまうのね？　夫は私たちを愛してなんかいないのよ。あの人は愛情が足りないのです。小鳥のうちで最も小さいミソサザイでさえも、巣のなかの雛を守ろうとして、フクロウにだって向かっていきますよ。夫はただ怖いだけなの。愛の一かけらもありはしないのです。分別がほとんどないので、

理屈に合わない逃げ方をしたのね。

(23)ではロスは wisdom（分別）と fear（恐怖）をやや対照的にそれぞれプラス・イメージとマイナス・イメージの意味に用いている。さらに、マクダフ夫人は、'All is fear and nothing is the love' と述べ、補語の fear と love を対照的に用いている。小さな鳥ミソサザイが巣のなかの雛を守るためにはフクロウに立ち向かってゆくのである。

(24) *Doctor.* So, good night:
My mind she has mated, and amaz'd my sight.
I think, but dare not speak.　　　　—*Macbeth,* 5.1.74-76.
医者　それでは、おやすみ。私は気が動転して、眼がくらんでしまった。思い当たるところもあるけれども。口には出せないですね。

(24)では mind（心）を mated (= stupefied, bewildered) の目的語に、sight（眼）を amaz'd の目的語に用いている。mind と sight が対照的である。心的にも視覚的にも当の医者はすっかり当惑させられ、驚愕させられてしまったのである。さらに、'I think but dare not speak' では think は内面的心的作用だが、speak は発話行為であり、音声を伴う物理的身体的行為である点、think と speak が対照的である。

(25) *Lodovico.* This wretch hath part confess'd his villainy:
Did you and he consent in Cassio death?
Othello. Ay.
Cassio. Dear general, I did never give you cause.
Othello. I do believe it, and I ask you pardon;
Will you, I pray, demand that demi-devil
Why he hath thus ensnar'd my soul and body?
　　　　　　　　　　　　　—*Othello,* 5.2.297-303.

ロドヴィーコ　この野郎は、悪事を一部白状しました。あなたはこいつと共謀して、キャシオを殺そうとしたのですか。
　　オセロ　そうです。
　　キャシオ　ああ将軍さま、私は決してそんな恨みを受ける覚えはないです。
　　オセロ　今本当にそう信じますよ。許してくれたまえ。お願いですが、この悪魔みたいな男に、どうして、私の心も体も罠にかけたのか、聞いてほしい。

(25)では soul（魂）と body（肉体）が対照的な語である。オセロ将軍は魂も肉体も誰かによって罠にかけられたがために新妻デズデモーナを殺す破目になったのである。

　　(26) *Macbeth.* I'll fight, till from my bones my flesh be hack'd.
　　　　　　Give my armour.　　　　　　　　　　　—*Macbeth,* 5. 3. 37.
　　マクベス　おれは戦うぞ、骨から肉が剥がれ、ずたずたになって破滅するまで。おれの鎧を持ってきてくれ。

(26)では bones（骨）と flesh（肉）を対照的に用いている。骨がカルシウムを成分とするのに対し、肉はタンパク質を成分とする。「骨肉の争い」とか「骨と皮ばかり」という慣用表現があるように、肉体を構成する上で、骨と肉は密接不可分なほどぴったり接合されている。古英語（OE）では肉を 'house of bone' と呼んでいたように、骨を包み収容するものが肉なのである。

　　(27) *Desdemona.* So that, dear lords, if I be left behind,
　　　　　　A moth of peace and he go to the war,
　　　　　　The rites for which I love him are bereft me,
　　　　　　And I a heavy interim shall support,
　　　　　　By his dear absence; let me go with him.　—*Othello,* 1. 3. 255-59.
　　デズデモーナ　そこで、皆さん、仮に私が後に残されて、安穏に暮

らし、夫は戦地へ行くのでしたら、せっかく叶えられた愛の務めが奪われてしまい、夫の留守のあいだ、辛い気持ちに耐えなければなりませんので、どうか、私も夫と一緒に行かせてください。

(27)では前置詞の目的語になっている名詞 peace と war が対照的である。妻デズデモーナの方が安逸な日々を過ごし、夫オセロが戦場へ赴くとなれば妻は寂しくなる。戦場へ妻を連れて行くことを認めてくれるように大公 (Duke Venice) に申し入れるのである。

(28) *Macbeth.* Out, out, brief candle!
　　　　　Life's but a walking shadow; a poor player,
　　　　　That struts and frets his hour upon the stage,
　　　　　And then is heard no more; it is a tale
　　　　　Told by an idiot, full of sound and fury,
　　　　　Signifying nothing.　　　　　　—*Macbeth,* 5.5.24-28.
マクベス　消え失せろ、消え失せろ、束の間の明かりよ！人生はただうろちょろする影法師、哀れな役者なのだ、舞台に出ているときは大見得を切ったり、くよくよしたり、舞台を去ればもう役者の声はもうおしまいだ。それって能なしがしゃべる絵空事だ。わいわい、がやがや湧き立っているが、これといった意味なんかありはしない。

(28)ではマクベスは、'Life's but a walking shadow.' と述べている。名詞 life (= any specified period of animate existence) と名詞 shadow (= a dark figure or image cast on a surface by a body intercepting light) とが対照的で、実体ある人間生活と動いている影とを隠喩的に述べている。本来、life (A) と shadow (B) とは別物である。それを A = B と等しく置いたことにより逆説的に、人生は動いている影のように実体が掴めるようで掴みにくいもの、はかないもの、と比較しているのである。

(29) *Iago.* Thou knowest we work by wit, and not witchcraft,
   And wit depends on dilatory time.   —*Othello*, 2.3.362-63.
 イアーゴ　ねえ、おれたちは知恵をはたらかすのだ。魔法なんかじゃない。知恵ってものは年齢がものをいうんだ。

(29)では名詞 wit（知恵・機知）と witchcraft（魔法）とが対照的な意味をもっている。wit は 'the keen perception and cleverly apt expression of amusing words or ideas or those connections between ideas which awaken amusement and pleasure' ということであり、プラス・イメージの言葉である。ところが、witchcraft は 'art practices of a witch' ということでマイナス・イメージの言葉である。イアーゴは知恵の尊さや有効性を説いている。

(30) *Malcolm.* 'Tis his main hope;
   For where there is advantage to be gone,
   Both more and less have given him the revolt, ...
          —*Macbeth*, 5.4.10-13.
 マルカム　向こうはそれしか手立てはないだろう。機会がありさえすれば、身分の高い者も身分の低い者も寝返りを打ってきたのだ。

(30)では代名詞 more（身分の高い者）と less（身分の低い者）を主語に置いて対照的に用いている。つまり、more と less の二分法による分析（binary analysis）で上下ともども寝返りを策している。

(31) *Lady Macbeth.* Infirm of purpose!
   Give me the daggers. The sleeping, and the dead,
   Are but as pictures; ....   —*Macbeth*, 2.2.52.
 マクベス夫人　意気地なしですね！　短剣を貸してちょうだい。寝ている者や死んだ者は、絵に描いた人間と同じよ。

(31)では、The sleeping (people) と the dead (people) が対照的である。

sleeping と dead は（分詞）形容詞であるが、the ＋形容詞の表現で名詞化（nominalyzation）し、複数の人々（group of people）の意味が付加される。永眠する（sleep eternally）という言葉があるように、また、『ハムレット』には「死は眠り」という言葉もあるように、死と眠りは意識をなくすという点で意味的に近接している。

（32）*Iago.* And I, of whom his eyes had seen the proof,
　　　　At Rhoodes at Cyprus, and on other grounds,
　　　　Christian and heathen, must be lee'd and calm'd
　　　　By debitor and creditor, this counter-caster: ....
　　　　　　　　　　　　　　　　　　　　　　—*Othello,* 1.1.28-31.
　イアーゴ　このおれはロドス島やキプロス島、そのほかのキリスト教国や異郷の国のいたる所で、手柄を立てて、将軍の目にとまったはずなのに、簿記のソロバン野郎の風下におとなしく引っ込んでいなくてはならないんだ。

（32）では名詞 debitor（借り方）と creditor（貸し方）が対照的である。本来は複式簿記で仕訳記入の左側の欄が debitor であり、右側の欄が creditor である。そこで、イアーゴーは比喩的にいわゆる貸借対照表（Balance Sheet）を示唆し、金銭づくの、打算的な生き方を揶揄している。さらに、Christian（キリスト教の）と heathen（異教の）をやはり対照的に用いている。

2　動詞の対照

（33）*Iago.* Now will I question Cassio of Bianca;
　　　　A housewife that by selling her desires
　　　　Buys herself bread and clothes: it is a creature
　　　　To beguile many, and be beguil'd by one.
　　　　　　　　　　　　　　　　　　　　　　—*Othello,* 4.1.92-97.

イアーゴ　さて、キャシオにビアンカのことを聞こう。自分の体を
　　　　売り物にして、パンと着る者を買っている娼婦だよ。その女はキ
　　　　ャシオにぞっこん惚れ込んでいるんだ。男を何人も騙しておい
　　　　て、このたった 1 人の男に騙されちゃうんだよ。娼婦の因果応
　　　　報ってものかね。

(33)では動詞 Buys と selling が対照的である。イアーゴは衣や食の足しに肉体を売る女郎のビアンカを非難している。さらに、不定詞 beguile と 'be beguil'd' が能動と受動の形式であって対照的である。

　　　(34) *Duncan.* What he hath lost, noble *Macbeth* hath won.
　　　　　　　　　　　　　　　　　　　　　　　—*Macbeth,* 1. 2. 69.
　　　　ダンカン　彼が失ったものを、高潔なマクベスが勝ち取ったのだよ。

(34)では従節の主語 he の行為を表す過去分詞 lost と主節の主語 Macbeth の行為を表す won が対照的である。

　　　(35) *Desdemona.* Kill me to-morrow, let me live to-night.
　　　　　　　　　　　　　　　　　　　　　　　—*Othello,* 5. 2. 81.
　　　　デズデモーナ　殺すのは明日にして、今夜は生かしてください！

(35)では動詞 kill と 'let me live' が対照的である。デズデモーナは 'kill me' と言って、明日は命をなきものにと頼んでいるのに対し、'let me live' は今夜は命を永らえさせてほしいと頼んでいる。

　　　(36) *Desdemona.* O, banish me, my lord, but kill me not.
　　　　　　　　　　　　　　　　　　　　　　　—*Othello,* 5. 2. 79.

　　　　デズデモーナ　ああ、あなた、私を追放してください。殺さないで
　　　　　ください。

(36)では動詞 banish と kill が対照的な意味を表している。夫のオセロ将軍に妻デズデモーナは命乞いをし追い出してくれることを望む。

(37) *1 Witch.* He knows thy thought:
　　　　　Hear his speech, but say thou nought.
　　　　　　　　　　　　　　　　　—*Macbeth*, 4. 1. 69-70.
　魔女1　向こうはあなたの心をお見通しですぞ。黙って彼の話を聞き、こちらは何も言ってはいけません。

(37)では動詞 Hear と say が対照的である。hear は知覚動詞として相手の言葉を聞いて認識する (recognize) 行為であるのに対し、say は発言の動詞として能動的に言葉を音声として生み出す行為である。

(38) *Lady Macbeth.* To bed: there's knocking at the gate.
　　　　　Come, come, come, come, give me your hand.
　　　　　What's done cannot be undone. To bed, to bed, to bed.
　　　　　　　　　　　　　　　　　—*Macbeth*, 5. 1. 62-65.
　マクベス夫人　寝室へ、早く、門をたたく音がするわ。さあ、さあ、さあ、お手を貸して。やってしまったことは、取り返しはつきませんよ。さあ、急いで、寝室へ、寝るのよ。

(38)では過去分詞 done と undone が対照的である。'What's done cannot be undone.' は諺になっている言葉であり、してしまったことは元に戻らない、「覆水盆に返らず」の意である。諺や成句は語呂 (euphony) を重んじる面があるので、対照的な表現を構成するものがよく見られる。

(39) *Messenger.* As I did stand my watch upon the hill,
　　　　　I looked toward Birnam, and anon, methought,
　　　　　The wood began to move.
　　　Macbeth. Liar, and slave!

Massenber. Let me endure your wrath, if't be not so.
　　Within this three mile may you see it coming;
I say, a moving grove.　　　　　　　　　　—*Macbeth,* 5. 5. 32-34.

　使者　私は丘の上で見張りをして立っておりましたが、バーナムの森の方を見ておりますと、突然、何だかあの森が動き出したのです。

　マクベス　嘘をこきやがれ、こいつ！

　使者　もし嘘でしたら、どんなお怒りでも覚悟します。3マイル先のところを、その森がこちらへやってくるのがご覧になれます。ほんとに、動いてこちらに。

(39)では wood（森）という不動のものが、move（動く）という動詞の意味主語になっている面白い矛盾語法（oxymoron）である。さらに、'a moving grove'（動いている森）という表現も同類であり、常識を超えた突飛な表現である。こうして、全く予想外の事象を暗示している。

3　形容詞の対照

　(40)　*3 Witch.* Anon!
　　　All. Fair is foul, and foul is fair.
　　　　Hover through the fog and filthy air.　　—*Macbeth,* 1. 1. 10-12.
　魔女3　すぐ行くよ。
　3人　きれいはきたない、きたないはきれい。霧のなかを、汚れた空を飛んでいこう。

(40)では形容詞 fair と foul を対照的に用いている。相反する意味の形容詞 fair と foul とを be 動詞（繋辞的動詞：copulative verb）で結んでいる。一種の矛盾語法であり、f 音の頭韻（alliteration）になっている表現である。矛盾した曖昧な表現（equivocation）には違いない。一部の人には fair と思われる行為

が、別の人には foul と思われ、逆に foul な行為が fair と思われることになりかねない。例えば「勝てば官軍」となり、争って勝った方の主張が結局正しいと認められる事態が生じる可能性がある。支配者としての国家・政府にそむく軍勢が、負ければ賊軍としての憂き目を見る。これは現実の不条理である。物事は立場により判断が異なってくる。

(41) *Macbeth.* So foul and fair a day I have not seen.
—*Macbeth,* 1.3.38.
マクベス こんな暗ったくて、すがすがしい日は初めてだなあ。

(41)では対照的な意味の形容詞 foul と fair で名詞 day を修飾している。つまり、foul と fair は反意語 (antonym) である。同一の日 (day) がいやな面とめでたい面という両面を持っているわけで、マクベスは両面価値を見る (ambivalent) 心境なのである。やはり矛盾語法である。

(42) *Macbeth.* Two truths are told,
 As happy prologues to the swelling act
 Of the imperial theme. —— I thank you, gentlemen.
 This supernatural soliciting
 Cannot be ill; cannot be good.
 If ill, why hath it given me earnest of success,
 Commencing in a truth? I am Thane of Cawdor:
 If good, why do I yield to that suggestion
 Whose horrid image doth unfix my hair,
 And make my seated heart knock at my ribs,
 Against the use of nature? Present fears
 Are less than horrible imaginings.
—*Macbeth,* 1.3.27-38.

マクベス 二つの予言はあたったな。王位が主題の壮大な芝居には

おあつらえ向きの幕開きだよ。ありがとう、ご両人とも。この超自然的ないざないは、悪のはずもなければ善のはずもあるまい。もし悪なら、どうして成功を確約するような真実を語ったのか？ おれは今、コーダの領主になっている。もし善なら、どうして、おれは王冠への誘惑に負けるのだ？ なぜ、どうしてあの恐ろしい場面を思い描くと、わが身の気がよだち、普段のおれとは違って、心臓が激しく鼓動して、あばら骨をどきんどきんと打つのか？ 現実に恐ろしいものなんて、想像する恐ろしさにはかなわないのだ。

(42)では形容詞 ill と good を be 動詞の補語に用いている。武将マクベスは現に領主になっており、スコットランド王になることへの野望を燃やし、ダンカン王殺害をたくらむ。形容詞 ill と good を対比して板ばさみ（diiemma）の心境なのである。

(43) *Macbeth.* Will all great Neptune's ocean wash this blood
　　　　　Clean from my hand? No, this my hand will rather
　　　　　The multitudinous seas incarnadine,
　　　　　Making the green one red.　　　　　—*Macbeth*, 2. 2. 59-62.
　　　　マクベス　大海神ネプチューンが支配しているすべての大海の水ならば、私の手の血をすっかりきれいに洗い流してくれるだろうか？ いやダメだ、反対にこの手によって、大海原は紅に染まり、青い海が真っ赤な海になってしまうだろう。

(43)では色彩語の形容詞 green と red が反対色として対照的である。マクベスは本来の緑色の大海を汚れた自分の手を浸すことで血の海、深紅の海と化してしまうと誇張した比喩を用いて、自責の念に駆られているのである。

(44) *Macdaff.* What should he be?
　　　　Malcolm. It is myself I mean; in whom I know

> All the particulars of vice grafted,
> That, when they shall be open'd black *Macbeth*
> Will seem as pure as snow; ....　　—*Macbeth*, 4. 3. 49-53.

　マクダフ　誰のことですか、それは？
　マルカム　いうまでもなく、この私ですよ。自分でわかっているけど、私のなかには、いろんな悪徳が住みついている。それが一挙に花を咲かせれば、あの邪悪なマクベスも雪のように白く見えるだろう。

(44)では形容詞 black と 'as pure as snow' とがマクベスを修飾し、相反する意味に用いられている。black は雪の色とは黒白で対照的である。

> (45) *Macduff.* Such welcome and unwelcome things at once,
> 'Tis hard to reconcile.　　—*Macbeth*, 4. 3. 38-39.

　マクダフ　悦ばしいことと悦ばしくないことが、一緒にやってきたので、面食らっています。

(45)では形容詞 welcome と unwelcome とが対照的で、名詞 things を修飾している。これは矛盾語法であり、かつ両面価値の表現である。

> (46) *Ductor of Physic.* You see her eyes are open.
> 　*Gentleman.* Ay, but their sense is shut.　　—*Macbeth*, 5. 1. 23-24.

　医　師　ほら、眼は開いたままです。
　侍　女　ええ、でも何も見えておりません。

(46)では形容詞 open と shut とが反意語 (antonym) として対照的である。肉体の一部としての眼は開いているが、いわば心の眼は閉じているのである。

> (47) *Othello.* By the world,

> I think my wife be honest, and think she is not,
> I think that thou are just and that thou are not;....
> 　　　　　　　　　　　　　　　　　—*Othello*, 3.3.390-91.
> オセロ　率直に言って、ぼくの妻は誠実だと思うし、誠実でないとも思う。きみが正しいと思うし、正しくないとも思う。

（47）では形容し honest と just を用いている。honest に対し not（honest）の対照表現と just 対 not（just）の対照がある。オセロには妻が正直であるとも不正直であるとも思える。また、イアーゴが正しいとも正しくないとも思える。これはオセロには確信が持てない。心の惑いのある状態を表現していて、心理が曖昧である。

4　副詞句の対照

> （48）*Cassio.*　Hail to thee, lady!　and the grace of heaven,
> 　　　　Before, behind thee, and on every hand,
> 　　　　Enwheel thee round!　　　　　—*Othello*, 2.1.85-86.
> キャシオ　ようこそ、奥さま！　天の恵みがあなたの周りの四方を取り囲みますように！

（48）ではキャシオが Before、behind thee と副詞（句）を用いて、前と後ろを対照させて話している。

以上のごとく、シェイクスピアにおける対照表現を分析・検討してきたが、品詞別では名詞と名詞を対照した表現を圧倒的に多く用いていることが判明した。名詞対名詞の対比が最も明瞭で具体性に富み、イメージとして脳裡に浮かびやすいからである。動詞と動詞の対照表現は意外に少ない。また、修飾語の対照表現では形容詞と形容詞の対比を結構用いている。副詞と副詞の対比はほとんど用いていない。こうして、名詞の対照表現が最も効果

的な対比の手法ではないかと考えられる。シェイクスピアは、登場人物に比較対照表現を使わせることによって、論理を明確にし、真理の把握に役立たせている。対照表現は修辞的に一つの重要な言語表現であるといえる。

6　比喩表現

　比喩（Figures of Speech）は記述や説明を具体的に行なうために、イメージが浮かぶように、類例や形容を用いることである。比喩は比較を含み、喩えられるもの（A）と喩えるもの（B）との共通属性に着目して作られる。
　比喩の代表は直喩（simile）と隠喩（metaphor）である。例えば、'She is like an angel.' とか 'She is as white as snow.' と言えば直喩である。前置詞 like や相関語 'as 〜 as' のような標識（marker）を用いる。'She is an angel.' と言えば隠喩である。

1　直喩（simile）

　ここではシェイクスピアの『ベニスの商人』（*The Merchant of Venice*, 1596-97）および『ハムレット』（*Hamlet*, 1600-01）に見られる直喩を取り上げ、まず like + NP の表現を調べてみる。

(1)　*Antonio.*　Mark you this Bassanio,
　　　　　The devil can cite Scripture for his purpose,——
　　　　　An evil soul producing holy witness
　　　　　Is *like a villain with a smiling cheek,*
　　　　　A goodly apple rotten at the heart:　（*MV*,[1] 1.3.92-5）

6 比喩表現

　　アントーニオ　聞いたかな、バサーニオ。悪魔だって、自分勝手に
　　　聖書を引き合いに出すのだ。へそ曲がりの人間が、聖書を自分の
　　　都合で利用するなんて、まるで悪党の作り笑いと同じようなも
　　　の。見かけと違って、芯が腐ったリンゴみたいなものよ。

(1)では、'A is like B' の形式の直喩を用いている。つまり、A (an evil soul：汚わしい魂、悪人) を主語に置き、B (a villain with a smiling cheek：頬に作り笑いを浮かべている悪党) に喩え、さらに、B′(a goodly apple rotten at the herat：芯が腐っている、見かけはきれいなリンゴ) に喩えている。like B (B′) は形容詞句をなす主格補語である。

　(2)　*King.*　Laertes, was your father dear to you?
　　　　　Or are you *like the painting of a sorrow,*
　　　　　A face without a heart?　(*Hamlet*, 4.7.105-07)
　　王　レアティーズ、君にとって、父親はとても大事な人間だったの
　　　かい？　それとも、うわべだけ悲しみを装い、心は悲しんでいな
　　　いのかな。

(2)も 'A is like B' の形式である。You (A) を主語に置き、'the painting of a sorrow' (B) に喩えている。a sorrow を the painting の同格 (apposition) に置き、さらに a face を a sorrow と同格に置いて比喩している。

　(3)　*Hamlet*　With eyes *like* carbuncles, the hellish Pyrrhus
　　　　　Old grandsire Priam seeks.　(*Hamlet*, 2.2.459-60)
　　ハムレット　地獄のピラスは紅玉のような眼をして、トロイの老い
　　　た王プライアムを求めた。

(3)直喩の 'like carbuncles' は eyes を修飾する形容詞句であり、両眼が紅玉のようにらんらんと輝いていると比喩的に表現している。

(4) *Portia.* Lie not a night from home. Watch me like Argus,
　　　　　If you do not, if I be left alone,
　　　　　Now by mine honour which is yet mine own,
　　　　　I'll have that doctor for my bedfellow.　(*MV.*, V. I. 230-33)
　　　ポーシャ　1晩だって家を空けてはいけませんよ。目を開いたままで百眼の巨人アルゴスみたいに、私を見張っていてください。さもないと、私1人きりにしておかれたら、ほかでもない私の操にかけて、その博士を寝取ってしまいますよ。

(4)の 'like Argus' は動詞 watch の後に置いて、watch を修飾している。Argus はギリシャ神話で百眼の巨人といわれ、比喩的に鋭く見張る人を暗示している。

(5) *Gratiano.* Why should a man whose blood is warm within,
　　　　　Sit *like his grandsire, cut in alabaster?*　(*MV.*, 1. 1. 83-4)
　　　グラシアノ　温かい血の通った人間が、どうして石膏細工の爺さまのように鎮座していなければならないのだ。

(5)では 'like his grandsire, cut in alabaster' は動詞 sit を修飾して、生身の人間でありながら、じっとして活動的でない状態を比喩的に具体的なイメージが浮かぶように表現している。

(6) *Solanio.* Some that will evermore peep through their eyes,
　　　　　And laugh *like* parrots at a bagpiper:　(*MV,* 1. 1. 52-3)
　　　ソレイニオ　しょっちゅう眼を細くしてバグパイプの音色を聞いても、オウムのようにケラケラ笑い出す奴がいるのだ。

(6)では直喩 'like parrots' が laugh を修飾し、bagpiper の陰気な音色を聞いて、けたたましく笑ってしまう人もあるという、場違いの笑いを比喩的に述べている。parrot は諺では 'foolish bird' であり、メランコリーなバグパイ

プの音にも笑うと言われている。

(7)　*Queen.* O speak to me no more,
　　　These words *like daggers* enter in my ears.
　　　No more, sweet Hamlet.　（*Hamlet,* 3.4.946)
　　王妃　ああ、もう言うのはやめて。おまえの言葉は短剣みたいに私の耳を突き刺すわ。もう言わないで、ハムレット。

(7)では言葉が耳に入る様子を、短剣のように（like daggers）と表現し、言葉の鋭さ、女王の心を強く傷つけるさまを比喩している。

　次に接続詞 as を用いた直喩を検討する。

(8)　*Lorenzo.* The man that hath no music in himself,
　　　　Nor is not moved with concord of sweet sounds,
　　　　Is fit for treasons, stratagems, and spoils,
　　　　The motions of his spirit are dull *as night,*
　　　　And his affections dark *as Erebus;*　（*MV,* 5.1.83-7)
　　ロレンゾ　心に音楽を持たない人間でも、甘美な音色を聴いている間は、心が和らぐものだよ。心に音楽を持たない人間は、反逆や策略、略奪をやりかねない輩だ。そういう人間の心の動きは夜の闇のように鈍くて、情感は地獄に接するエレボスのように暗いのだ。

(8)では、be 動詞の後に、'dull as night' と表現して、動きの鈍さを夜に喩えている。また、'dark as Erebus' と人の感情（his affections）を比喩している。エレボス（Erebus）は現世（Earth）とハーデース（Hades：死者の国、黄泉の国）との中間にある真暗な地域、暗黒界である。

(9)　*Hamlet.* And that his soul may be as damn'd and black
　　　　As hell, whereto it goes.　（*Hamlet,* 3.3.94-5)

287

ハムレット　そしてグローディアス王の魂は、どす黒く染まり、真
　　　　っ逆さまに地獄行きだろう。

(9)では his soul (A) を宗教上・想像上の場である hell (B：地獄) に喩えている。現王の魂が地獄のように恐ろしく暗いものになるだろうと言っている。

　　(10) *King.* O wretched state! O bosom black as death!　(*Hamlet*, 3.3.67)

　　　　王　ああ、惨めだな！　死のように真っ黒な胸の内だ！

(10)では 'black as death' が後置修飾として名詞 bosom を形容している。また、ハムレットは別のところで、'as hush as death' (*Hamlet*, 2.2.482) と表現している。このようにシェイクスピアは、death（死）という抽象概念を用いて、暗さ、静けさを表している。

　　(11) *King.* What, Gertrude, how does Hamlet?
　　　　Queen. Mad *as the sea amd wind* when both contend
　　　　　　Which is the mightier.　(*Hamlet*, 4.1.6-8)
　　　　王　どうした、ガートルード？　ハムレットはどうなのだ？
　　　　王妃　気が狂ったのよ、波と風が競い合っているみたいだわ。

(11)では Queen の言葉は、'〔He is as〕mad as the sea and wind ….' と補って解釈できる。デンマークの王子ハムレットの様子を波と風とが競い合っているような狂い方だと比喩している。

　　(12) *1st Player.* So, *as a painted tyrant* Pyrrhus stood,
　　　　　And like a neutral to his will and matter,
　　　　　Did nothing.　(*Hamlet*, 2.2.476-78)
　　　　役者1　ピラスは荒武者の絵のように、そこに立ち往生し、にっちもさっちも行かず、唖然としてなすすべがなかった。

(12)では 'as a painted tyrant'（絵に画いた荒武者のごとく）は副詞句として、'Pyrrhus stood' という節を修飾している。

(13) *Prologue.* For us, and for our tragedy,
　　　　　　Here stooping to your clemency
　　　　　　We beg your hearing patiently.
　　Hamlet. Is this a prologue, or the posy of a ring?
　　Ophelia. 'Tis brief, my lord.
　　Hamlet. As a woman's love. 　(*Hamlet*, 3.2.144-49)
　序詞役　私たち一座が演じますこの悲劇を、なにとぞ、ご静聴くださいますよう、心からお願い申します。
　ハムレット　これが前口上なのかい？　指輪に刻む言葉なのかい？
　オフィーリア　短いわね、ほんとに。
　ハムレット　女の恋のようにね。

(13)では最後の行において、ハムレットは 'As woman's love' と断片句（fragmentary phrase）で話しているが、これは語用論（pragmatics）的に補って完全文にすれば、'It's as brief as woman's love' である。

(14) Ophelia. And with a look so piteous in purport
　　　　As if he had been loosed out of hell
　　　　To speak of horrors, he comes before me.　(*Hamlet*, 2.1.82-4)
　オフィーリア　まるで怖い話をするために地獄から抜け出して来たかのように、悲しそうな顔をして、ハムレットさまが私の前に現れたのです。

(14)では 'as if he had been loosed out of hell to speak of horrors'（まるで怖い話をするために地獄から抜け出して来たかのように）は 'so piteous' を後置修飾している。地獄は恐ろしい所というイメージを喚起して、ハムレットのすさんだ恐怖に満ちたような顔つき、まなざしを比喩している。

2 隠喩 (metaphor)

　隠喩は言語表現のなかで最も重要な比喩 (figures of speech) である。人間が言葉を生み出し、言葉を豊かにしてゆく元は隠喩の作用によるからである。シェイクスピアはこの隠喩を巧みにふんだんに用いて、詩的・芸術的効果を挙げている。芸術的表現の生命は隠喩である。隠喩なくして優れた芸術は生まれないのである。

　(15) *Hamlet.* Denmark's a prison.
　　　 Rosencrants. Then is the world one.　(*Hamlet*, 2.2.242-43)
　　　 ハムレット　デンマークは牢獄だよ。
　　　 ローゼンクランツ　それでは世界全体が牢獄ですね。

(15)は be 動詞による A is B の隠喩表現である。ハムレットは憂鬱な日々を送っていたので、デンマーク (A) という国土が彼にとって牢獄 (B) のように感じられるのである。また、これに対し、宮臣のローゼンクランツは世界全体 (A) が牢獄 (B) だと、デンマークに限定せずこの世そのものがある意味では牢獄なようなものと言っている。

　(16) *Shylock.* I have sworn an oath that I have my bond:
　　　　　 Thou call'd me dog before thou hadst a cause,
　　　　　 But since I am a dog, beware my fangs,—　(*MV*, 3.3.5-9)
　　　 シャイロック　おれは誓ったのだ、証文どおりにしてもらうとね。おまえさんは理由もないのに、このおれを犬呼ばわりした。だけど犬と言うんなら、牙に気をつけてくれよ。

(16)ではヴェニスの商人アントーニオが金持ちのユダヤ人シャイロック (A) を犬 (B) 呼ばわりした。そこで、シャイロック自身 'I am a dog' と皮肉っぽく自虐的に語っている。どだいシャイロックは人間であって動物 (犬) ではない。したがって、統語論 (syntax) 的に文法違反を犯している表

現である。だが、聞き手または読者が比喩（隠喩）的表現だと認めれば、文（sentence）として容認したことになるのである。ただし、意味上、ユダヤ人に対する当時の偏見は否めない。

(17) *Shylock.* You call me misbeliever, cut-throat dog,
　　　　And spet upon my Jewish gaberdine,　(*MV*, 1.3.106-7)
　　シャイロック　おれのことを邪教信者だの、殺人野郎だのと言った。そしておれの服に唾を吐きかけたんだ。

(17)では目的語（me）と目的格補語（cut-throat dog）が 'I am a cut-throat dog' という意味関係になっている。アントーニオがシャイロックを人食い犬と罵倒したのである。人間を犬畜生呼ばわりしているということで、これは隠喩表現といえる。

(18) *Solanio.* I never heard a passion so confus'd,
　　　　So strange, outrageous, and so variable
　　　　As the dog Jew did utter in the streets, —　(*MV*, 2.8.12-4)
　　ソレイニオ　ユダヤ人の野郎め、あんなにひどく腹を立てて、狂乱ぶりを見せ、奇妙きてれつな支離滅裂なことを言って、町中をわめき散らしてさ。

(18)では Jew と同格（apposition）に dog を置いている。アントーニオとバサーニオの友人であるサレーニオがユダヤ人を偏見で犬に喩えている。

(19) *Portia.* That light we see is burning in my hall:
　　　　How far that little candle throws his beams!
　　　　So shines a good deed in a naughty world.　(*MV*, 4.1.89-91)
　　ポーシャ　あそこに見える明かりは、家の広間の明かりですよ。あんな小さなともし火が、こんなに遠くの方まで光を放つなんて！それと同様に、人間の善い行ないはこの邪悪な世界に輝くのね。

(19)では主語 'a good deed' の述部動詞（predicate verb）に shine を置いて、善い行ないが光り輝いていると表現している。動詞 shine は give light, gleam, glow の意味であり、本来、物理的現象を表す言葉である。輝くのは金属とか、日光に照らされた木の葉などである。それがここでは行為（deed）という抽象概念の主語を比喩的に叙述しているのである。

(20) *Launcelot.* Certainly the Jew is the very devil incarnation;
(*MV*, 2.2.25-6)
ランスロット　確かに、あのユダヤ人は悪魔の化身みたいな奴だよ。

(20)では the Jew（A）を 'devil incarnation'（B）に喩えている。incarnation は 'endowment of human body' の意味であり、ラーンスロットはそのユダヤ人が悪魔の化身・再来だと比喩している。

(21) *Hamlet.* I will speak daggers to her, but use none.　(*Hamlet*, 3.2.387)
ハムレット　剣のように鋭い言葉は浴びせても、本物の剣は抜くものか。

(21)では動詞 speak の目的語に daggers（剣）を比喩的に用いている。発言の動詞 speak の目的語は English とか French のような言語名や word, opinion, nonsense, one's mind（heart）などがくるのが普通の用法である。ハムレットは剣で刺すように彼女（母）に鋭い非難の言葉を浴びせる覚悟をしているという意味である。

(22) *Queen.* O Hamlet thou hast cleft my heart in twain.　(*Hamlet*, 3.4.158)
王妃　ああ、ハムレット、お前は私の胸を二つに引き裂いてしまったわ。

(22)では動詞 cleave（= split or separate）の目的語に抽象名詞 heart を比喩的に用いている。普通、'cleave a block of wood asunder in two' などと使うも

ので、目的語には木片のような視覚的有形物がくる。

(23) *The Prince of Morocco.* I would not change this hue,
　　　　　Except to steal your thoughts, my gentle queen.　（*MV*, 2.1.11-2）
　　　モロッコ王　私はこの私の顔色を変えるつもりはないです。ただし、女王さま、あなたの愛の心を勝ち得るためなら別ですけれども。

(23)では動詞 steal の目的語に抽象概念 thoughts を置いている。動詞 steal（= take without right or permission）は金品を盗む（steal money）の意味で用いる語であり、そこからさらに、こっそり行なう（take surreptitiously or insidiously）の意味の 'steal a look' とか 'steal one's heart' のような用法が生じている。

(24) *Bassanio.* Here in her hairs
　　　　　The painter plays the spider, and hath woven
　　　　　A golden mesh t'entrap the heart of men
　　　　　Faster than gnats in cobwebs —　（*MV*, 3.2.120-23）
　　　バサーニオ　ほらこのポーシャの絵姿、髪の毛を見たまえ、絵描きが、蜘蛛になって、黄金色の網を織り出して、その蜘蛛の巣に虹を引っかけてしまうよりも、ずっとしっかりと男の心を捉えようとしたでしょう。

(24)では動詞 play の目的語の spider（蜘蛛）を置き、painter（絵描き）が spi-der の真似をしているという比喩である。蜘蛛が蚋を捕らえるように、男の心をからめとるというふうに隠喩は拡大されてゆく。ふつう、動詞 play は、'play the piano' とか、'play skiing'、'play an importtant part' のように用いる。だが、ここでは目的語に生物（spider）を置いているのである。

(25) *King.* Thou still hast been the father of good news.　（*Hamlet*, 2.2.42）
　　　王　きみはいつも吉報を届けてくれるね。

(25)では人間名詞（human noun）の father を父という普通の意味ではなく、良い報せの主(ぬし)という比喩的意味に用いている。

 (26) Bassanio. I will be bound to pay it（= the money, debt）
    ten times o'er
    On forfeit of my hands, my head, my heart,—— (*MV.,* 4. 1. 207-8)
   バサーニオ　私が10倍の金額にしてでも必ず払います。この両方の手でも、頭でも心臓でもやると申しているのです。

(26)ではバサーニオは 'on forfeit of my hands, my head, my heart' と比喩的に述べている。forfeit は本来、'something that a person loses or has to give up because of some crime, fault, or neglect of duty' の意味である。バサーニオは自分に手や首、心臓を抵当にして借金を払う約束をするという。いわば命をかけて借金を払うと比喩しているのである。

 (27) *Gratiano.* And let my liver rather heat with wine
    Than my heart cool with mortifying groans.　(*MV,* 1. 1. 81-2)
   グラシアノ　ワインを飲んで肝臓を熱くした方がいい。その方が苦しそうに唸って心臓を冷たくするよりましだよ。

(27)では接続詞 than を境に 'my liver + heat' および 'my heart + cool' という並列構造を置いている。than の前の 'with wine' は物理的な意味の副詞句である。than の後では前置詞の目的語に抽象概念を比喩的に置いて、with-phrase は不定詞 cool を修飾している。

 (28) *Ghost.* 'Tis given out that, sleeping in my orchard,
    A serpent stung me; so the whole ear of Denmark
    Is by a forged process of my death
    Rankly abus'd — but know, thou noble youth,
    The serpent that did sting thy father's life

Now wears his crown.　(*Hamlet*, 1.5.35-40)

　亡霊　私の死因は、庭園で眠っているうちに、蛇に咬まれたのが元だと公表されて、その捏造話にデンマーク中が騙されているのだよ。だけれども、ハムレット、おまえの父を咬み殺した蛇というのは、いま王冠を戴いているのだ。

(28)では Ghost は、事実そのものの意味で名詞 'a serpent' と言い、2 度目の 'the serpent' は父を噛み殺した蛇つまり現在の王様という隠喩表現として用いている。毒蛇が王冠を戴いている (the serpent...wears the crown) という表現も隠喩である。さらに、'the whole ear of Denmark' というとき、ear は具体的な耳の意味から、無数の耳、つまり抽象概念としての世評の意味として用いている。

3　換喩（mytonymy）

　隠喩には一般に換喩（mytonymy）や提喩（synecdoche）、擬人法（personification）が含まれる。換喩は詳しく言えば、具体的なものによって抽象的なものを表したり、抽象的なものによって具体的なものを表したり、主体と近似した、密接な関係にあるものを用いて表したりするものである。例えば、'The pen is mightier than the sword.' では、具体的な筆記用具である pen は抽象概念の文筆（著述）の意味であり、sword（剣）は抽象的な武力や権力の意味である。また、農機具の plow（鋤）を agriculture（農業）の意味に用いたり、crown（王冠）で king（王）を、purse（財布）で money（金銭）を、bottle（瓶）で wine（ブドウ酒）を、shakespeare（シェイクスピア）でシェイクスピアの作品を、wealth（富）で rich people（金持ち）を表したりする。

(29) *Jessica*. But though I am a daughter to his blood
　　　　　　　I am not to his manners:....　(*MV*., 2.3.18-9)
　　ジェシカ　でも、私は、同じ血を引く父の娘ですけれど、気性だけ

は別だわ。

(29)では blood（血）が血統（parental heritage, family line, lineage）、血筋の意味に抽象化して用いている。具体的な血液の意味から血統の意味に抽象化している換喩である。

 (30) *The Prince of Morocco.* O hell what have we here?
    A carrion Death, within whose empty eye
    There is a written scroll —— I'll read the writing.　(*MV*, II. VII. 62-4)
  モロッコ王　えっ、これはひどい！　なんだ、これは？　朽ち果てたシャレコウベダ！　その虚ろな眼のなかには何か書きものがあるぞ！　読んでみるとしよう。

(30)では抽象概念の名詞 death（死）を具体的な 'death's head'（= skull：頭蓋骨、しゃれこうべ）の意味に用いている。抽象的な語によって具体的なものを表す換喩である。

 (31) *Bassanio.* There may as well be amity and life
    'Tween snow and fire, as treason and my love.　(*MV*, 3. 2. 30-1)
  バサーニオ　私の愛情には下心などありえません。雪と火が仲睦まじくすることがないようにね。

(31)では treason（謀叛）と love（恋心）とが仲良くするのは snow（雪）と fire（火）とが親しくするようなもので、雪と火とが睦まじくすることは不可能なのと同じだと比喩している。抽象概念の treason と love とを具体的な snow と fire とに喩えている。

4 提喩 (synecdoche)

　提喩は部分によって全体を、また逆に全体によって部分を表すものである。例えば、bread（パン）によって food（食物）を、hands（手）で people（人々、人手）を、sail（帆）で ship（船）を、creature（生き物）で human being を表したりする。

　　(32) *Shylock*. I say my daughter is my flesh and my blood. (*MV*, 3.1.33)
　　　　シャイロック　おれの娘はおれの血と肉だといっているのだ。

(32)では 'my daughter'（A）は 'my flesh and my blood'（B）と同等だという表現形式である。シャイロックは自分の娘が血縁関係にある親子だと言っている。シャイロックの肉体の一部（my flesh and my blood）によって、彼の人間全体を表す提喩である。

　　(33) *Old Gobbo*. Her name is Margery indeed —
　　　　　　　　　I'll be sworn if thou be Launcelot,
　　　　　　　　　thou art mine own flesh and blood;.... (*MV*, 2.2.87-8)
　　　　老ゴボー　妻の名前はマージャリだよ、確かに。もし、おまえさんがランスロットなら、きっとおまえさんは血肉を分けたおれの息子だ。

(33)でも thou（A）と 'mine own flesh and blood'（B）が同等だと表現している。'Old Gobbo'（老ゴボー）は、'Launcetot Gobbo'（息子）に話しかけ、肉体の一部（flesh and blood）によって son という1個人の人間全体を表している。

　　(34) *Launcelot*. Well, if any man in Italy have a fairer
　　　　　　　　　table which doth offer to swear upon a book,
　　　　　　　　　I shall have good fortune;.... (*MV*, 2.2.150-52)

ランスロット　そうね、この手を聖書に載せて誓ってもいいよ、イタリア中に、このおれの掌以上に運のいい手相があったら、お目にかかりたいものだ。おれは幸運にも長生きの手相だよ。

(34)では全体的・一般的な書物（book）によって、特定の書物（Bible）を表している。これは 'swear upon a book' という表現によってその暗示的な意味が明らかとなる。

　(35) *Shylock.* There I have another bad match, a bankrupt,
　　　　　　a prodigal, who dare scarce show his head on the Rialto,
　　　　　　a beggar, that was us'd to come so smug upon the mart:
　　　　　　　　　　　　　　　　　　　　　　　　　(*MV*, 3.1.39-41)
　　　シャイロック　またも取引の貸し倒れだ、相手が破産したんだよ。乱費の散財野郎めが。あいつはもう取引所には顔も出せないよ、迄食野郎が。つい先日まではよくおしゃれして市場に現れたりしていたがね。

(35)では 'show his head'（顔を出す）という表現を用いている。身体の一部である head（= top part of the body in man）によって一個の人間が出席することを表している。日本語の「出頭する」という表現も類似した提喩である。(35)は上海で損をしたヴェニスの商人アントーニオを罵倒している場面である。

5　擬人化 (personification)

　抽象概念や無生物を人間のごとく表現するものが擬人法（personification）である。例えば、'Laughter held both her sides at the party.' という文では、hold（抱える）という動詞の主語に抽象概念の laughter（笑い）を用いて、笑っている彼女を意味している。次いで、'The room spoke to him of former

298

days.' では room を speak の主語において、「一座の人々」、「その部屋に居合わせた人々」の意味に比喩している。また、'Science, as might be expected, decries such prognosticators as unreliable.' ではやはり発言の動詞 decry (= speak ill of) の主語に抽象概念 science を置き擬人化している。

(36) *Hamlet.* I'll speak to it (= the ghost) though hell itself should gape
　　　　　 And bid me hole my peace. (*Hamlet*, 1.2.245-46)
　　ハムレット　たとえ地獄が大きな口を開けて、黙れと言おうとも、話しかけてやるぞ。

(36)では hell (地獄) を gape (= open the mouth wide; stare with the mouth open, as in surprise or wonder) の主語において人になぞらえている。

(37) *Queen.* One woe doth tread upon another's heel,
　　　　　 So fast they follow. Your sister's drown'd, Laertes.
　　　　　　　　　　　　　　　　　　　　　　　(*Hamlet*, 4.7.162-63)
　　王　妃　悲しみが次から次へと続いて、これほど早く押し寄せて来て。オフィーリアは溺れて死んでしまったの、レアティーズ。

(37)抽象概念 woe を tread (walk on) の主語に置いている。本来、生き物である人間の方が悲しみ (woe) に遭遇するはずである。つまり、woe を擬人化しているのである。

　以上、シェイクスピアの用いた比喩表現を分析・検討してきたとおり、彼は直喩・隠喩・換喩・擬人法などを用いている。最も平易なわかりやすい比喩は直喩である。シェイクスピアは直喩をよく用いている。直喩の like + NP における NP の位置に villain (悪党)、Argus (神話の人物アルゴス)、parrot (オウム)、apple (リンゴ)、carbuncles (紅玉)、painting (絵画)、daggers (剣)などをおいている。as + NP の位置には night (夜)、Erebus (エレボス・暗黒界)、hell (地獄)、death (死) などを置いている。

隠喩としては、国を牢獄に喩えたり、人間を犬に喩えたりしている。また、speak の目的語に daggers（剣）を置いたり、cleave（裂く）の目的語に heart（心）を置いたりしている。

換喩としては、具体的な blood（血）によって、抽象的な 'parental heritage'（血統）の意味に用いたり、逆に抽象的な death（死）によって具体的な skull（頭蓋骨）を表したりしている。

提喩としては、daughter（娘）という1人の人間を 'my flesh and my blood' と表現し、一個の人間の意味に用いたり、一般的な書物 book により特定の書物 Bible を表したりしている。

擬人法としては、動作の主体として地獄（hell）があんぐり口を開ける（gape）と比喩したり、悲しみ（woe）が次から次へと踵を踏みつけてやってくる（doth tread upon another's heel）と喩えで表現している。

こうして、シェイクスピアは比喩により言語表現に彩りを添えるだけでなく、より真実を穿った表現を生み出しているのである。

〔注〕
（1） *MV* は *The Merchant of Venice* の略である。以下同じ。

おわりに

　『ハムレット』は失敗作だとエリオット、『マクベス』は失敗作だと福田恆存。失敗か、成功かと二者択一的に断ずる勇気も自信も小生にはありません。ただ400年の時空を超えて今日までシェイクスピアの四大悲劇が世界中で演じられ愛読されてきたことも看過できないでしょう。
　ある市民講座でシェイクスピアを講じましたが、数年イギリス暮らしをしてきたという受講者の1人がシェイクスピアの作品のなかで一番好きなのは『オセロ』ですと。『リア王』は残酷すぎるとトルストイが批判。私はやはり『ハムレット』が一番好きです。次に四大悲劇のなかでは『オセロ』でしょうかね。
　「りゅーとぴあ能楽堂シェイクスピアシリーズ『ハムレット』」では、主人公ハムレットは立つことなく瞑想するかのごとくずっと最後まで座ったまま、芝居の進行に応じて時々せりふを語るという異色のもので、一種言うに言われぬ感銘を受けました。また別のある劇団の『ハムレット』では水を湛えた水槽のなかにハムレットが頭から体全体を浸して潜り、「生か死か……」を表現していて驚きました。
　悲劇といえば、*Cambridge School Shakespeare: Jurius Caesar*（1996）を見ておりましたら、72頁に日本の有名な政治家の浅沼稲次郎氏が凶漢に刺殺された時の写真が掲載されているのにはいささか驚嘆いたしました。
　シェイクスピアに親しむことは歓喜と難儀の交錯ですね。
　1昨年の夏、子供のためのシェイクスピア劇シリーズとしての『夏の夜の

夢』(山崎清介演出・東京グローブ座) を観ました。舞台は子供から大人までわかりやすいように配慮され、机と椅子などのシンプルな舞台装置で、黒コートの集団が登場したり、シェイクスピア似の人形を持って出てくる者がいたり、音楽の代わりにクラップ (手拍子) が鳴ったりして、子供たちに好評のようでした。
　シェイクスピアには、究極において、人間性に根ざす善悪を見据えた、人間愛や堅忍不抜の意思とか寛容の精神が窺われます。

　　リア　風よ、吹け、お前の頬を吹き破れ！
　　　風よ、ふけ、猛威をふるえ！
　　　滝のような暴風雨よ、豪雨の大洪水を噴出し、
　　　そびえる塔を水浸しにし、その天辺の風見を水没させる！

　　Lear　Blow, winds, and crack your cheeks! Rage, blow,
　　　　You cataracts and hurricanes, spout
　　　　Till you have drenched our steeples, drowned the cocks!
　　　　　　　　　　　　　　　　　King Lear, Act 3, scene 2.

と老いたリアは荒野に立って絶叫し、不条理の生涯を終えようとしています。シェイクスピア (1564-1616) は、日本では江戸幕府を開いた徳川家康 (1542-1616) と同年に没しており、江戸前期の俳人・枯野の詩人松尾芭蕉 (1644-1694) よりちょうど80年早く生まれています。

　　旅に病んで夢は枯野をかけめぐる　　　　　　　　　　(松尾芭蕉)

若者がいつしか中年となり、人生の熟年を味わい、やがて、黄昏へと向かいます。〈この世は仮の宿〉と呟きながら。
　シェイクスピアの戯曲は16世紀末以降21世紀の今日にいたるまで、世界中で上演され観賞され、一般市民に親しまれてきました。詩人でもあるシェイクスピアは作品中に文学上無数の優れた言語表現を生成し、それらが人

おわりに

口に膾炙しています。シェイクスピアの諸作品は、英語の聖書と並んで、英知に富んだ言語表現（名言）の宝庫といえます。

　小説家や劇作家、詩人などは創作において、推敲に推敲を重ねて、芸術作品としてとくに洗練された言語表現を創出しています。

　私はこれまで小冊子『シェイクスピアの知恵袋』、『シェイクスピアに親しむ』、『シェイクスピアを身近に』、『シェイクスピアの英語と文体』の4冊を刊行してきましたが、今回これらに基づき合本にいたしました。ただし、喜劇論を少々加筆いたしました。また逆に、『シェイクスピアの英語と文体』は文体的修辞的にとくに重要なものを選んで掲載することとしました。その代わりに、シェイクスピア英語の引用文に載せてなかった和訳を試み掲載いたしました。そのほか、必要に応じて加除訂正を加えております。なお、小著ではシェイクスピアのとくに七つの作品を考究・論述しましたので、シェイクスピアの劇作品をイメージした拙作の油絵（7枚）を掲載いたしました。

　It seems rather difficult to read and appreciate Shakespeare but not so hard to see and enjoy Shakespeare's plays.

　Supposedly human beings are absurd, even though they pretend to be wise or intelligent.

平成 21 年晩夏

田中　實

著者紹介

田中　實（たなか　みのる）
1934 年生まれ。
慶應義塾大学大学院修了。
大東大、慶應大、早稲田大の教壇に立ち、
現在、大東文化大学名誉教授。
　主な著書
『英語の仕組みと新修辞法』（鳳書房）
『シェイクスピアの英語と文体』（ぶんしん出版）
『愛と夢――新解釈のアメリカ文学』（近代文藝社）
『ロレンス文学の愛と性』（鳳書房）
『人生絵空事』（夢実工房）
　詩集
『死の上にかける橋』（思潮社）
『影法師』（思潮社）
『竜の落し子』（思潮社）
　詩画集
『逆立ち男』（ぶんしん出版）

シェイクスピアの宇宙
英知は時空を超えて
Appreciating and Communing with Shakespeare

2009 年 11 月 20 日　初版第 1 刷発行

著　者―――田中　實
発行者―――坂上　弘
発行所―――慶應義塾大学出版会株式会社
　　　　　　〒108-8346　東京都三田 2-19-30
　　　　　TEL　〔編集部〕03-3451-0931
　　　　　　　　〔営業部〕03-3451-3584〈ご注文〉
　　　　　　　　　　　　　03-3451-6926
　　　　　FAX　〔営業部〕03-3451-3122
　　　　　　　　振替　00190-8-155497
　　　　　　　　http://www.keio-up.co.jp/

印刷・製本―萩原印刷株式会社
カバー印刷―株式会社太平印刷社
　　　　　　Ⓒ2009 Minoru Tanaka
　　　　　　Printed in Japan ISBN 978-4-7664-1697-8